保定山上那些事

王国勇　编著

河北大学出版社
·保定·

出 版 人：朱文富
选题策划：杨显硕
项目策划：刘红领
责任编辑：马　敏
装帧设计：杨艳霞
责任校对：牟　霖
责任印制：常　凯

BAODING SHANSHANG NAXIE SHI

图书在版编目（CIP）数据

保定山上那些事 / 王国勇编著．-- 保定 ：河北大学出版社，2021.11
ISBN 978-7-5666-1972-3

Ⅰ．①保… Ⅱ．①王… Ⅲ．①民间故事－作品集－保定 Ⅳ．① I277.3

中国版本图书馆 CIP 数据核字（2021）第 263612 号

出版发行：河北大学出版社
地址：河北省保定市七一东路 2666 号　邮编：071000
电话：0312-5073019　0312-5073029
邮箱：hbdxcbs818@163.com　网址：www.hbdxcbs.com
经　　销：全国新华书店
印　　刷：保定市文昌印刷有限公司
幅面尺寸：148 mm × 210 mm
印　　张：8.5
字　　数：230 千字
版　　次：2021 年 11 月第 1 版
印　　次：2021 年 11 月第 1 次印刷
书　　号：ISBN 978-7-5666-1972-3
定　　价：66.00 元

序

畅读山水文章，体悟山水之趣。

“千里太行，最忆保定。”保定的山美、水美，有文化、有传承、有故事，是中华文明的源起之山，红色之山，更是都市南山。保定的山水旅游资源，无论是容颜，还是气质，抑或底蕴，比起云台山等都毫不逊色，但知名度却不是很高，也可以说相距甚远，实在让人遗憾。

唐代诗豪刘禹锡说过：“山不在高，有仙则名；水不在深，有龙则灵。”但保定的山山水水，却感觉总是差着那么一点儿，很难从中觅到那些如惊鸿一瞥、神龙见首不见尾的传世之说，少了些仙人轶事、仙缘趣闻、仙风道骨。山上那些琐碎故事，更如珠落玉盘，看似耀眼却未成妆饰，看似光亮却难掩凡质，这与“文化保定”的名号实在不符，也让保定的秀美山河缺少了应有的神奇、灵性与温度。

跨越时光的幽谷，引领文明的脉络！让文化为保定旅游赋能，是一种态度和责任，更是一种担当和追求。于是，在这片热土上成长起来的一些人，以此为己任，主动把这件事扛在肩上，进行了深入探索和研究。微信公众号“山水文章”的故事老王、T 骄、阿乐、浩渺、天威等就是这样一帮人，他们有情怀，有温度，懂山水，懂旅游，用异想天开的构思，活泼灵动的文笔，携热烈浓厚的乡情，按不同的县域，将保定山上的故事用文化之线串联起来，且赋予新的内容，让保定的山水因此熠熠生辉，变得有故事、有内涵、有文化。

悠久的历史有故事，峥嵘的岁月有故事，丰饶的资源也有故事。史上第一猛将李存孝曾于涞源白石山打虎，涞水河畔是黄帝与蚩尤大战的古战场，曲阳是中医、陶瓷、雕刻、说唱艺术的源起地，唐县是尧帝开启禅让之风的地方。易县是历代医养福地和侠客之都，满城是先贤隐居田园的梦里南山，顺平王氏庄园是大清摄政王多尔衮的私家庄园，阜平有五条不寻常的特色旅游路……这些故事高光、贴切，易传播、有价值，令人拍案惊奇，回味无穷。

烟火向星辰，所愿皆成真。应该说，他们写这本书还是很有勇气的，在当今时代，如此题材能获得多少共鸣，毕竟难以预测。他们这本书，是写给自己内心的，写给保定人的，写给旅游人的，更是写给所有想了解保定、了解太行山岳文化的人的。特别想说的是，他们并不是在虚构故事，而是在为保定的文化事业、旅游发展搞策划、做规划、写文案，让保定的山山水水更加丰盈灵秀，更加韵味悠长，更加天高地阔。

“燕赵自古多慷慨悲歌之士”，正是因为有这方水土的深情滋养，才使千古侠义精神于此流淌不息。无论是抗战时期气壮山河的狼牙山五壮士，还是脱贫攻坚路上一心为民的万千好干部，无畏艰险、一往直前的保定人民，都抒写了一个又一个无愧于历史、无愧于时代的传奇。特别随着国家大事——千年雄安的规划建设，全世界的目光在此聚焦。伴随着新时代的铿锵步伐，保定山上的故事会越来越多，保定的山水华章会越来越精彩，保定人的家国情怀必将不断融入中华文明的壮阔波澜之中。

青山依在，绿水长流，不老的故事在这里永世流传……

马誉峰

2021年8月

目　　录

涞源篇：五岳雄奇一山览，太行群峰尊白石 ……………… （1）
一、天外飞山白石山 ………………………………………… （1）
二、白石山后的头领 ………………………………………… （5）
三、山上白石变黄金 ………………………………………… （12）
四、白石山上有佛光 ………………………………………… （18）
五、天下“狐仙”朝白石 …………………………………… （25）

涞水篇：金风玉露相逢地，世外桃源野三坡 ……………… （31）
一、牛郎织女发源地 ………………………………………… （31）
二、中华文明源涞水 ………………………………………… （36）
三、不跃龙门难化龙 ………………………………………… （43）
四、天地三宝聚三坡 ………………………………………… （49）
五、鸳鸯花开白草畔 ………………………………………… （55）

易县篇：老子峰前悟大道，易水湖畔唱燕歌 ……………… （62）
一、千年侠影今何在？ …………………………………… （62）
二、天下易理源易县 ………………………………………… （71）
三、水镇归来年愈少 ………………………………………… （78）
四、天下风水看易县 ………………………………………… （85）
五、名山丽水两相宜 ………………………………………… （92）

唐县篇：寻根问祖唐尧地，开慧纳祥庆都山 …………… (100)
一、一代圣王唐尧帝 …………… (100)
二、风生水起庆都山 …………… (106)
三、民主法治唐尧始 …………… (113)
四、青虚山上有神仙 …………… (118)
五、千秋忠烈“杨家将” …………… (124)

曲阳篇：钟灵毓秀古北岳，寻圣问道神仙山 …………… (131)
一、一切过往皆序章 …………… (131)
二、神仙山上神仙多 …………… (137)
三、北岳大帝出处多 …………… (147)
四、太行精神永流传 …………… (154)
五、三派一宗发源地 …………… (160)

顺平篇：千年风水育贤者，四方财气筑庄园 …………… (169)
一、我的名字有个“红” …………… (169)
二、留给幸运人的城 …………… (173)
三、凤凰背上看佛光 …………… (180)
四、真正的风水宝地 …………… (187)
五、不爱江山爱美人 …………… (194)

满城篇：梦回千年忆强汉，贤隐深山养素心 …………… (201)
一、北平桃花开满城 …………… (201)
二、满城自古龙兴地 …………… (208)
三、人间自有真情在 …………… (214)
四、火红柿树如意果 …………… (221)
五、唯有隐者留其名 …………… (227)

皋平篇：花开云上闻星语，方知皋平是天堂 ………………… (233)
一、花开云上观天路 ……………………………………… (233)
二、西巡朝圣香满路 ……………………………………… (240)
三、红色之路看皋平 ……………………………………… (247)
四、小康正道话沧桑 ……………………………………… (253)
五、天下美食朝皋平 ……………………………………… (259)

涞源篇：五岳雄奇一山览，
太行群峰尊白石

一、天外飞山白石山

爬过白石山后，老王基本上就不想爬山了，感觉其他地方的山再爬也没多大意思。“白石归来不看山”，古人诚不欺我。

据说当年纯阳真人吕洞宾登临白石山时，被其瑰丽奇幻的景象深深折服，由衷感慨：“五岳雄奇一山览，太行群峰尊白石！”

而且，吕洞宾还在白石山停留过很长一段时间，在一个偏僻山洞（后称吕仙洞）里静坐悟道。为什么吕洞宾会如此称颂白石山，还要在此山长年苦修呢？这就说来话长了。

白石山，雄踞太行山的最北端，有“三顶、六台、九谷、八十一峰”，最高峰佛光顶海拔两千零九十六米，被誉为“太行之首”。白石山还拥有全国独一无二的大理岩峰林地貌，被授予世界地质公园、国家森林公园等响亮名号。

六亿年以前，这里还是一片汪洋大海，经过频繁的地壳运动，地面上升，海水退去，沼泽广布，气候温暖潮湿，生长出茂密的森林。随着一次次地壳运动，太行山脉逐渐隆起，特别是距今七千万年至三百万年前的新生代喜马拉雅造山运动，使其强烈隆升，山前的华北平原则相对下沉，太行山脉终于产生，并形成东部陡峭、西部徐缓的地貌形态。

这是地理史上太行山脉包括白石山的由来，但如果我们换一种打开方式，在盘古开天辟地的神话体系里，白石山是怎么来的呢？

小时候，我们学过《愚公移山》这篇文章，当时大家只觉得愚公很倔强，智叟很滑头，但如果你仔细回想，是否能发现其中隐藏的秘密呢？

《愚公移山》讲述的是一个看似愚钝的老头，九十多岁了，带着家里的男女老少，想在家门前的王屋、太行两座大山之间挖开一条通往豫南的道路。

其间，他被妻子质疑过，被另外一个聪明的老头也质疑过。但是他那句“子子孙孙无穷匮也，而山不加增，何苦而不平”却直接把山神吓坏了，慌忙禀告天帝。天帝被感动了，派人把两座大山直接搬走了，“帝感其诚，命夸娥氏二子负二山，一厝朔东，一厝雍南。自此，冀之南，汉之阴，无陇断焉”。

要知道，太行山是分界中国地形第二阶梯与第三阶梯的重要组成，黄土高原和华北平原的天然分界线。过去人们说“八百里太行”，是从“河内起始至阜平一带终止”的概念，早就应该进行更改。真正意义上的太行山脉，北起张家口的蔚县，向南延伸至河南与山西交界的中条山，跨越河北、北京、山西、河南四省市，全长七百余公里。

这么重要的一条山脉，在《愚公移山》里竟被认为是一座山，这说明什么？说明当时人们心中对山脉和山峰是分不清的，因为按地理构成，王屋山也隶属南太行。

这不由引发了人们的深度思考，被搬走的那座“太行”，肯定不是指整个太行山脉，而是其中的某座山峰！

“一厝朔东，一厝雍南”。“雍南”在哪儿？很简单，雍州以南部分。“黑水、西河惟雍州。弱水既西，泾属渭汭，漆沮既从，沣水攸同。”这个位置，就是现今王屋山所在的中条山脉，古今是能够对应上的。

“朔东”呢，这个就比较麻烦。很多人认为，应是朔方郡以东，也就是黄河河套以东区域。公元前 127 年，汉武帝派遣卫青率兵出击匈奴，收复了河套以南地区，并在阴山以南的河谷地带，设置了朔方郡和五原郡。

但是，《愚公移山》一书的作者可是战国时期的列子，那时候还没有这个朔方郡呢，看来这一说法是站不住脚的。

更早一些的典籍《尚书·尧典》里面有“申命和叔，宅朔方”；《诗经·出车》中有“天子命我，城彼朔方”之说。这里的“朔方”，指的可是山西以东，最靠近海边的地方。

山西以东，还有广阔区域，怎么会有靠海之说呢？其实这一点也不夸张，因为沧海桑田总在变迁。

北宋时期杰出的科学家沈括，看到太行山崖之间“怯怯御螺贝壳及石子如鸟卵者，横亘石壁如带”，给出这样的结论：“此乃昔日之海滨，今东距海已近千里。”现代地质研究也充分证实了他的论断，太行山崖间的螺蚌壳，就是古生代地层中的腕足动物或软体动物化石。

那么，被搬走的这座山，究竟是哪座呢，答案已经呼之欲出：当为白石山无疑！

为何会如此断定呢？因为，无论从地理位置而言，还是从文化底蕴深挖，整个太行山脉里，没有比白石山更贴合这一传说的山峰了。

白石山，位于太行山脉的北端，也是古时候离海最近的地方，既然要彻底清障，肯定要搬迁到这类偏远的地方了！

先秦时期，中国还有本奇书叫《山海经》，号称古代世界地理生物百科全书，现实世界中的很多东西，都能在这书中找到相似的痕迹。所以很多人戏谈，这本书要么是外星人编写的，要么出于神仙之手，不然不会有如此宏大的全球视野。

《山海经》成书时间和《愚公移山》差不多，那时各地的山河已经定型。在《山海经·北山经》中，北方第三列山系的第一座山就叫太行山。书中是这么说的："北次三山之首，曰太行山……又东北二百里，曰龙侯之山……又东北二百里，曰马成之山……又东北七十里，曰咸山……又东二百里，曰天池之山……又东三百里，曰阳山……又东三百五十里，曰贲闻之山……又北百里，曰王屋之山。"

过去人们编地理书，南北方向有时混淆不清，硬把西南方向的王屋山，写成了东北方向。但两山之间的距离和相隔山脉是相对固定的，按此书计算，太行山和王屋山相距应为七百余公里。令人不可思议的是，你在电脑或手机搜索一下"涞源白石山到王屋山"，马上会看到这样一行字："自驾约十小时十九分钟，七百余公里。"这与《山海经》中太行至王屋的距离如出一辙。

所以，老王认为，当年《愚公移山》里移走的那两座山，现如今应是：搬至西南方向的王屋山和搬至东北方向的白石山。

说到这里，肯定有人会认为老王乱说。其实，能佐证这一观点的，不仅有古代地理志，还有源远流长的文化根脉。

写下《愚公移山》的列子是谁？列子（约前 450—约前 375），本名列御寇，列子是人们对他的尊称，春秋时期郑国莆田（今河南省郑州市）人。春秋著名的思想家，介于老子和庄子之间的道家代表人物。其为道家四大真人之一。其他三位分别是：通玄真人文子，也称计然，曾受业于老子，范蠡之师；南华真人庄子，这个太有名了，估计大家都知道；洞灵真人亢仓子，老子的弟子，能耳视目听，后登仙而去。

真人一词，最早出于《庄子·大宗师》："古之真人，其寝不梦，其觉无忧，其食不甘，其息深深……古之真人，不知说生，不知恶死。其出不欣，其入不距。翛然而往，翛然而来而已矣。"列子能跻身四大真人里，是当之无愧的神仙中人。

据《庄子·逍遥游》记载，列子可"御风而行"，那一身绝世轻功，可谓空前绝后。看过金庸先生《笑傲江湖》的都知道，书中那个白胡子的武当派掌门人，名字就叫冲虚道长。

为何有仙人之称的列子会把两座天外飞山的名字定为"王屋"和"太行"呢？这自然有他的道理。

"王屋"的名字，最早出现在传说里的三皇五帝时期。当年黄帝和蚩尤交战一直无法取胜，故在王屋山设坛祭天，最终借天神之力才战胜蚩尤，所以此山又名天坛山。

老子曾隐居于王屋山并在此悟道，写出千古名篇《道德经》。后来，王屋山被定为道教十大洞天之首，全真派的圣地，名副其实的道家名山。

那白石山的太行呢？若论其身后的神秘力量，其实比王屋一点也不弱。

那么，白石山上神明的来头究竟有多大？

二、白石山后的头领

既然讲到《愚公移山》的故事，书里面有两位神人不可不表：

第一位，操蛇之神。

"操蛇之神闻之，惧其不已也，告之于帝。"

这个操蛇之神，为何会惧怕愚公一家挖山呢？很明显，因为他就是那个山神，别人来挖自己的山脚，肯定会害怕呀，但他后面的行为却令人遐想无限。

要知道，在《西游记》里，那些普通的山神土地，可都是些小喽啰，属于神仙系列里的基层干部，被曾经的齐天大圣孙悟空经常毫不客气地呼来喝去。这位操蛇之神却能直接见到神仙的最高统帅天帝，当面诉说自己惹上事了，让天帝尽快帮忙解决，而且天帝言听计从，马上给他办了！

你仔细分析分析，诸多神仙中，负责管理北方群山，不但管蛇，还有直面天帝的超凡背景，这些条件都符合的，只有一位：真武大帝！

真武大帝，又称玄武大帝、玄天上帝、真武荡魔大帝，为道教中赫赫有名的尊神。

《楚辞·远游》注云："玄武，北方神名。"根据阴阳五行则说，"北方属水，故北方之神即为水神"。这也符合该区域近海之说。《重修纬书集成》卷六《河图》："北方七神之宿，实始于斗，镇北方，主风雨。"

在中国传统神话中，真武大帝乃天帝三魂之一，难怪可随时与天帝对话。天帝这缕分魂化凡入世，历劫成圣后被封为北方之主，奉元始天尊敕命横扫九天妖魔。

由此老王得出结论，《愚公移山》里的操蛇之神，是真武大帝无疑！

这位真武大帝，可是号称神仙中的顶级战力，镇守天界的北部。《西游记》里孙悟空大闹天宫，每次都是从南天门打进打出，却没有一次敢去北天门！

道经上所描绘的真武大帝，很是气派，不怒自威：披发跣足，身着玄袍、金甲玉带，仗剑怒目，足踏龟蛇，顶罩圆光，形象威武。

如此厉害的神仙，竟然是白石山的首任山神，真不愧有“太行群峰尊白石”的赞誉！

看到这里，估计有人会说，“操蛇之神”有啥厉害的，那些真正的大拿，都是“人首蛇身”，比如伏羲、女娲等。看看这个“道”字，不就是人首蛇身的形状吗？

其实，这是一种片面认识。汉朝之前的壁画中，往往以突出人物形象为主；汉代之后，由于种种原因，人们的信仰才开始慢慢演变，蛇的重要性和地位不断上升，“人首蛇身”的神灵才逐渐出现。

这时，肯定会有人蹦出来说，真武大帝的道场不是在武当山吗，怎么还和白石山扯上关系了？这里面，当然有缘由了。

要知道，道教神仙图谱产生后，职位也是不断变动的，庙小容不下大神，这就像这个人已经当了将军，人们不会老想着他曾经当过士兵一样。

因为信徒众多，愿力可持续加持，加上又有雄厚的背景，真武大帝的官可是越做越大。北宋真宗时，为避赵氏皇族的祖先赵玄朗的名讳，也就是那个武财神赵公明，将原来的“玄武”称号改为“真武”，并封为“镇天真武灵应佑圣真君”，与天蓬、天猷、翊圣真君并称“北方四圣”。

元朝时，加封其为“元圣仁威玄天上帝”，成为北方的最高神明。相传明成祖朱棣在北京起兵造反时，作为邻居的真武大帝，曾暗地里出手，多次帮助其以少胜多、化险为夷，后被朱棣加封为“北极镇天真武玄天上帝”，并将道场固定在武当山，免受北方蒙古人南下侵扰。

随着地位越来越高，真武大帝早就不当白石山山神很多年，但当地人是不会忘记的，至今该区域还留有不少他的传说。

第二位，夸娥氏之子。

还是那篇《愚公移山》，说天帝命“夸娥氏二子”，把太行、王屋两山背到了远方。所谓“夸娥氏”，就是中国神话传说中的大力神，大家熟知的《夸父逐日》里，讲得就是这个夸娥氏。

他的儿子们，也继承了他一往无前的耿直性格。负责搬王屋山的那个还好一些，因为冀南到雍南的距离比较近。负责搬太行山的这个，距离可就远了，一日搬千里，而且不扰民，这就有些强神仙所难了！

因长途跋涉，他右脚的靴子早已破烂扔掉，左脚那只也因磨损过度仅剩多半。他倒下后，左脚那多半只靴子，便搁置于山崖之上，如今成为太行山一景——仙人晒靴。

有人曾问：“为啥仙人还穿个破靴子？”我想这话不应该如此刻薄，对这种忘我的牺牲精神，我们不应心存敬畏吗？

还有人觉得这块倒立如靴的山石，与黄山的仙人晒靴非常相似，便说是当年黄帝巡幸游览各地山河时，为渡湖海弄湿了靴子，一只放在黄山，一只放在太行山晾晒。这样的说法，显然是牵强附会，没有经过认真考证的。

所以，负责搬太行山的这位，还是走了他父亲的老路，当他把太行山放稳当后，自己终因劳累过度而倒下。据说他死后，身上血肉骨骼毛发化作无穷的有机养分，世世代代滋养着太行山上的生灵，所以山上的花草树木长得特别好，比其他区域的要挺拔秀丽许多。

那后来，这太行山山神之位，到底落到了谁的身上？

古代有一句话，估计不少人都听说过，那就是：“王不过项，将不过李，拳不过金。”这三个姓氏分别对应了三个人：项羽、李存孝、金台。

西楚霸王项羽，这个人物大家都清楚。而金台呢？估计不少人觉得陌生，但要提起宋朝的卢俊义、林冲、武松、岳飞等人，大家还是比较熟悉的，他们的师父是铁臂膀周侗，而周侗的师父，就是金台。金台号称天下第一武林高手，比当年王重阳都要厉害的人物。

项、金两人暂且不表，单说这李存孝。李存孝，名敬思，地道的飞狐人（涞源古称飞狐），唐末晋王李克用的义子，因排行十三，被称为“十三太保”。

李存孝是实打实的唐末第一猛将，少年时徒手打死过猛虎，又称“打虎将”，有“四象不过之力”，意思是比四头大象的力气还大。那个时代群雄并起，猛将如云，但没有一人能在他手上撑过三招。

因听信谗言，他反叛了李克用，被对方围困时又投降，在太原被车裂于市。被五牛拉扯施刑之时，因其神力无边，总是能硬生生把五头牛拽回来，怎么也拉不死。

据《残唐演义》记载，当时李存孝大叫：“我得何罪？将五牛挣我！”言未绝，只见半空中一金甲神人，叫曰：“存孝不得挣挫，吾奉千佛牒文，玉皇敕旨，你原是上界铁石之精，降临凡世，今日功行完满，取汝归天，若是迟缓，神人夺了你的坐位。”存孝听言曰：“既上天叫我，安敢不从？”

这个让李存孝视死如归的神位，就是山神之位，掌管涞源、灵丘一带，是这一方大山的保护神。还有人说，李存孝死后，被葬在山西省太原市晋源区风峪沟的太山，太山周围的老百姓希望得到他的保护，经过“众推”，李存孝成了太山山神。

这一说法显然站不住脚，因为山神的位置，又不是普通老百姓说了算的。而且，在这样一个名不见经传的小地方当山神，是不是太委屈李存孝这个盖世英雄？

说到白石山上的神仙，不得不提的还有太行老祖。白石山上有个小广场叫“韭菜园”，小广场上立有一尊巨大的太行老祖塑像，这个太行老祖年纪很大，不修边幅，还瘸了一条腿，腰间挂个硕大的酒葫芦，足下有只三足金蝉，下面石座上刻有涞源白石阳子的诗篇《吟太行老祖》：

巍巍太行，千里苍茫；
万古白石，地老天荒；
仙山画境，日月灵光；
太行老祖，抚佑一方；
上继盘古，下承娲皇；
西协五台，北领恒疆；
掐草为丹，芸芸安康；
点石成金，盛世泱泱！

问过很多朋友，都不清楚这个太行老祖到底是谁，只是听过关于他的零星传说。传说他能腾云驾雾，行踪飘忽不定，常年在太行山中游历，采药炼丹，治病救人。对此，有人专门进行了详尽考证，最后得出结论：太行老祖，为东海神鳌之足所化精灵！

这结论还是有出处的，里面有一段悲惨的故事，源于著名神话传说女娲补天。相传在远古颛顼帝的时候，水神共工造反，与火神祝融交战。共工被祝融打败了，气得用头去撞世界的支柱——不周山，导致天穹塌陷，天河之水注入人间。女娲娘娘不忍生灵受灾，于是炼出五色石补好天空，并折东海神鳌之足撑四极，平洪水，杀猛兽，万灵始得以安居。

女娲补天的故事，在上古奇书《淮南子·览冥训》《列子·汤问》《山海经》中均有记载。作为正史，《补史记·三皇本纪》中这样写道："当其（指女娲）末年也，诸侯有共工氏，任智刑以强，霸而不王，以水乘木，乃与祝融战，不胜而怒，乃头触不周山崩，天柱折，地维缺。"

要知道，某些史前事件，虽以民间传说或神话形式存在，但也是有出处的。黑海水下考古探测，发现确有大量遗迹留下，我国的"大禹治水"也是如此。看来古代治理水患实实在在发生过。

那么，比大禹治水更为古老的神话"女娲补天"，是否也有事实依据呢？中国地震局第一监测中心研究员提出，女娲补天的神话，极有可能是远古时代的一次陨石雨灾害。保定区域的特殊地貌，就是全新世中晚期一次彗星入侵，大规模陨石雨撞击造成的。

彗星自东向西经天而来，陨落于此，从现在的任丘、河间到保定市区、望都一带，再向西偏北的方向延伸至顺平、满城附近，至今存在大量特殊的地貌——碟形洼地及其群体。

依据地质地貌对近代陨石撞击的研究，人们推测这次撞击发生的地域非常广，从晋北一直到冀中，甚至可能延伸到了渤海湾附近。发生时间大概在史前的某一时刻，最有可能是距今四千年至五千年间。

这次撞击的后果非常严重，说天崩地陷也是毫不为过的。看到人类东躲西藏、无处容身的惨象，居于太行山中的女娲娘娘心中十分痛惜。

为解救生灵，她便遍历乾坤，采石补天。背负海上三仙山的东海神鳌自告奋勇，请其斩断自己的四足作为柱子，这才牢牢顶住了苍天。

应该说，女娲补天的故事，从地理学讲，就发生在保定及其周边。太行山又被称为王母山、女娲山，这可不是白叫的。那么，东海神鳌四足幻化的柱子，分别放置在哪儿了呢？

肯定是陨石撞击区域的周边了！西南、东南、东北方向的那三根托天鳌足和保定没什么关系，唯有西北方向的那只，按地理位置测算，应在白石山。要知道，这种神物可是有灵性的，就像补天石里孵化出灵猴孙悟空一样，传说这个巨大的鳌足，不久也诞生出一鳖腿神灵，名曰：敖天！

为啥会叫这名字呢？因东海神鳌主动献出四足，天帝特赐其龙族本家之姓：敖！这鳌足是吸足日月精华诞生出来的，便继承了这一姓氏，又因负托天之责，便给自己取名为敖天。

敖天，就是第一任太行老祖。因是鳌足孕育而生，所以他根本不注重仪表，五官像乌龟一样有些诡异。加之在履行托天职责中承力不均，影响了形体发育，造成一只腿畸形。他的这番经历，与那篇《太行老祖赋》正好相符：

“仙山画境，日月灵光”，讲的是太行老祖吸收日月精华而生。“上继盘古，下承娲皇”，讲的是太行老祖的本体为东海神鳌，这是盘古开天辟地时就有的神兽，在女娲娘娘补天壮举中主动奉献四足，被世人广为传颂。“西协五台，北领恒疆；掐草为丹，芸芸安康”，讲的是太行老祖秉承了神鳌悲天悯人的习性，在太行山中四处游历，治病救人，不辞辛苦，是大慈大爱的楷模！至于最后那句“点石成金，盛世泱泱”，讲得则是另外一个故事了。

三、山上白石变黄金

《太行老祖赋》里提及的“点石成金”的典故，还有太行老祖雕像脚下那只“三足金蟾”，到底是何来头呢？

前几年，电视剧《三生三世十里桃花》火遍了大江南北，剧中备受瞩目的莫过于东华帝君了，凭借其高冷的神情、倜傥的身姿、俊美的颜值，俘获了无数少女的心。

他与白凤九的三世因缘，让电视机前的观众唏嘘不已。剧中白凤九自断一尾，忍着剜心之痛，于三生石上刻下自己与东华帝君名字的那一幕，更让许多人痛心不已。

要知道，道教历史上赫赫威名的东华帝君，在第三世历劫的时候，化身为北派全真教始祖王玄甫。这个全真教，就是金庸先生《射雕英雄传》里的那个全真教，历史上的全真教五祖王重阳和马钰、丘处机等“全真七子”，可是鼎鼎有名的真实人物。

元人秦志安编撰的《金莲正宗记》记载了全真五祖七子的传记，开篇第一卷讲得就是东华帝君：“帝君姓王氏，字玄甫，道号东华子。生有奇表，幼慕真风，白云上真见而爱之曰：天上谪仙人也。乃引之入山，授之以青符玉篆、金科灵文、大丹秘诀、周天火候、青龙剑法。”

汉成帝年间，西方佛学进入中原，传经白马寺，之后发展迅速，严重影响了道教的江湖地位。为了与之抗衡，道门派遣太上老君的徒弟东华帝君下界转世为王玄甫，奉师门之命传授黄老之术，演化全真道教。

据民间传说，王玄甫还有个老师白云上真，这人其实就是那神秘的太行老祖，意指在白云石上面的仙人。太行老祖是道家神兽之足幻化的精灵，作为老子在人间的代言人，他将道教神通暗地里传给了王玄甫。

这王玄甫确实够聪明，三年便得其精妙，并隐世百年不出。大成之后，开始在五台山、白石山一代游历，并觅徒传道。

后来，王玄甫将一生所学，悉数传授给了弟子正阳真人钟离权，也就是八仙里面那个钟离权，全真教的第二祖。

钟离权在选接班人的时候，选了山西人吕岩，也就是吕洞宾，并对其进行了十次考验，才授以金丹之道。最后，纯阳真人吕洞宾在白石山的“吕仙洞”悟道成仙，成为全真第三祖。

民间传说中，吕洞宾可是古代神仙里最接地气的神仙，他放浪形骸，不拘小节，经常出现于酒楼、茶馆、饭铺等地吃吃喝喝，好酒，能诗，还爱女色，被称作“酒色财气吕洞宾”，俨然一个江湖浪子，但却是人们心目中的好神仙。

《宋史·陈抟传》记载，吕洞宾为“关西逸人，有剑术，年百余岁。步履轻捷，顷刻数百里，数来抟斋中”，真是一位修道有术的高士。

《宋朝国史》中也写道：“关中逸人吕洞宾，年百余岁，而状貌如婴儿，世传有剑术。”民间相传，吕祖可飞剑取人首级于千里之外。也就是说，吕祖一念咒，他身后那把纯阳剑，就像巡航导弹一般自动飞去寻找目标了。

《全唐诗》里收有吕洞宾诗作二百多首，后世道教和民间，都称吕洞宾为“剑仙”“酒仙”“诗仙”。

老王最喜欢的是吕洞宾修道有成，下白石山时吟诵的这首诗：

九重天子寰中贵，五等诸侯门外尊。
争似布衣狂醉客，不教性命属乾坤。

这是何等气魄，决非哀叹“明日愁来明日愁”的书生之辈能讲得出口，自有仙家本色，读来顿觉神采飞扬、豪情满怀。

写《聊斋志异》的蒲松龄，对吕洞宾有段非常精彩的评价：“故佛道中惟观自在（观世音），仙道中惟纯阳子（吕洞宾），神道中惟伏魔帝（关帝），此之圣愿力宏大，欲普渡三千世界，拔尽一切苦恼，以是故祥云宝马，常杂处人间，与人最近。”所以，佛仙神中香火最盛的就数观音菩萨、吕祖、关老爷，公道自在人心。

传说中，吕洞宾最后那次度化的场景是这样的：那是一个盛夏的上午，距钟离权收吕洞宾为徒已经过去整整三年了。白石山脚下，师徒二人开始向上攀缘，骄阳肆虐无忌地照射着苍绿峭壁，好像利剑刺向天空；山路蜿蜒，看似漫漫没有尽头。钟离权走在前面，步履轻盈，如履平地；吕洞宾跟在后面，一步一挪往上奋力攀登。在他的肩上，有一个大包裹，足足有上百斤重，压得他“呼哧呼哧”地喘不过气来，额头上豆大的汗珠不停地向下淌，“叭哒叭哒”地砸落在地上。肩上那个大包裹，是钟离权上山前交与他的，用锦帛包了一层又一层，沉甸甸的，不知包的是何物。

师父没对他说，他便不询问，就当是师父的考验。似火骄阳从头顶上直射下来，随着山路的抬高，肩上的包裹越发沉重，膀子上热辣辣的，磨破皮的部位被汗水浸润，针扎一样疼。他不时背过手去，用手掌托起那个沉甸甸的大包裹，以减轻一些肩上的负担。这样一来，脚步自然就慢了。但他并没有松劲，而是咬紧牙关，促使自己不断加快脚步去追赶师父，不至于把距离拉得太开。

钟离权上到山顶后，回过头来看，见吕洞宾还在半山腰上艰难地往上爬。体会到他那刚强的意志和持久的毅力，心里甚是喜悦，便坐在一棵大松树下等他。

过了很长一段时间，吕洞宾终于登上山顶。钟离权笑盈盈地招呼道："烈日当空，松下好乘凉，歇息一会儿吧！"

疲惫不堪的吕洞宾正想歇息，便蹲下身来，把肩上的包裹卸下。不料，包裹没有放稳，竟"咕噜咕噜"滚出老远。包包裹用的锦帛瞬间被山石树杈划破，里面的东西也顺势滚了出来。

吕洞宾一见，不禁大吃一惊，原来里面包的并不是什么贵重物件，而是一块大顽石。吕洞宾呆呆站在那里，看了许久，百思不得其解地问："为啥师父要我背这块顽石上山呢？"

这时，钟离权笑呵呵地走过来说："你肯定没想到这里面包的是块石头吧？"

吕洞宾点点头，忍不住问："不知师父要此石何用？"

钟离权回道："一是用来磨炼你的意志，二是用此石传授你点金之术，也不枉你背它上山。"说毕，他抬手指着那块大石头，说了一声"变"！那顽石，立时变成一块金光灿灿的黄金。

吕洞宾连声赞叹："师父竟有如此仙术，佩服！"

钟离权面有得意之色："现在，我就将这点石成金法的秘诀传与你。"

吕洞宾略一沉吟，试探着反问："点石为金，以后不会有什么不好的事情发生吧？"

钟离权笑了笑说："咱们道家神通所点之金，与真金还是不太一样，五百年后仍然会变回石头。"

闻听此言，吕洞宾立马摇头："这等法术，弟子不愿意学。"

钟离权很是奇怪："为何不学？"

吕洞宾神色有些不屑："这种法术，仅是让人一时得利，但后患无穷。如果五百年后，有人指望着这块金子看病，或者是重要事情，突然间金子变成了石头，不仅会耽误大事，弄不好是要出人命的，所以我不能学这误人之术。”

钟离权听了这番话，脸色微红，叹道：“你这小子的眼光，比我可高多了，日后成就，肯定也在我之上！”说完，钟离权抬起右手对着那大块金子一指，口中念念有词，那金子又变回了石头。

吕洞宾不好意思地笑笑说：“我哪敢和老师比，但弟子有个疑惑，为什么老师会选择用这白石山的石头传我点金之术呢？”

钟离权笑道：“当然有原因了，因为世间的石头，唯有白石山的白云石才能点石为金。白云石属于尚未完全进化成形的石头，且饱含玄武大帝、太行老祖等无数仙贤修行的灵力，方能承受此等脱胎换骨的变化，其他山上已成形的顽石，是断不能点化成金的。”

“原来白石山如此不凡，实为修身悟道绝佳之所！”吕洞宾遂立下誓言，“不断凡俗，决不出山。”

自此，吕洞宾便在白石山的“吕仙洞”静修，七年后终于悟道，下山后遍历人间，开启了他的传奇生涯。

斯人已去，遗迹长存。当年吕洞宾负石上山的那条路，现已成为异常火爆的旅游路，不少游客称为“炼心路”。他辛辛苦苦背上山的那块炼金石，历经千年依然横卧山巅，被很多驴友呼为“问心石”。

让老王不解的是，为何白石山的石头属于未完全定形版？经考证才知，白石山的石头是岩浆侵入运动时，炙热的岩浆烧烤白云岩，使白云岩发生重结晶等热变质，变成了晶粒均匀通体洁白的大理石。

但白石山表层稍高位置，因距岩浆较远，加之当时又处于海底，冷却得非常快，导致火候不够，虽发生热变质，但未形成纯正的大理石。其仍为原始之初的白云岩貌，所以才有无限转化和可塑空间。

至于太行老祖脚下的那只“三足金蟾”，也是大有来历的，与全真第四祖刘海蟾以及白石山都有着不得不说的关系。

刘海，五代时燕山人，其家紧邻白石山，曾为辽朝进士，官至丞相，辅佐燕主刘守光。

这个刘守光，天性愚庸，愚庸中暗藏狡诈，并且色胆包天。勾搭父亲的小妾，还杀兄囚父，当然最后下场也很惨，被对手破腹取心。

当年的刘海，特别喜好谈玄论道，与许多道士交往甚密。一天，有个道士来访，刘海以宾客之礼相待。但问道士的姓名时，对方默而不答，只是要刘海拿出鸡蛋十个，金钱十文。

等刘海把东西准备完毕后，道士以每一文钱间隔一个鸡蛋，将钱和蛋层层垒叠，最后蛋和钱垒成了一个塔状，这不就是典型的“危若累卵”吗？整个过程让人紧张得透不过气来。

刘海惊叹：“我的天呀，这也太危险了！”

道士白了他一眼：“你现在身家性命所面临的危险，比这可要危险得多了。”

刘海心中一凛，若有所悟，忙问：“敢问道长，我如何才能摆脱这种危险境地呢？”道士一言不发，而是拿起鸡蛋、金钱，全都摔在了地上，然后长笑而去。

刘海立刻明白了道士的用意，当晚摆了一桌丰盛的酒席，美美地吃了一餐，然后散尽全部家财。第二天，他解下相印，穿上道士的服装，假装发狂而舞，逃出燕国。

很快，在路上他又遇到那位道士，道士见他已然醒悟，甚是欢喜，便传授给他修丹成仙的口诀。刘海方知他叫正阳子，即大名鼎鼎的钟离权。

行至白石山时，刘海遇到奉师命在此久候多时的吕洞宾，又被授之秘法。刘海成为真仙后，收了两个非常有名的徒弟：一个是全真北派五祖王重阳，另一个是全真南五祖之首张紫阳。自此，全真教开始开枝散叶，成为道教里重要的门派。

明代《列仙全传》中，刘海可是鼎鼎大名的八仙之一，到《东游记》时刘海的位置才被后来的张果老替代。

道教神话中，“刘海戏金蟾”的故事广为流传。人们常说：“两条腿的人好找，三条腿的蛤蟆难求。”这“三条腿的蛤蟆”，讲得就是主财神物——三足金蟾。

相传，刘海当年在白石山一带云游时，拒马河里有一只金蟾妖，道行不浅，却不做好事，常年为害地方。刘海得知后，急忙赶去收拾它。

金蟾精通遁水穿土之术，速度奇快无比。但这家伙也有一个致命的缺点，就是见了金钱就想千方百计吞下。根据金蟾这一“习性”，刘海以一串金钱为饵引诱金蟾，最后终于钓住了它。这就是“刘海戏金蟾，步步钓金钱”的由来。

在用计降服的过程中，金蟾被刘海斩掉了一条腿，才落败臣服于刘海门下。为将功赎罪，只剩三条腿的金蟾使出自己的绝活儿，每天将那些富人手里的不义之财衔来献给刘海，让他可以随心所欲帮助穷人。

刘海本就喜欢救济穷人，得到金蟾相助，更是如虎添翼，行善天下，救人无数，被许多地方视为“财神”。那只三足金蟾，也被人们捧上神坛，尊称“招财蟾”！

“凤凰非梧桐不栖，金蟾非宝地不居”，三足金蟾所居之地，向来都是钟灵毓秀的宝地。涞源既然敢在白石山上太行老祖的雕像下面摆放三足金蟾，说明白石山实为天下难得的宝地。

四、白石山上有佛光

人们常说“佛光宝地”，而白石山就是一个有佛光的宝地，白石山最高峰佛光顶上的佛光台，是观看佛光最好的去处。

一说到佛，每个人的心中，可能都有自己的理解。佛光，就像神话影片中观音菩萨或者如来佛祖身上散发出的那种金灿灿的光芒，神秘玄妙且美轮美奂。

据说，只有与佛有缘的人才能看到佛光，天生慧根的人身上才带有佛光。

这种奇特现象，佛家认为，这是佛从眉宇之间发出的救世之光，是吉祥的光芒！

中国最有名的佛光宝地，当属四川峨眉山，这里的佛光被誉为世界奇观，最早记录可追溯到公元63年，距今已有一千九百多年的历史了！

实际上，无论有无佛光宝地之说，白石山始终是中华大地上为数不多有佛光的名山之一。这个加分项，圆了白石山“四绝”之说：奇峰，天路（玻璃栈道），云海，佛光。

也正是这“四绝”，使白石山兼具黄山之奇、张家界之险、泰山之雄、峨眉山之幻，从而成就了北方第一奇山的美名。

无论何时来白石山，迈步跨过那道巍峨的祥云门，喧嚣红尘中那颗浮躁的心刹那间就会安静下来，山间的佛光仿佛真能度尽众生，消尽烦恼。

“祥云佛光”是白石山十二美景之一，沿栈道一路到双雄石，再攀登一段冲顶的台阶，即可到达山巅。登上山顶后，“太行之首”四个苍劲大字立时展现眼前，夺人双目，宛如荣耀璀璨的徽章。

置身云雾之巅，汹涌云海此起彼伏，远处佛光若隐若现，真可谓：“浮屠绕祥云，八方皆菩萨。”佛因山水而圆融，山水因佛光而悠然，让人如临极乐之境。

白石山的佛光，或许没有峨眉山的名气大，但两者其实并无多大区别，都是一道奇特的五彩光环。人只要站在合适的位置，背向太阳，往往就能看到远方有一个外红内紫的彩色光环！

更为特别的是，在光环的中间还会显示观看者的身影，如果人动的话，里面的影子也会动；人走的话，里面的影子也会跟着消失；就算是两个人抱在一起，能看到的，也只是其中一个人的身影！

对此，科学界有个定论：这是一种特殊的自然物理现象，太阳光线在遇到障碍物（云层里的水滴或冰晶）的时候，会沿着障碍物的边缘和缝隙穿过，学界术语称为衍射现象。

有人爱刨根问底，总爱问："观看佛光，就算人再多，也只能看到自己的身影，这又是什么原因呢？"

科学界的解释是：虽然云层里有水滴或水晶等物，但个人观察到的光环，其实是自己眼睛视为顶点的那个光锥面的水滴或冰晶作用的结果。

老王觉得，这些解释实在有些难懂，普通人不太容易想透彻。很多朋友的解释，则通俗许多，非常淡然敞亮：佛光常有，有缘的人不常有；能不能看到佛光，关键看人品！

《涅槃经》里也有同样的话："欲识佛望，要观时节因缘。"所以佛光显现需要阳光、云雾与人的互相依存，需要恰到好处，这是造化对美幻的偶然垂青。

佛光显现，与尘世间有情人相遇何其相似，人海茫茫，熙来攘往，多少人擦肩而过？有人终其一生无缘得遇，然而有缘人，往往只需一次邂逅就能守望千年。

白石山上为什么有佛光？说明这地方还是与佛有深厚渊源的，但这缘分究竟起于何处呢？

白石山，素有"白山天下凉"的赞誉，这个"凉"可不是冷，而是爽快清凉。要知道，白石山的凉，可不仅是山上凉，而是整个区域都凉，这也是涞源"凉城"的由来。

这里三伏天是不需要开空调的，并且睡觉的时候还得盖被子，平均温度比避暑胜地北戴河低 3.5 摄氏度，比承德避暑山庄低 2.8

摄氏度，绝对是炎炎夏日的绝佳去处。

所以，古时候的白石山被唤作“清凉山”。在选择文殊菩萨道场时，一直有个“先白石，后五台”的说法。

佛祖释迦牟尼在世时足迹并未到过中国，但佛经里却有明确记载，文殊菩萨的道场是由佛祖亲口指定的。

《大方广佛华严经》说：“东北方有处，名清凉山。从昔以来，诸菩萨众，于中止住。现有菩萨，名文殊师利，与其眷属，诸菩萨众，一万人俱，常在其中，而演说法。”

东汉初年佛法东传，两位天竺僧侣摄摩腾、竺法兰带着白马驮经而来，受到了汉明帝的热烈欢迎，并给予最高礼遇，安置在洛阳城外专供外国使节居住的鸿胪寺。后来，这里变成了著名的白马寺。

但这两位僧人并没有待在这里享乐，他们心里念念不忘的，是佛陀所说的文殊菩萨道场。待来年春天积雪消融，两位高僧便立即动身，前往北方踏寻此山。

他们先到的就是白石山，到了这里顿觉眼前一亮，深感此山无论是名称，还是气候，均符合佛陀所说之地。后经过反复踏勘，唯一的缺憾就是山上缺少开阔之地，不适合大规模修建寺院。

两人在此留恋盘桓，传经多日，才恋恋不舍前往其他地方继续探寻，最终选择了山西的五台山作为文殊菩萨道场。虽然佛家圣地花落别家，但白石山与文殊菩萨的渊源自此结下，所以该区域所有寺院的主殿，供奉佛像均为文殊菩萨。

白石山脚下涞源县城的阁院寺，充分见证了这一段历史。该寺院修建于东汉，和五台山寺院的修建时间基本上同步，足见这里供奉文殊菩萨的时间久远。

该寺院于唐时重修，目前的文殊大殿，修建于辽代初，是目前全国年代最远、规模最大、保存最为完好的土木建筑。远远眺望那些隐藏于斑驳之中的美丽雕刻和绚丽彩绘，不禁赞叹古人的智慧和精湛技艺。

文殊大殿内，东西北三壁上皆为大幅壁画，因其用黄泥覆盖，得以长久保存至今。从泥坯脱落露出的内容看，画面皆为佛教故事，画风有浓郁的唐代风格，其画技之精湛，不似出于民间艺人之手，倒像是皇家某大师的杰作。

要知道，历史上白石山地区的佛道极为兴盛，有“九大寺九大观”之称。从山上出土的辽砖可以看出，辽代曾于此大搞寺院建设，寺中供奉的自然也是文殊菩萨。

白石山上原本是有一座清凉寺的，但后来毁于一场洪水。前几年，从山脚下挖出一个石碑，只剩下一个明代碑首，上书“重修清凉寺记”。至于建寺的初始时间，已经无法考证了。

这样一座佛道名山，为何后来名声不显呢？说到底还是战乱惹的祸。

白石山的历史有一段几乎为空白，那就是北宋初年至明朝初年。白石山扼中原和塞外的咽喉，向来为兵家必争之地。

白石山北侧山脚下的地区，曾是当年宋辽血战的“金沙滩”古战场。一千多年过去了，白石山下许多村庄至今还保存不少宋辽遗迹和传说。孟良城、教场、寨子、草场、南马庄、南北城子这些村名，都与千秋忠烈杨家将有关。

白石山西部，有段叫插箭岭的古长城，传说杨六郎曾与辽军在唐县倒马关激战，辽军渐处下风。于是，辽军答应以射箭划界，箭落之地，就是辽军退后之所。于是，杨六郎弯弓搭箭，一箭飞出三十多公里才堪堪落下，箭落之地就是现在的插箭岭，这可比唐代薛仁贵的“三箭定天山”还要厉害，至于“平明寻白羽，没在石棱中”的飞将军李广更是望尘莫及。

可惜的是，传说终归是传说。北宋初年，辽国就侵占了包括易县、涞源在内的易州，后为金国所占，自此中原之地再无天险可守。连年征战，加上人烟稀少，这里几乎成为荒芜之地，哪儿还会有人前来朝圣，名声也就自然湮灭在历史长河中了。

但无论世事如何变幻，山不改险峻，水依然秀美。大名鼎鼎的拒马河从白石山脚下流过，从西向东，流经易县紫荆关、涞水县野三坡、北京房山十渡，最后归海河至渤海，全长七十多公里。

拒马河的名字很好听，来头也足够大。西晋末年匈奴汉国的刘聪攻陷了洛阳，其大将石勒也率大军自西向东一路杀来，并州失守，据守并州的刺史大将军刘琨在寡不敌众的情况下，边打边向幽州方向退却。

这个刘琨，就是历史上和祖逖闻鸡起舞的那个人，和刘备同一个祖宗，都是中山靖王刘胜之后。当时刘琨是主将，祖逖为副将，哥儿俩率众退守到今张坊、石亭一带，依托滔滔古涞水摆兵布阵，决心与石勒决一死战。

刘琨、祖逖派人从山上砍树，从百姓家中收集木料，在古涞水河床下打上木桩，木桩间用绊马索相连，岸边扎起一道道拒马，阻止石勒的大军过河，两人移动变换阵法，依托明里暗里的拒马阻止射杀企图过河的敌兵，以弱抵强大战了四十余天。

激战正酣时，古涞水突发洪水，将对垒的两军如天堑般阻隔于东西两岸，这时的石勒兵困马乏，只得望河兴叹，班师回朝。自此，这条河便被称为拒马河。

拒马河的源头为拒马源泉群，位于涞源县城南和城东，最有名的当属涞水源和易水源，大量泉水从地面冒出形成了拒马河。

拒马源的水质极好，按国家饮用水标准为一类淡水，常年水温在七摄氏度左右，夏季感觉冰凉彻骨，人们下去游泳往往会抽筋，但把啤酒放进去冰一会儿，喝起来倍儿爽。

到了冬天，外界气温低至零下十几摄氏度乃至零下二十几摄氏度的时候，泉水温度始终保持在 7 摄氏度左右。因与外界温差过大，泉池上雾气蒸腾，似梦似幻，成为当地一大奇观。

也正是这股夏凉冬暖的泉水，数九寒天，来不及结冰就已奔流出数十公里，使拒马河成为不结冰之河，打破了人们心目中淮河以北河流冬季结冰的常识。

拒马河和拒马源，也是颇有来头的。相传很久以前，白石山脚下住着一户人家，只有婆媳二人，生活还行，但吃水困难，需到十余里外的山洼中挑水，山路崎岖难行，来回要用大半天。

这家婆婆生性古怪，对儿媳十分刻薄，要求儿媳天天给她挑新水吃。儿媳心地善良，无论春夏秋冬，还是严寒酷暑或风霜雪雨的天气，都坚持下山担水，每天都累得腰酸腿疼。

婆婆还故意刁难她，每次担回来的水只留前面一桶，把后面的水泼掉，水缸还必须天天满着。这天，烈日炎炎，儿媳挑着一担水爬上山崖，汗水湿透衣裳，她放下担子正在擦汗，一个白胡子老头骑着匹马突然出现在她的面前。

老头和蔼地说："这位大姐，能否舍我些水？我这马数日未喝上水了。"

儿媳看了看老头，慷慨道："给您一桶。"马将一桶水喝完后，驮着老者飘然而去。

第二天儿媳担水回来，又在那里遇到老头，又被要去一桶水饮马。第三天、第四天，直到第五天都是如此。第六天儿媳担水回来，老头又在老地方等着呢。这次，老头慈祥地对儿媳说："这位大姐实在辛苦，我的马白白喝了你五桶水，没别的可送，就给你这把马鞭子吧。你把鞭子搭在缸沿上，晃两下水缸就会灌满水，再不必受那担水之苦了。"

儿媳半信半疑地接过鞭子，一眨眼老头和马就不见了。次日凌晨，儿媳决定试试，她把缸沿的鞭子晃动两下，果然灵验，水缸真的满了。

过了两天，婆婆忽然发现儿媳不去挑水了，怒气冲冲地走进厨房，一看缸里竟有满满的水，更奇怪的是缸上还搭了一把鞭子。

婆婆大声喊道："这是什么玩意儿？"说完往外一抽，"哗"的一声，水如喷泉一样冲了出来，蹿到屋顶，流出门外，婆婆见势不妙，拔腿就跑。

可是，水流比她跑得要快上很多，眼看婆婆就要被水淹没冲走。儿媳急中生智，拿起锅盖扣在缸上。从此，清泉源源不断地从这里流出，最终汇成一条大河东去。

相传，这个儿媳本是仙人下凡历劫，因有此变故，这世的修行便宣告结束，回山里继续做神仙去了。

后人为纪念儿媳，便在泉口上面的小山上修了一座庙，于东南角处建了一座塔，便是现在的泰山宫和兴文塔。

千百年来，这个美丽的传说流传至今。这时可能有人会问，那个神秘的白胡子老头究竟是谁呢，为什么会帮这个儿媳？

五、天下“狐仙”朝白石

前文讲到的神秘的泰山宫，为何这个地方涌出泉水后，人们非要修建一座泰山宫表示感恩呢？

其实原因很简单，因为那个儿媳是白石山上的飞狐入世历劫；那个白胡子老头乃狐仙长老所变，专为点化飞狐而来。泰山宫里供奉的是大名鼎鼎的泰山娘娘，这位娘娘可是传说中狐仙一族的头领。

这位泰山娘娘，道号碧霞元君，她的来历很是复杂，至今没有统一说法。有的说是黄帝的女儿，有的说是民女成仙，有的说是东岳大帝的女儿，还有的说是东岳大帝的妹妹，就是商纣王那个跳楼自杀的黄妃。但老王觉得最靠谱的说法，就是这个泰山娘娘乃女娲娘娘麾下神女，负责掌管天下狐族。

论中国老百姓的口碑，泰山娘娘四个字可是非常响亮的，她是最有烟火气的神仙，负责的都是与人们生活息息相关的事情，比如农耕、经商、婚姻、子嗣等，民间历来有“北元君，南妈祖”之说。

至于为何修座兴文塔，这里面也是有缘故的。因为这泰山娘娘，特别喜欢有文化的狐狸，为此还建立了狐族考试选拔制度，以此激励天下狐族好好学习。

清代袁枚有本《子不语》，该书里有个狐仙生员劝人修仙的故事。说的是一个狐仙秀才常年在保定的直隶总督署里读书，每当换了总督，他便化成人形哀求对方，允许他继续在那里读书。

当对方问起，怎么狐狸也爱读书，考秀才呀？他是这样回答的："我们狐狸幸亏有泰山娘娘主持考试，文理精通的录取为生员，考得不好的还是野狐；生员才可以修仙，野狐是不能擅自修仙的。"

这段话说明什么？说明能把狐族管理得这般有序的这位泰山娘娘功不可没。书中提及的泰山娘娘，就是涞源泰山宫里供奉的那位，因为从管辖半径看，保定市区到涞源距离比较近，也有隶属关系，至于其他庙里的神仙，都有越界管理之嫌。白石山呢，更是传说中自古以来狐仙一族最为推崇的圣地，素有"天下狐仙朝白石"的称誉。

狐狸，是一种行动敏捷、聪明狡狯、生性多疑的犬科动物，在漫长的历史岁月中，狐超越了本身的生物属性，形成了一种内涵极为丰富的独特的文化。

在中国传统文化中，狐是亦正亦邪的形象。最早记载于《山海经》中"青丘之山，有兽焉，其状如狐而九尾"。《说文解字》中狐的解释为"袄兽也，鬼所乘之"，可见狐在中国早期文化中的口碑还是不错的。

后来汉代的石刻画像及砖画中，常有九尾狐与白兔、蟾蜍、三足乌之属列于西王母座旁，以示祯祥，九尾狐的象征意义是子孙繁息。

两晋时郭璞的《玄中记》写道："狐五十岁能变化为妇人，百岁为美女，成为丈夫与女人交接，能知千里之事。善蛊魅，使人迷惑失智。千岁即与天通，为天狐，为四大祥瑞之一。”

唐朝张鹭《朝野佥载》记载：“唐初以来，百姓多事狐神，……当时有谚曰：‘无狐魅，不成村。’”

到了明清，狐的形象就更加丰富了。在很多志怪小说里，狐仙、狐妖的故事举不胜举，不少“坏狐狸”形象也开始出现。“妖媚”“邪气”“神秘”“狡猾”，是当今国人想到“狐”之后最明显的感觉。可以说，几乎没有任何一种动物能够像狐狸这样，被赋予各种意味深长的文化含义。精彩的狐精故事，独特的狐仙传说，在中国文化史上留下熠熠生辉的篇章。

白石山所在的涞源县，现在的名字非常普通，但历史上它有一个神奇的名字：飞狐。

人们对飞狐这个名字并不陌生，金庸先生的武侠名著《雪山飞狐》《飞狐外传》家喻户晓。但是人们并不了解，历史上这个名字为涞源专属；还有一条著名的飞狐峪，位于涞源和蔚县之间。

飞狐峪一带平均海拔高度在一千五百米到两千五百米之间，地形是南北走向，绵延二十余公里，最宽处七十米到一百米，最窄处仅四米，以深幽凶险称奇。在过去没有汽车、火车等机动运输工具的时代，飞狐峪一直是通往山西高原及蒙古大草原的重要通道。

飞狐对于白石山区域非常重要，在古代甚至可以说是当地人心目中的图腾。《中华山水掌故辞典》“王霸治道”的词条上载：“涞源县东北有野狐山，故老相传：山有野狐食五粒松子而仙，因称飞狐山。”

《广昌县志》载：“县东北十里野狐山，相传有狐食松子成仙飞去。近山人常夜闻狐鸣，县之旧名以此。”古老的狐仙传说始于春秋战国时期，传说千年灵狐食万年松果羽化成仙，自野狐山朝凤凰山飞去。

老百姓发现这只飞狐调皮且善良，经常变幻为妙龄少女、老妪、老翁三种形象，在百姓们遇到灾难最需帮助时它便会显圣，救人于危难之时，大家都很感激这只得道的飞狐。于是，大家在飞狐成仙的凤凰山顶修建了飞狐庙。飞狐庙里的主像是一位身着大红斗篷的妙龄少女。飞狐庙的香火极为丰盛，历朝均有重修，民国年间被毁，现今飞狐庙遗址仅存有清道光年间的碑刻。

《封神演义》里那个妲己，传说就是白石山的九尾狐所变。当年妲己为了让白石山的狐仙一族能有个豪华气派的安定住所，便请求纣王在飞狐山南面修造一座“纣王城”，说是夏日酷暑之时前去居住，实则是为老家狐仙而修建。

纣王命比干前去筑城，比干虽知是妲己背后作祟，但没有办法推辞，只得组织工匠前往白石山，修造了颇为气派的“纣王城”。

平白无故跑到这大山里来修建城池，比干心里非常窝火。对于妲己乃狐狸精附身的传说，他原本半信半疑，这次是真的有些相信了，便暗里派人纵火烧了山上的纣王城。妲己得知后，心头泣血，愤怒之极，才设下连环计，怂恿纣王挖掉了比干之心。

后人于白石山附近的牛心山修建了比干庙，以示纪念这位忠臣。历经三千年风雨，曾经的纣王城和比干庙，仍有遗址长存。

看过《封神演义》的人，都说这个妲己坏透了，其实这是个立场问题。真正的妲己，可能是古代神话里最冤枉的那个，女娲命令她去迷惑纣王，想方设法消耗商朝的气数，让纣王身败名裂、国破家亡。

按理说，这任务妲己完成得极好，但最后呢？女娲娘娘出尔反尔，不仅没给妲己论功行赏，反而将其捉住，送给敌军统帅姜子牙任由其处置。《封神演义》中女娲娘娘是这样说的：“吾使你断送殷受天下，原是合上天气数；岂意你无端造业，残贼生灵，屠毒忠烈，惨恶异常，大拂上天好生之仁。今日你罪恶贯盈，理宜正法。”

女娲这番话，历来饱受质疑。人们常说“国战无正义”，既然要让对方灭亡，不择手段也是情理之中的事。让一个国家的头领怨声载道、众叛亲离，肯定要教唆他干些伤天害理、天怒人怨的事情呀，如果让他天天搞民心工程，那国家还会乱吗？

所以说，女娲这样对待妲己，这让许多知道真相的神仙心灰意冷，纷纷选择遁世远离、明哲保身，“周朝以后无神仙”之说由此而来。就连女娲娘娘自己，在妲己死后，突然就道心破碎，不得不归隐天界，将太行山的管理权传给弟子碧霞元君，自此人间再难看到女娲娘娘的踪迹。

值得欣慰的是，越来越多的人开始客观地看待狐仙妲己。

所以，有人提出要在白石山脚下植下一大片桃林，建一个以狐仙为主题的旅游乐园。以后年轻人再来白石山游玩，不到这个地方祈愿山上神仙给个祝福，就可惜来这一遭了！

白石山所在的涞源县城，是一座与飞狐有缘的城市。商周时期在白石山下修建了飞狐城，为现存商城遗址，省级重点文物保护单位。

涞源县自商至汉皆名“飞狐”，从隋仁寿元年（601）至明洪武二年（1369），曾置飞狐县。前前后后，涞源县以“飞狐”为名，长达一千多年。

飞狐之于白石山和涞源县，我认为不仅仅是传说这么简单，更是无法忘记的神奇存在，是一种信仰抑或是传承，千百年来寄托着无数人的美好夙愿与向往。

涞源县的很多传奇人物，背后都若隐若现有飞狐的影子。比如李存孝，有人说他生来就有飞狐血脉，所以才天赋神力，而且身体瘦小，矫健无比，活脱脱灵狐化身。

古老的飞狐已飞往朝歌，遁入尘封的历史，经过脱胎换骨的羽化重生，在蒲松龄的《聊斋志异》里被演绎成无数耳熟能详的狐仙故事。该书共有八十多篇故事描写狐仙，各色各样的形象跃然纸上，栩栩如生。

我最喜欢其中两个故事：一个是“婴宁”，一个是“狐谐”。“婴宁”，讲述了一个在没有人间世俗气，“乱山合沓，空翠其肌”世界里长大的狐女——婴宁。尘世的污浊之气丝毫没有影响到她。她爱花，爱笑，笑得烂漫无邪，看似毫无心机，其实内心冰雪聪明，只是不愿流于世俗虚伪罢了。

她像白纸一样清纯，丝毫没有男女之大防的概念。当男主角王子服暗示想与她相爱时，婴宁回答“我不惯与生人寐”，没有丝毫忸怩作态。在母亲问起这事，又很天真的回答：“大哥欲与我共寝”，礼法在婴宁这里似乎根本就不存在。

“狐谐”中的狐女则机智无双，她的丈夫叫万福。丈夫的一个朋友知道她的狐仙身份，暗里总想调戏她，调戏未遂便当众出了一副对联奚落她：“妓者出门访情人，来时万福，去时万福”，在座的人无言以对。而狐女针锋相对道：“龙王下诏求直谏，鳖也‘得言’，龟也‘得言’。”四座无不绝倒。

在古人眼里，狐仙是美丽的，也是聪慧的，更是善良的。“月出皎兮，劳心悄兮；有意变化，君莫笑兮。”现在，许多人到白石山游玩，心里或多或少都有个小憧憬，希望在此遇见传说中的狐仙，那可是能炫耀一辈子的事情。

仙子乘风去，白石遗芳踪！

涞水篇：金风玉露相逢地，世外桃源野三坡

一、牛郎织女发源地

“野三坡”这三个字，本身自带一种别样风姿，而且这个地方还有着特殊的基因和文化传承。相信大多数国人都听过“牛郎织女”这个传说，但这故事讲述得到底是一种什么样的文化内涵呢？

传说中，牛郎是个父母早逝的青年，原本跟着哥嫂度日，但哥嫂待牛郎非常刻薄，要与他分家，只给了他一头老牛，让牛郎自立门户。

自此，牛郎和老牛相依为命，日子过得很苦。牛郎不知道的是，那老牛原是天上的金牛星下凡。有一天，老牛突然开口说话了，对牛郎说：“牛郎，今天好事来了，你去碧莲池一趟，那儿有几个仙女在洗澡，你悄悄地把那件红色的仙衣藏起来，穿红仙衣的仙女就会成为你的妻子。”

牛郎听了极为兴奋，急匆匆赶去碧莲池旁的芦苇丛等候仙女们的到来。不一会儿，仙女们果然翩翩飘至，脱下轻罗衣裳，纵身跃入清流。牛郎从芦苇里走了出来，径直拿走那件红色仙衣。仙女们见有人来了，吓得急忙穿上各自的衣衫，像鸟般飞走了，只剩下那个没衣服的仙女，她正是织女。

织女见自己的飞天羽衣被一个小伙子拿走，又羞又急，却又无可奈何。这时，牛郎走上前来，温柔狡黠地说：“你答应做我的妻子，我便还你衣衫。”织女无奈，只得依从了他。

他们结婚以后，男耕女织，日子过得还算快活，织女也慢慢

适应了人间生活，还生下一儿一女，十分可爱。王母娘娘知道这件事后，很是恼火，派天将将织女捉回天庭，并拔下头上金簪，在追赶过来的牛郎面前划了一道无法横越的天河。

牛郎和孩子们每天以泪洗面，哭得死去活来。王母娘娘看到这样的情景也被打动了，便同意牛郎和孩子们留在天上，每年七月七日，允许他们相会一次。

这个故事，与“孟姜女”“梁山伯与祝英台”“白蛇传”并称中国民间四大传说。后面三个，都有自己的发源地，唯独“牛郎织女”一直争议不断，是四大传说里最为特殊的一个。

翻开历史，“牛郎”“织女”之名，最早的文字记载出现在《诗经·小雅·大东》：“维天有汉，监亦有光。跂彼织女，终日七襄。虽则七襄，不成报章。睆彼牵牛，不以服箱。”这时的牛郎和织女，只是天上的星星，并没有情感纠葛。

到了汉朝，开始出现故事化、人物化的倾向。《古诗十九首》中的《迢迢牵牛星》，写得异常缠绵悱恻：

迢迢牵牛星，皎皎河汉女。
纤纤擢素手，札札弄机杼。
终日不成章，泣涕零如雨。
河汉清且浅，相去复几许？
盈盈一水间，脉脉不得语。

南北朝时期，任昉的《述异记》里则脑洞大开，写了这么一段："大河之东，有美女丽人，乃天帝之子，机杼女工，年年劳役，织成云雾绢缣之衣，辛苦殊无欢悦，容貌不暇整理，天帝怜其独处，嫁与河西牵牛为妻，自此即废织纴之功，贪欢不归。帝怒，责归河东，一年一度相会。"

此书呈现的是仙人之间的爱情，不久之后，就发展成仙凡之恋了，七夕节也顺理成章地成为中国情人节，也叫乞巧节、女儿节。这一夜，妇女和少女们穿针乞巧，以瓜果祀织女星。京剧、话剧和各地的地方戏里，多半都有"牛郎织女"这出戏。

围绕"七夕节"的传世诗词也不少，要说写得最美、最出名的，当属宋代秦观的《鹊桥仙》：

纤云弄巧，飞星传恨，银汉迢迢暗度。
金风玉露一相逢，便胜却人间无数。
柔情似水，佳期如梦，忍顾鹊桥归路？
两情若是久长时，又岂在朝朝暮暮。

正是这首词，把"牛郎织女"的故事推向中国式爱情的巅峰。

当今时代，在文化搭台、旅游唱戏模式的驱动下，中国有十几个地方为争夺"牛郎织女"发源地，打得头破血流、不可开交。

2008 年 6 月 14 日，中国文化部确定的第二批国家非遗名录中，明确编号Ⅰ-36 的"牛郎织女"传说的起源地，为山西省和顺县和山东省沂源县。

但 2009 年 4 月，中国民间文艺家协会同时命名河南鲁山县和山西和顺县，为中国“牛郎织女文化之乡”。你说说，到底谁才是正宗呢？

其实，“牛郎织女”传说的真正发源地，是咱们涞水的野三坡。这时候，估计有人要说老王瞎说了，且听老王表完。

经过老王认真考证，“牛郎织女”的故事脱胎于野三坡百里峡的传说，经古时好事者演绎，最终形成了现在的版本。

百里峡，被誉为“天下第一峡”，由三条迂回曲折的嶂谷组成，三条峡谷总长一百〇五公里，是目前国内发现规模最大、景观最为奇特的嶂谷地貌景区。

峡谷内群峰矗立，峻岭巍峨，峡谷幽深，小溪淙淙，野生花树遍布沟壑，生态环境原始自然，曾作为《三国演义》《赤壁》《寻秦记》《萧十一郎》等众多影视剧的外景拍摄地，人们形象地称这里为“天然大氧吧”。

相传，春秋末年时，这地方有个诚实善良的小伙，名叫石善。他的父母去世了，跟着哥嫂过日子。嫂嫂为人刻薄，百般虐待他，整天逼他上山砍柴，这境遇和牛郎如出一辙。

这天，石善又独自上山砍柴，一直砍到晌午，才抬头擦擦汗，坐在石头上喘口气。他把被树枝划破的上衣脱下来，挂在树枝上，自言自语道：“如果母亲在世，衣服早被缝好了。”

话音刚落，突然，就见一个美丽的姑娘来到近前，拿起他的衣服说：“小哥，你的衣服我来缝，以后不必再为这事发愁了。”说完，那姑娘就不见了。

不一会儿，那姑娘又出现在石善面前，手里拿着已经缝好的衣服，石善赶忙走上前，一边接过衣服，一边警惕地说：“你是谁？为啥帮我缝衣服？”

姑娘说：“小哥，你不要怕，我不会伤害你的，我是一只狐狸，在山上修行成精，因常常见你上山砍柴，日子久了，不知不觉生了同情和爱慕之情。”话没有说完，姑娘羞涩地低下了头。

原来是狐狸精呀！一时间石善不知如何是好，过了半晌儿，突然问：“你这样热心肠，做我的媳妇好吗？”

姑娘摇了摇头，欲言又止。

“怎么，你不愿意？”

“不是我不愿意，只怕母亲反对。”

“那你好好和她商量商量？”

“光我说是不行的。”

“那我去求婚好吗？”

姑娘点点头，脸上露出开心的笑容。她拉着石善的手，来到一个山洞里。这洞越往里走越宽敞，里面有一座很精致的小庄院，院子周围有花草，还有果树，非常漂亮。

来到屋里，有一位老太太正坐在石椅子上。她见石善来了，慌忙问道：“你来干什么？”

“老人家，我是来求婚的。”石善答道。

“不行，我们虽同情你，但我闺女是不能和凡人结婚的，人妖结合，天理不容啊。”

“我们相亲相爱，就应结成百年之好。”

“要知道，我们不是凡人，人妖终有别。”

“你若不答应，我就跪在这里不起来。”说完，砍柴娃石善便跪在地上。

老太太见石善态度如此坚决，不由口气软了下来，说：“那好，我答应你们，不过我有一个条件，你若做到了，你们就结婚。”

“什么条件？”

“在上面有两座峰，你们各站一边山峰，如果伸手能够碰到对方，你们就可以结婚。”

这哪够得着呀？姑娘听了这话，立马哭了，石善哭的声音则更大。

这哭声，正好惊动了从这经过的鲁班。他急忙走上前询问，问清原因后，他笑了一下，掏出怀中的鲁班斧，轻轻松松劈开一块巨大山石，并用碎石块在两峰中间修了一座石桥。

就这样，两人在石桥上牵手了。这座石桥，后来慢慢演化为传说中的那座鹊桥。

这是不是“牛郎织女”传说的原版？所以说，“牛郎织女”传说真正的发源地，当为野三坡。

不过话说回来，老王觉得还是咱们这个土生土长的故事更接地气，更有人情味。“牛郎织女”的故事，虽然听起来美妙动人，但牛郎拿人家女孩子的衣服，还强迫对方嫁给自己，不是典型的强人所难吗？这如果发生在现实生活中，肯定是要进班房的！

说到底，中国古代传说中，没有现在这么多的条条框框和道德法律约束，特别是对天地交融的欢好，更是持一种宽容的态度。

追寻祖先的足迹，不难发现有些了不起的大人物，根本就不知道自己的父亲到底是谁，而是“感应于天”“受之于神灵”的产物。

二、中华文明源涞水

野三坡因地形而名，即上坡、中坡、下坡的总称。为何称“野”三坡？因为野三坡这个地方，素有“三野”之说。

第一，野地。

陶渊明的《桃花源记》，讲述了秦时有一群人，为躲避战乱，逃到了鸟兽难至的桃花源，从此与世隔绝，后代“不知有汉，无论魏晋”，过着田园牧歌一样的生活。

这篇文章千古流传，作者通过对桃花源里安宁和乐、自由幸福的描绘，反映了追求美好生活的向往以及对现实的不满。从此，世外桃源成为人们向往的“理想国”。

这种理想国真的存在吗？别说，还真的曾经存在过，就在涞水的野三坡。

当地流传这样一个说法：明朝洪武年间，燕王朱棣扫北，曾路过此地，在三坡奴才岭看到树上有一只松鼠。那松鼠正在吃松果，后腿盘坐，前爪抱着松果，样子像是作揖施礼，又似是抱拳打拱。朱棣见后，十分高兴，说：“此地黎民教养极深，连小小的松鼠都知参拜我燕王，何况人乎？”

于是，朱棣传令下去，北从奴才岭，南至东大岭的三坡一带，严禁烧杀骚扰，百姓免除皇粮。这道令一下，对老百姓是好事，但对地方官府而言，再没有什么油水可捞，于是地方州、县都不愿再管辖此地，久而久之便形成“自由散地”。

地方官府不管了，那谁来管理日常事务呢？三坡人自有其独特的办法，大家自发推举一个首领，称为“老人官”，负责管理各项公共事宜。

“老人官”未必是年老者，主要由“家道殷实”“有办事能力而又具威望者”担任，负责统理坡内一切事物，诸如催缴田赋、调解民事纠纷、督办交通、文教，等等。遇有匪盗、水火灾患，则集聚坡人共同防范。下面各村均设“催头”，村里称“头儿”，为全村之长。“老人官”和“催头”三年一任。这种民间自治的模式，一直延续到1929年。

这种模式，就是村民自治和乡贤统治，“实开民选之先例，独树自治之先声”，这是不是像极了陶渊明笔下的桃花源呢？所以中华大地上，一直流传这样一句话：“书中桃花源，世上野三坡。”

到了清代，野三坡这种超然物外的地位受到极大冲击。据说有两个原因：一是清军入关定鼎，部分明朝官吏不肯变节事清，逃往三坡隐居不仕。二是闯王李自成入京未久，清军进关，闯王义军被逐，所遗少数军民，未及走远，流落于三坡以匿其迹。

所以，清朝统治者对三坡是有成见的，勒令三坡人民不许介入科举，剥夺了三坡人获取“功名”的权利，因而三坡人世代重农轻文，致使文化落后，科技发展缓慢。

同时，由于三坡人民崇明抑清，思想难以被改变，清朝官府便给三坡加上一个“野”字，意指野外世遗之地，民风不羁，野性难驯。

第二，野人。

关于野人的传说和故事，常见于民间传说和娱乐杂志。中国和国外都有野人故事流传，比如神农架野人传说，在中国西藏地区的“雪人”传说中，野人身躯高大，动作敏捷，穿山越岭如履平地，拥有一定的智力，有的还与人类结婚生子。1998 年 12 月 14 日，中国官方首次正式宣布：神农架没有野人。

1999 年 1 月 12 日，中国野生动物保护协会在北京召开了有动物、生态、生命、历史、古生物等学科权威人士参加的研讨会，最后结论见诸报端，专家断言：神农架不存在“野人”。野人之说本就缥缈无踪，但学术界为什么会对野人如此感兴趣呢？因为许多学者认为：野人是远古智人进化到现代人之间缺失的一环。

那么，现代人究竟是怎么来的呢？在现今世界范围内，“非洲起源说”是占主流的。1987 年，国际学术界形成较为普遍的看法，即人类的始祖在非洲。将近十万年前，有一波非洲智人走出非洲，到了其他各大洲，生存下来直至今天。

对这种说法，很多国家，特别是对华夏子孙而言，从感情上是很难接受的。所以，无数学者始终在寻找，想找到“东方土著出华夏”的证据。

近三四十年来，随着新的古人类化石不断被发现，以及对古人类和现代人基因的比较研究，人类起源又有了新的争论，“多地起源说”正在兴起，隐隐与“非洲起源说”呈分庭抗礼之势。

1983 年，在野三坡白草畔出土了距今约两万八千年前完整的

“智人”化石，考古学家按其出土的地点，将其命名为“涞水智人”。

这一重大发现，具有特别重大的历史意义，彻底推翻了原来学界关于“中国的古人类发展到北京猿人以后就灭绝了，以后中国的智人都是从非洲迁徙而来的”这一观点。

经考证，涞水智人具有典型的蒙古人种，即黄种人的特征，这充分证明，野三坡实为“中华智人”的故乡。

在人类进化史上，智人最早使用了天然火，创造了人类最古老的文明，“智人时代”对人类繁衍和社会发展具有里程碑式的意义。

如今，涞水智人的完整化石藏于北京大学赛克勒考古与艺术博物馆内，复制品之一在野三坡百里峡地质博物馆展出，接受游客参观。“涞水智人”的故事，被当年涞水县旅游局局长王宝义老先生加以演绎，已成为野三坡著名的文化名片。

第三，野战。

中国有个老词，叫“龙战于野”。这个成语出自《周易·坤卦》：“龙战于野，其血玄黄。”此为坤卦第六爻，龙战指阴阳交战，城外为郊，郊外为野。玄黄，分别指天、地之色。天地为最大的阴阳，其血玄黄，是指阴阳交战，血染天地。

什么样的战争，才够得上阴阳交战、震天撼地呢？历史上还真有这么一次，不仅神仙参与，各种妖兽也参与了，这就是中华始祖黄帝和蚩尤之间的那场大战。

据京西黄帝文化研究会考证，轩辕帝的黄帝城遗址，就在涞水县南面的鳌头山。那场影响中华文明走向的战争，应发生在涞水县及周边地区，野三坡也是当年的古战场之一。

老王曾去过那个地方，城堡遗址就坐落在涞水县鳌头山顶。该山海拔五百六十五米，山顶高六百五十米，宽六百米，地势平坦，城墙沿陡峭山崖堆成。城堡长三千五百米，城墙上有石垒垛口，环城墙上辟有一条宽五米的跑马道，而且仅有东西两门。西门外还有“哨堡遗址”，城内还有五百米长的“演兵场”，以及庙宇、娲皇宫等石砌建筑。

黄帝东迁来此建城，也是有原因的，鳌头山南面有南拒马河，北面有北拒马河，附近还有众多泉水、水库等资源，是历史上的高亢之地、鱼米之乡。

黄帝城四周气候适宜，地貌丰富，易水、拒马河均为古黄河的支流，古黄河直注白洋淀后再向东流入渤海，便于耕种和渔猎，所以成为黄帝部落理想的生活地。

1922 年 9 月 14 日，原北京故宫古物陈列所所长周肇祥和北洋政府教育总长、北京故宫博物院院长傅增湘，登鳌头山黄帝城写下《涞易纪游》：

涿鹿方弢矢，涞阳遂合符。
山形同覆釜，挂画若披图。
共饮天池水，高临帝子都。
玩松因久坐，山月趁归途。

两位专家一致认为，鳌头山黄帝城即轩辕黄帝建的“涿鹿邑”。

司马迁《史记·五帝本纪》里载：“轩辕乃修德振兵，治五气，艺五种，抚万民，度四方，教熊罴貔貅貙虎，以与炎帝战于阪泉之野，三战，然后得其志。蚩尤作乱，不用帝命。于是黄帝乃征师诸侯，与蚩尤战于涿鹿之野，遂擒杀蚩尤。”而后，黄帝“合符釜山，而邑于涿鹿之阿”。

何谓“涿鹿之野”？绝非字面上涿鹿那个地方的野外，当然，古时候也没涿鹿这个地名。要知道，古时候这个“涿”字，是指水汇之地；“鹿”字，是指能养鹿的山野，“涿鹿”两字合一起，意指依山傍水的地方。

要知道，黄帝和蚩尤之间的战争，黄帝一方打的是自卫反击战，战场肯定在自己的城池附近了。所以，这个“涿鹿之野”就是黄帝城周边的涞水和涿州区域。

据说，当年黄帝与炎帝联手打败了蚩尤后，两人之间又发生了一场为争夺天下盟主的战争，最后炎帝战败，臣服于黄帝。《史记·五帝本纪》载，黄帝“从与炎帝战于阪泉之野，三战，然后得其志”。

这个“阪泉”在哪里呢?《辞海》（1980 年版炎帝条）里说，阪泉在涞水县境内乐平一带。据专家考证，阪即豹之对音，泉为水，也就是今日洛平川的豹泉。

按此推算，阪泉之野，应在釜山北麓到白洋淀一带，这也是古白洋淀的西北边沿。这个区域缓丘密布，植被茂盛，便于隐蔽，是兵家必争之地。

两场战争胜利后，“黄帝合符釜山”，意思是黄帝在釜山这个地方，召集各部落会盟合符，这是华夏民族实现共主的历史转折点。

后来在釜山出土的陶片上，发现了带“酒”字的甲骨文，说明黄帝曾在此举行祭天仪式，宣告华夏一统。

据《直隶易州志》载，“釜山”在涞水县西北，山腰有龙潭，深不可测，遇旱祈必雨，旧有龙泉寺、龙王庙。

前面提到的周肇祥所长、傅增湘馆长和文史专家，也曾来釜山实地考察，并写下这样的诗句：

控引幽燕万象道，轩皇于此会群侯。
紫霄连嶂排云立，碧一双泉绕阁流。

——《访釜山灵泉寺》

枫风瑟瑟增门秋，屋后深潭响碧流。
莫道前山荒僻甚，轩辕曾此会诸侯。
——《釜山灵泉寺》

应该说，黄帝和蚩尤之间发生的那场大战，是中国历史上最为轰轰烈烈的一场战争了。

先说蚩尤的阵容：风神、雨后、夸父、共工、十二巫祖、八十一兄弟。在神话传说中，这些人有着通天彻地的本领；文献记录他们都是些刀枪不入、水火不侵的主。

这些人不仅可以吃正常的食物，还能吃下沙石铁块，而且是一大群异类，有的长犄角，有的长翅膀。蚩尤这个人，更有着三头六臂，号称“九黎战神”。

蚩尤和他的手下，都无法用正常人类来形容，比如，蚩尤的坐骑被称为“食铁兽”，这家伙连铁都能嚼碎，可见凶悍到何种地步。至于它现在被叫作大熊猫，以坚硬的竹子为食，靠“卖萌”为生，那就另一说了。

再说说黄帝的手下，相对来说比较符合人类的特征。造字的仓颉是黄帝的文书，精通音乐的伶伦则是黄帝手下的乐师，还有后卿、应龙、祝融等大将，甚至还有魑魅魍魉之类的怪物助阵，并且还有炎帝同盟，实力不容小觑。

可见，黄帝手下的兵将虽没蚩尤手下那般恐怖，但也绝非善茬，也都是一怒可毁天灭地的存在。

当然，所有这些，都源于各式各样的古籍和传说，不同版本有着不同的内容，甚至有很多矛盾的说法。

遥想当年，真实的故事或许很简单，也很枯燥。那个年代的气候条件不是很好，洪涝或旱灾频频发生，农作物歉收甚至绝收，造成食物大量减少。

为争夺地盘和资源，或者说只是为了能够活下去，这一区域三个最大的部落互相斗争，掠夺食物。

但是，无论这场战斗的真实场景如何，对于双方来说至关重要，对于后来的中华文明也至关重要，因为炎黄部落胜利了，中国人才有了炎黄子孙的称呼，中原大地上，也就有了华夏一族的存在。

后来经过漫长的历史演变，人们已经认同了这个事实，中国人是炎黄子孙。

因为这种民族和血脉的骄傲，在很多文人的笔下，蚩尤变成了反面的存在，邪恶的代表，必须要把蚩尤和他的手下妖魔化，方能体现炎黄的正义。

可以想象，在《山海经》《列子》以及《史记》等古籍记载里，很多东西已经被神化了，比如黄帝的手下——应龙。

应龙，为黄帝手下的头号猛将，曾施展控土神力蓄水，断绝蚩尤水源，并以一己之力硬顶虎、豹、熊、罴四兽大军，为黄帝一方获胜立下了汗马功劳！那么，应龙与野三坡之间，发生过哪些神奇的故事呢?

三、不跃龙门难化龙

说到这个应龙，大概是中国神话里非常有名的一条龙了。

传说黄帝蚩尤大战时，为助黄帝争帝而于南极杀蚩尤、斩夸父。《山海经·大荒东经》：“大荒东北隅中，有山名曰凶犁土丘。应龙处南极，杀蚩尤与夸父。不得复上。故下数旱。旱而为应龙之状，乃得大雨。”

传说它还帮助大禹过治水，以龙尾画地成江、开辟龙门，并擒下无支祁。《岳渎经》里有：“尧九年，巫支祈为孽，应龙驱之龟山足下，后水患平，禹乃放应龙于东海。”这个无支祈是孙悟空的原型，一个石头里蹦出的妖猴，祸乱四方发大水，诸神谁也打不过它，最终却败在应龙手上。所以说这个应龙，堪称当时战力第一的无双战神。

在神话故事里，应龙全称应时之龙、应德之龙，其名为吉，亦名庚辰，即黄龙、飞龙。据古籍所载，应龙庚辰为黄色龙鳞、五彩羽翼、五爪，也就是长了翅膀会飞的五爪金龙，这可是龙族里最高贵的品种。

《荆州占》说它是天神太一之妃，《云笈七签》称其为“天之后妃”“女王星”。《淮南子》《大藏经》里说应龙生凤凰、建马、麒麟，而凤凰生一切鸟，麒麟生一切兽，应龙即为世间鸟兽共祖。

《潏水集》赞曰：“应龙出重渊，奋迅弥宇宙，收藏入无间。”意思就是，当应龙伸展身姿时，八维也不足以容纳，可以充塞整个宇宙，但当它收缩身形之时，却可以进入无间之中。

大家都知道，龙这种生物是中华民族崇尚的精神图腾，全世界所有的华人都自称是“龙的传人”。这种谁都没见过的神奇生物，对国人有着特殊的意义。关于龙的来历，大体有两个版本。

一是鲤鱼跃龙门。据《尚书》《史记》等史书记载，尧舜时代，洪水泛滥。尧派颛顼之孙鲧专治水患，因鲧用塞堵之法，九载无成。舜便杀了鲧，又命鲧的儿子禹去治水。禹采用疏导法，凿开龙门山，使黄河之波涛奔流其间，出龙门一泻千里。《三秦记》中记载：“大鱼集龙门数千，不得上，上者为龙，下者为鱼。”相传每年三月冰化雪消之时，黄河中的鲤鱼自百川而来游集于龙门之下，竞相跳跃，一登龙门，云雨随之，天火烧其尾，鲤鱼便化为龙。登不上者，只能继续做鱼。

二是蛇蛟化龙。《述异记》中记载，蛇百年可化成蛟，蛟修行千年，历经天雷之劫后可化成龙，然后龙可经百年化为角龙，千年之后再历经滚滚雷劫化为应龙。从成长经历看，蛇历经千难万险，一步一步走向成功，其实力肯定比鲤鱼化的龙要强不少。有人形象的比喻：鲤鱼化龙相当于中国古代的科举，当时的科举通过率非常低，一旦通过科举获得功名，那么就等于鱼跃龙门，一飞冲天了；而蛇蛟化龙呢，则是科举之外的另外一种上升的途径，可以理解为在边疆服军役，然后经过一次又一次的战斗，立了一次又一次的军功，最后成就不朽传奇，这种方式比起鲤鱼化龙要艰难许多。

如果仔细分析，这里面有很多值得深度挖掘的东西。要知道，鲤鱼跃龙门是有具体地点的，目的是归流入海，而蛇蛟化龙呢，是要飞升上天的，这飞天是不是也需要具体的地点呢?

当然，蛇蛟化龙也是需要条件的。鱼跃龙门过的是河关，而蛇蛟化龙门过的则是天关。

涞水野三坡的龙门天关，就是神话里著名的蛇蛟飞天之处。这里有三峰品立，形如门户，故称为龙门。各山峰雄奇挺拔，断崖绝壁高耸入云，是霞举飞升的绝佳场所。相传，当年的应龙就是在这个地方潜修数千年，历经九重雷劫，飞升上天成为中华祖龙的。

龙门天关，自古就是京都西出塞外的交通要道，素有“疆域咽喉”之称，为历代兵家必争之地。金、明、清时期都曾在此设关把守。通过现存完好的“大龙门城堡”“蔡树庵长城”，与其外围的军事设施遗址，仍能看到一个完整的古代关隘防御体系。

如今的龙门天关景区，已成为举世闻名的休闲游览胜地。

景区内的上天沟，九条瀑布飞流直下，瀑布落差达四十米，气势磅礴，十八潭清泉恰似珍珠镶嵌其中，万亩原始次生林郁郁葱葱，古树磐石，如入天庭仙境。

距大龙门城堡西北一公里处的龙门峡，两侧群峰竞秀，断崖绝壁直插天际，谷中清泉溪流激浪奔腾，景色尤为壮丽。

两侧山崖峭壁上留有三十多处摩崖石刻，都是明、清时驻守关隘的武官留下的真迹，其中以“万仞天关”“千峰拱立”最为醒目，字高二点七米。其余题字大小不等，内容大体可分为两类：一类为描述关山险要雄伟，以振军威，多用楷书写成，字迹遒劲浑厚，笔力顿挫沉雄，各具风格。另一类则是描述山河秀丽俊美，以激发将士和民众的爱国热情，这一类多用行书、草书写成，运笔潇洒自如，是难得的艺术珍品。

题书者有明代万历年间都御史兵部侍郎贾三进、万历武进士钦依大龙门把总指挥都门何继文、总兵吕志远、王世兴等。经专家考证，这里是华北地区规模最大的摩崖石刻，被誉为“历史文化长廊”。

千年天关孕育了浓郁的书卷气，这种书卷气似无却有，沉淀在宏大历史和山水日常的深处。据《水经注》记载，唐宋以前，这里叫“圣人城”。

老王询问过很多人，都不知道“圣人城”的由来。要知道，中华民族历史上，被称为圣人的可不多，究竟是哪位圣人曾在此驻足呢？

经反复考证发现，原来这里是中华文字的发源地。之所以被称为“圣人城”，是因为中国象形文字发明者仓颉和沮涌，就是在这里创出了惊天地、泣鬼神的文字。但是，因为这段历史太过久远，真相早已被世人遗忘。

卫恒《四体书势·科斗古文势序》载：“昔在黄帝，创制造物，有沮涌仓颉者，始作书契以代结绳，盖靓鸟以兴思也。”

中华民族的“字圣”，就是仓颉。过去，大家都是靠打绳结来记事的，很不方便，也容易出错。作为黄帝的史官，仓颉就萌发了造字的念头。相传，当年仓颉造字功成之日，举国欢腾，感动上苍，把谷子像雨一样“哗哗”地降下来，吓得鬼怪夜里“啾啾”地哭泣，《淮南子》里记载的“天雨粟，鬼夜啼”就是这样来的。

仓颉，古籍中称他“龙颜四目，生有睿德”，是黄帝的左史，沮诵为右史。两人仰观奎星环曲走势，俯看龟背纹理、鸟兽爪痕、山川形貌和手掌指纹，从中受到启迪，根据事物形状创造了象形文字。

仓颉、沮诵所创的文字，大体有六类：一是指事字，如“上、下”；二是指象形字，如“日、月”；三是指形声字，如“江、河”；四是指会意字，如“武、信”；五是指转注字，如“老、考”；六是指假借字，如“令、长”。

指事字，在上为上，在下为下。指象形的文字，日满月亏，仿其形也。形声的文字，以类为形，配以声。会意的文字，止戈为武，人言为信也。转注的文字，以老寿考也。假借的文字，数言同字，其声虽不一样，文意相同。自黄帝到夏商周三代，一直沿用这种文字，未曾有过改动。到秦朝以后，才改小篆为通用文字，后一步一步改为隶书、楷书。

据说当年仓颉对黄帝提出“造字”构想后，黄帝特别支持，并说：“这实在是太好了，你不妨先造几个表明方位的字试试。”

于是，仓颉从鳌头山黄帝城出来后，一路向西，来到了龙门天关区域的高点。向东望去，离此不远的是白草畔，此时正值早晨，只见在树木葱茏，枝干交错的山顶上，一轮红日冉冉升到树木枝杈间，仓颉灵机一动，笔下迅速画出一个“东”字。

仓颉向南望去，只见低矮平缓的岭南山坡上，钟鸣鼓响，舞曼歌妙，乐官伶伦指挥乐工舞技正在进行排练，编钟架下，吃草的牛羊徜徉其间，于是便造出一个“南”字。

向北望去，但见座座山峰巍峨高耸，犹如背靠拱立在黄帝身边那些勇猛的卫士，便造出“北”字。

向西望去一片石林，不具备方位特征，直到傍晚，仓颉看到夕阳进石林中，余晖从石林缝隙中透射出来，斑斓瑰丽，很快画出“西”字。

仓颉把新字呈给黄帝，黄帝边看边读“东、西、南、北”，认为字形象生动、易懂、易记，但还缺一个“中”字。仓颉四下一看，主上脚下，这座城堡方位就在东、西、南、北的正中间，四面是城墙，东、西各有一座城门，一条道路穿城而过，四处旌旗飘飘，因此将“中”写成甲骨文“中”字。

黄帝肯定了仓颉的成果：这个方法非常好，你就按照象形的思路，把前进、撤退、迂回、包围、进攻等画出来，再把山、川、日、月、飞禽走兽都按此法画出，然后颁布使用。

从这以后，仓颉和沮涌每日仰观日月星辰，俯察鸟兽山川，创造象形文字。不久，人、手、日、月、星、牛、羊、马、鸡、犬、山、水以及男、女、哭、笑、一、二、三、四、五、六、七、八、九、十等字都造出来了……

鉴于仓颉和沮涌造字惠泽华夏大地，古涞水人在城隍庙内专辟一隅，为其建祠塑像、凿石建碑。现在的涞水县“城隍庙二圣神祠”，供奉的就是仓颉和沮涌这两位圣人。每年农历十月初六，被定为“仓颉造字日”，还要举办大规模的祭祀活动。

所以，龙门天关的“圣人城”和摩崖石刻，不是空穴来风，而是源于一种中华民族特有的文字崇拜，是对古代造字圣人的追思与缅怀。

如今，我们站在这些摩崖石刻面前，心自然而然就会安静下来，被精益求精的工匠精神所折服。这种精神是在细致烦琐的雕刻工序中诞生的，它们很慢，很慢……

慢，是工匠精神的精髓；慢，是一个天地万物舒展的过程；慢，也是自然、人与物相互交流的过程；慢，是精神的，而非物质的。只有慢下来，才能产生美和艺术。

漫步龙门天关，需要的就是慢。一不小心，可能就会有绝美景物一晃而过。

传说这里是离天最近的地方，龙门天关上还有一个叫“天亭”的地方。有一天，玉皇大帝来上天沟巡视，走到此处远望，有不见尽头的茫茫林海，繁花锦簇，百鸟争鸣，两侧山峰奇峰怪石，云雾缭绕。他想，这么美丽而幽静的地方，为何不把它当成休息的场所呢？于是，玉帝便派天兵天将在此建了一个暂坐亭。从此以后，各路神仙只要经过这里，都要在此处休息，饱览人间美景。

景区内还有一个地方叫升仙台，据说当年的应龙就是从这里应劫飞天的。传说有仙缘的人，一旦跨过这个地方，就会进入到一个崭新的世界，能够见到天上的神仙，并能聆听到他们的话语。

虽然这只是美好的传说，但信步山间，静享那浓浓的文化气息，无论是应龙化龙之前的长久蛰伏，还是仓颉造字的潜心揣摩，抑或前人悬崖石刻时的精雕细琢，都会让我们有所敬，有所畏，有所悟，有所得！

四、天地三宝聚三坡

野三坡有“人间桃花源”的美誉，这里不仅山美水美风光美，更是钟灵毓秀的宝地，素有“三宝聚三坡”的传说。

第一，宝鱼。

说到鱼，大家都很熟悉，自古就是人们口中的精美食材，过去有“北羊南鱼”之说，合起来就是一个“鲜”字。但说起中华五大名鱼，估计许多朋友未必知道，那就是涞水钱鱼、春江鲥鱼、青海裸鲤、大理裂腹鱼和异华鲮鱼。这五种鱼，不仅稀少，而且味道极美。其他四种鱼先不表，单说说这涞水钱鱼。

所谓涞水钱鱼，学名为多鳞颜颌鱼，又名多鳞铲颌鱼、梢白甲，属鲤形目，鲤科，白甲鱼属，当地人称“石口鱼”，其肉质细嫩，味美不腥。据《北京鱼类志》记载，这种鱼在北方仅产于涞水拒马河一条支流的源头——一个幽深山洞的独眼泉水，此洞名“鱼谷洞”。

鱼谷洞位于野三坡鱼谷洞景区内，洞内泉水清澈，长流不息，谷雨前后，每天傍晚成群结队的钱鱼随着泉水向洞外涌出，好像石嘴里喷鱼，这也是“石口鱼”名字的由来，这种有趣的情景，一般会延续八至十天。因此奇观，该泉水被列为中国八大怪泉和世界奇泉之一。

涞水钱鱼每尾七两左右，黑脊白腹，鲜美可口，对于治疗心脏病有奇效。过去当地村民常用篓筐在泉口捕捞，每年捕捞上千公斤以上，近年来由于水质环境和产卵场地受到破坏，野生钱鱼数量越来越少。

宝鱼来自宝洞宝水。鱼谷洞景区名泉众多，有鱼谷泉、神鱼泉、神洞泉、神天泉四大泉群，或以水取胜，或以奇观而闻达，尤以鱼谷洞最为出名。鱼谷洞内常年保持 14 摄氏度左右的温度，其泉水内含多种对人体有益的矿物质微量元素，是天然的优质矿泉水。

鱼谷洞，向以“奇幻险幽”著称，曲径深邃，时宽时窄，时高时低，变幻多端。行走洞中，给人一种神秘、探险的感觉。

鱼谷洞内外的岩层为距今五亿年左右寒武世纪晚期的竹叶状灰岩——泥质条带灰岩。在其深处，有天然发育的石笋、石钟乳，最大石笋高两米，直径约零点七米，有的略黄，有的晶莹，有的剔透，洞顶滴水不断，并有钙华沉积。

鱼谷洞共分五层，层层有景，景景奇特；洞中有洞，洞洞相连。洞底沉积的大量史前泥土，为鱼谷洞增添一股古老的气息，各种地类十分罕见逼真，石花、云盆、鹅管、地质遗迹等景观，是大自然鬼斧神工的杰作。

“洞中无岁月，行来数亿年。”信步洞中，不仅能给人耳目一新的感观享受，更多的是能了解古老星球的生长历程，真正体会大自然的造化之功。

涞水钱鱼，向来有“鱼界大熊猫”和“鱼类活化石”之称。该鱼形成于地球上气候剧变的更新时期。这一时期，北半球的高中纬度以及低纬度地区的一些高山，曾出现过大规模的冰川活动。

冰川的前进和退缩造成寒冷的冰期和温暖的间冰期的多次交替，并导致海平面的大幅度升降、气候带转移动荡、植物迁徙或绝灭。这些事件，对早期人类文明的发展产生过巨大影响。

这种不足巴掌大、看似不起眼的鱼，在远古时期可是与“北京猿人”为伴的。这种鱼有蛰伏泉穴越冬的习性，越冬期近六个月，估计是因鱼谷洞特殊的地理环境。也因为这种环境，这种远古鱼类才得以保存下来。

为什么这种多鳞铲颌鱼被叫作涞水钱鱼呢？这里面自然另有故事。

据说当年吕洞宾游历到野三坡，看到当地人辛勤劳作，早出晚归，脸朝黄土背朝天，但土地贫瘠，产出低下，依然过着饥一顿饱一顿的苦生活。

吕洞宾非常同情老百姓，心想：怎么才能让大家填饱肚子，而且还有些闲钱呢？直接施法术给大家金银吧，这固然简单，可世上不养懒汉，给再多的钱也有花完的时候呀。想来想去，吕洞宾觉得授人以鱼不如授人以渔，给大家金银，不如给大家能享用一辈子的手艺。

于是，吕洞宾施展法术，把身上的一串铜钱撒进了鱼谷洞中，顿时化为无数条鱼，不断从洞口涌出，流入了拒马河。然后他走到集市，逢人就说：“我给你们指条生财之路，你们织网下河捕鱼，然后把吃不完的鱼拿出去卖，多少能挣点儿闲钱。”

大家半信半疑地走到拒马河打鱼，果然收获很大。这种从天而降的鱼银光闪闪，肉质鲜美，拿到集市上很快就被抢购一空。但凡去河里打鱼的人家，从此再也不用饿肚子了，卖鱼的钱也能贴补家用，不少人穿上了新衣服。大家高兴坏了，便给这种鱼取名叫“钱鱼”。

这个消息很快传开了，十里八乡的百姓都来河边打鱼，大家一窝蜂地下网。一网网的鱼被人们打捞上来，家家户户顿顿吃鱼，集市上也全是卖鱼的，可大家根本吃不了这么多的鱼，鱼价一再滑落，最后竟比粮食还便宜，做成腌鱼还会亏本。

可即便如此，人们依然毫无节制地捕捞，宁可不种地不干活儿，也要没日没夜地拼命打鱼。

吕洞宾看到大家如此贪婪，不禁连连摇头，他挥剑劈向鱼谷洞，一剑斩出一条地下暗河，很多鱼都钻入暗河之中，只有极少的鱼在谷雨时节水大的时候，才涌出洞口，河里的鱼变得极少极少。大家目瞪口呆，生活很快便恢复如常。

这就像人与大自然的关系一样，拥有时不懂得珍惜，只知道贪婪索取，最后只能是一无所有。

第二，宝书。

当年吕洞宾发现鱼谷洞后，感觉此地冬暖夏凉，实为修行的洞天福地，而且泉水清洌味甘，更是酿酒的绝妙用水，嗜好饮酒的他，便在此处修行了好长一段时间。

相传吕仙人离去之时，在此留下了一本《天书》、一把宝剑、一个酒葫芦，静待有缘人前来。

过了很长一段时间，有人发现这个鱼谷洞每年都往外喷鱼，感觉这是个宝洞，但因其过于幽深昏暗，没人敢深入里面探险，但都说这洞里肯定有宝贝，不然怎么会无故向外喷鱼呢。

当地马各庄村有个阴阳先生，叫郑有才。只因他身材矮小，所以人们叫他郑矬子，或者尊称他“郑阴阳”或“郑先生”。

郑矬子想：既然这洞里有宝贝，我何不进去看看呢？这洞虽然很深，也未必有什么危险！于是，在冬季的一天上午，他下定决心终于进洞，随身带了纸和笔，还带了许多的火把和干粮。

洞口很小，他爬了进去，点着火把照明。洞内很狭窄，路又坎坷，洞顶上滴着水，蝙蝠一个咬着一个，一串串地挂着。他一直往里走去，火把换了一把又一把。走着走着，眼前突然出现了绝壁。他用火把往上一照，看见壁顶上有个洞口。

他攀上绝壁，进了洞口，继续往前走。然而，奇怪的是，越走越亮，洞也越来越宽阔！他扑灭了火把，继续往前走。走着走着，奇景出现了：眼前就像几十间屋子那么宽敞，像点着电灯那么明亮！中间放着一张石桌，桌的两旁，有两盆花，好看得很。桌上，放着一把宝剑、一本书和一个酒葫芦。

他走上前去仔细一看，宝剑上有七颗星，书皮上有“天书”两个字。于是，他带上《天书》、七星宝剑和酒葫芦往回返，可快到洞口时，忽然起了一阵风，刮了他一个趔趄，酒葫芦掉在泉水里，里面的酒全都流进了泉水里，整个泉水立马泛起一股酒香。他手中的《天书》也忽然不见，于是他原路返回，又来到那个石桌前，发现《天书》仍在石桌上放着。他拿起《天书》再次往回走，可是，刚到洞口时，又是一阵风把书刮跑了。第三次也是这样。

他想：看来这书是不能往回带的，对了，我还带着纸和笔呢。他第四次返回石桌那儿，搬了块石头坐下来，拿出纸和笔，伏在石桌上抄，一直抄了两个时辰，突然又刮起了一阵风，洞里变得漆黑，一摸桌子，发现《天书》不见了。

他把抄下来的《天书》抓在手，藏到最贴身的口袋里，手握七星宝剑摸着往外走。走着走着，“扑通”一下子掉到了泉水里。他直了直身子，想探探水有多深，但沉下去很深了，还是蹬不到底，于是又浮上水面。

他定了定神，忽然有了主意：对了，我怎么不试试《天书》上说的法术呢？于是忙念起咒语来。这一念果然灵，水里立即浮出一条大蟒来。他用七星剑指着大蟒，继续念咒，大蟒就变成了一座“独木桥”。大蟒的眼放着光，把水面都照亮了。

他登上独木桥，慢慢地到达了岸边，接着又念起咒语，把大蟒送了回去。他用七星宝剑探路，摸索着向前走，也不知走了多长时间，越走越亮了！

忽然，他看见了洞顶，亮光就来自洞顶的缝隙，他顺着这条光线往上攀爬，终于走了出来。可是，走出来之后，他发现这里不是他进洞时的洞口，而是离原洞口有十几公里远的另一处洞口。

看来，这鱼谷洞真是幽深无比呀！

第三，宝藏。

三坡一带流传着一首歌谣：“髽髻山，铁角坨，石门沟，九尊佛，内三尊，外六尊，谁要看见那三尊，金银财宝往家驮。”据说在髽髻山东侧石门沟的石壁上，有九尊佛像，可是人们见到的却只有六尊。传说谁要是找到了另外三尊，就可以得到无数财宝。

那三尊神秘佛像，据说在隐蔽的石门里面。想要打开那道石门，需有亲兄弟十个和一个长够百天的双杈丝瓜作钥匙。

很久以前，髽髻山下有一家人，两个老人生了九个儿子和一个闺女，九个儿子都还没有成家，女儿刚刚出嫁。

这一天，九兄弟中的老三发现丝瓜架上长了一个怪异的丝瓜，一个瓜身分成了两杈。他把这事告诉了父母和兄弟们。父亲叹了口气说：“哎，可惜了。”

儿子们忙问：“这有什么可惜的?”父亲说：“如果你们再多一个兄弟，咱们就可以打开山上的石门，取出里面的财宝了。”他的话音未落，机灵鬼老九说：“这也不难，咱不会算上姐夫吗？那就成了十兄弟了。”一家人齐声说好。

就这样，等丝瓜长够百日，九兄弟加姐夫共十人，每人带一个口袋，拿上双杈丝瓜出发了。临行时两个老人再三叮咛：“千万要记住，只能叫哥，不能叫姐夫，每人装满自己的口袋就赶紧出来，不要贪多。”

他们来到石门前，将丝瓜插了进去，那石门果然开了。他们往里看去，见距石门约十多米处有一个弯儿，拐角的石壁上，真的有三尊佛像。

于是，他们顺着石壁走了进去，拐过弯儿，立刻感到眼前闪烁，但见里面金银如山，珍宝无数。中间有一盘金擀子，一匹金闪闪的马驹子正拉着碾子转，十个人全看呆了。

过了一会儿，老九率先醒过神了，他急忙叫道：“哥哥们，赶快动手吧！”一句话提醒了大家。他们分头行动，很快便把十个口袋全装满了。

可老三还不满足，他想那金马驹子是个活的，一定更值钱，应该把它也赶上一起走。于是，他背着沉重的口袋，走过去把金马驹子解下来，拉着就走。那匹小金马却怎么也不肯往外走，女婿便过去帮忙一起拉。

这时，走在最前面的老七突然喊起来：“不好，大家快走。”他身后的老二紧走几步，看到石门正慢慢关闭，急得大喊：“三弟，姐夫，你们快走……”没等他把话说完，就听“轰”的一声，石门戛然关闭，不留一丝缝隙，十个人全被关在了里面。

此后，再也没有人打开过那道石门，只留下那首神秘的歌谣流传至今。

五、鸳鸯花开白草畔

人们介绍野三坡景区时，总爱用这样一句话：“野三坡，是中国北方极为罕见的融雄山碧水、奇峡怪泉、文物古迹、名树古禅于一身的风景名胜区。”

其他的都好理解，唯独“名树古禅”这四个字不好理解，这说明什么？说明这个地方，过去曾是佛教兴盛之地，也是名人聚集之地，种下了不少有价值的树木。

现如今，野三坡的寺庙并不多，但很多地名却与佛有缘，比如三坡镇的南禅房村和北禅房村，过去统称“禅房村”。何为禅房，就是僧人修行聚会之地，“曲径通幽处，禅房花木深”说的就是这个意思。

还有，野三坡金华山景区的清泉寺村，也因寺院而得名。村中寺院遗址旁有棵上千年的银杏树，传说是位公主于清水泉边建寺修行，并亲手植下这一名贵树木。

经考证，历史上野三坡曾是佛家高僧避难之地。南北朝时期，北魏太武帝拓跋焘率铁骑踏平四国，一统北方。当时佛法广传，很多人出家修行，对社会造成一定影响。438年，拓跋焘下诏，令五十岁以下僧侣还俗，以解决兵源；444年，他又以佛法搞“迷信活动”为由，下诏驱逐僧侣。

446年，在重臣崔浩的进言下，发出最严厉的灭佛诏：“击破焚烧佛像及佛经，拆毁寺院，活埋僧侣。”当时笃信佛法的太子再三上表劝谏，拖延了诏书颁布，一些僧人才得以逃脱。不几日，便开始在全国范围内砸佛塔、毁佛像、烧佛经、杀僧尼……

因地理位置极为偏僻，据说有不少僧人携带金银财物逃到野三坡，将其埋进深山，并在山上以开凿佛像作为记号，期待后人能够重启宝藏，修建庙宇，恢复佛家昔日荣光。我想，这应是佛家宝藏传说的由来。

其实，野三坡不仅是佛家宝地，更有仙凡邂逅相爱的圣地。这个浪漫的地方，就是大名鼎鼎的白草畔。

白草畔，山势挺拔，奇峰林立，满山野花盛开，野生动物成群，森林遮天蔽日，素有太行“绿色明珠”之称。登石城岭鸟瞰晴空流云，探蚂蚁岭的红蚁巢穴，听风动石畔的松涛，赏千顷杜鹃，游万亩林海，早观“极顶晨光”，晚眺“京城灯火”……这些天然美景，让人流连忘返，不知身在何处。

白草畔景区是野三坡的制高点，其主峰名五指峰，卫星定位测量精确海拔高度为两千一百一十六米，与北京的百花山遥相呼应，属姊妹峰，是京西四大高峰之一。白草畔山顶和山下气候差异明显，山上植被垂直分布，每年五一前后，山下春意融融，鸟语花香，山上都有长达一百多米的冰川，形成“一山有四季，上下不同天”的奇观。

白草畔是个风景迷人的地方，素有“不登白草畔，空言百花山；登上白草畔，方知天外天”之说。但这里为何叫白草畔呢？传统说法主要有三：一是这里有密密匝匝的白桦林，颀秀俊美，颜色斑白，取其白字。二是这里海拔较高，五月还有冰川杜鹃，白里透红，白雪娇花故称白。三是这里花草繁盛，不远处有北京的百花山，将“百”字顶部一横掀掉，寓意已突破百花百草之数，遂名“白草畔”。

传说白草畔是天庭后花园，天上的神仙工作累了，经常来此游玩休憩。月下老人去凡间，第一站到的也是这里，并会在此备课，翻阅一下人间婚姻簿子，查看哪些青年该成亲了，便在上面划个勾，然后去点化他们，使其尽快成亲。所以说，坐在这里的青年男女，月下老人首先看见的就是他们，如果认为他们有缘，立马便会给他们划勾。凡是被划了勾的人，将迅速坠入爱河，并因月老的神力加持，一生婚姻美满，白头偕老。

可以说，这里是月下老人牵线联姻的最佳场所，原来山顶上有个供月下老人休息、供情人赏月的亭子——月下亭。后因被划为军事管控区拆除，如今已解除管控，正在恢复重建中。

因为这个原因，天上神仙和山间精怪，也经常偷偷溜到此处，寻觅仙凡情缘，并留下很多美好的传说。

在白草畔风景区，有一种非常美艳奇特的花，当它含苞欲放时，两个花骨朵儿就像一对热恋中的情侣，紧紧地拥抱着、依偎着。当花朵绽放后，羽形绿色花叶扶着紫色花朵，雌性花瓣在前，雄性花瓣依后，一直到花落结籽，雌雄也不分离，可谓一生一世，情比金坚。

当地老百姓给这种花起了一个让人充满遐想的名字——紫鸳鸯。这紫鸳鸯究竟有何来头呢？相传古时候，三坡有一位书生，姓王名英，虽自幼父母双亡，家道尚属殷实，日子过得还不错。传说王英是天上花神下凡，天资聪明，读书过目成诵，因喜爱赏花，房前屋后都种满了奇花异草。每日读书之余，总是以花为伴，不是对着奇花描绘丹青，就是面向群芳吟诗作赋。

大比之年，亲朋劝他去京城应试。他想，朝廷有令，不许三坡人下考场求取功名，去也白去。可又一想，到京城去，一来可免费观赏奇花异草；二来能见见世面，试试自己的文才，又有何不可呢？于是，他收拾好行装，翻山越岭来到京城。不出意料，三场考过，名落孙山。面试时主考官一听他的口音是三坡人，立马就把他的名字划掉了。未把功名利禄放心上的王英，当即离开京城，绕道著名的百花山回家。

百花山跟白草畔隔一道山峰，相距只有十多公里。山上开满奇花，长遍异草。这时正是春季，漫山遍野，一棵挨一棵，一簇连一簇，一片接一片，红的、黄的、白的、紫的，真不愧花的王国，把王英看得目瞪口呆，惊奇万分。

他早就听说百花山上花草甚多，没想到竟这般绚美，不由心发奇想：我何不把这些花移栽到白草畔去呢？到那时，白草畔不也就变成百花山了吗？拿定主意后，他便动起手来，挖上几棵，用双手捧着，越过山峰，栽到白草畔；又挖几棵，仍是如此。周围其他人看到了，觉得这事可以呀，于是便上前帮忙。

就这样，你挖几棵，我栽几棵，直到把整个白草畔都栽满了花。一天、两天、五天……许多天过去了，花大都活了，唯有一株花的叶子总是蔫蔫的，花瓣不见光泽，像个病态少女。

王英心里很难过：这花原本活得好好的，若因为移栽而死掉，岂不是我的罪过？于是，他用双手捧来山泉水，一捧水一捧水地浇，一滴水一滴水地洒，可是仍不见花好转。他忘了累，忘了饿，一不小心，跌了一跤，腿被划破了，流出了殷红的血。他用擦过血的手又去捧水，血和水溶在一起，洒在了花上。天黑了，由于连日劳累，王英不知不觉挨着花睡着了。

不知过了多长时间，只见一个身着紫色衣衫的美丽姑娘站在他面前，顿首叩拜："多谢公子救命之恩！"王英手忙脚乱，忙低头还礼，谁知"梆"的一声，鼻子碰在膝盖上，顿时醒了过来。"原来是个梦呀！"他抬头看看天上繁星，又睡了过去。

入梦不久，但见那个少女又款款来到他面前，眼波温柔，深情说道："公子情深意长，小女愿长相伴随。"说完，那女子便紧挨着王英坐下。见少女这般表现，王英心中着实欢喜，便侧身去搂对方，谁知这一动，手碰到坚硬山石，又醒了过来，此时天已微明。

王英心中笃定：肯定是这花的精灵，与我梦中相会。这更坚定了王英把花护理好的决心，于是他便在此花旁搭了个草棚，长期住在那儿。经王英的精心呵护，那花的叶子日渐舒展，翠绿翠绿的；花朵也渐次绽放，紫红紫红的，娇妍无比。

度过盛夏，迎来金秋。有一天，人们突然发现，花旁草棚里的王英不见了踪迹，而那株奇异的紫花，竟变成了雌雄同体。大家都说，王英和那紫花结成了神仙眷属。之后，人们便管这花叫作紫鸳鸯。

这类风趣传说，在野三坡还有很多很多。涞水是千年古县，随处可见商周时期的遗存，特别是散落大山里的那些古村落，更是体验民间故事和乡野古风的绝好去处。

野三坡是太行山与燕山两大历史名山的交汇处，从燕山之巅到太行之脊，历史文化浩如繁星，古镇古村如珍珠般镶嵌在这片土地上，这些古村镇承载着跨越时代的丰厚积淀，以其完整独特的人文环境、历史风貌，成为鲜明夺目的地域标志。

畅游野三坡，极有可能在某个山谷溪流的转角处，那悠悠的乡韵乡愁不经意间便会将人牢牢俘获。

入选“中国传统村落”的九龙镇岭南台村，就是这样一个独特的存在。该村号称“京郊最古老的村庄”，地理位置极为幽僻，也许正是这个原因，才使它的建筑风格得以较好地保存下来。

踏进村庄里那些民居，古老的气息迎面扑来，时空瞬间转换。在这些民居的大门与院子中间，多有一道青砖砌成的影壁相隔，影壁砖雕功夫极深，雕刻的主题吉祥且技艺精湛。

走入古老的街道和明清时期建造的四合院，我们会真切感受到岁月变幻的沧桑，那古老的砖雕、木雕、石雕，都亲眼见证了那些抹不去的历史印记。

历经千百年风雨的古村，留给我们绵长悠远的遐思。这里的一街一巷、一砖一石，都渗透着古老东方的风韵与智慧，以及中华传统文化的博大精深。

现在的野三坡，不少村庄都建有高端民宿，这些民宿既有古朴民风，又有现代野奢，实为京津大都市周末休闲度假和体验乡愁的最佳选择。

说到民宿，野三坡最著名的民宿，当属南峪村的“麻麻花的山坡”！

麻麻花的山坡，就在张涿高速都衙出口不远处，这个村子不大，仅二百多户人家，因长满野菜“麻麻花”而得名，新版《西游记》里的不少场景就是在这里拍摄的。2015 年，三星和中国扶贫基金会联合在中国启动了“分享村庄”项目，南峪村从河北省二十二个候选贫困村中胜出，这一难得契机，为小山村插上了腾飞的翅膀。

这里依山傍水，清新幽静，每个民宿院子都有村民管家提供贴心服务。每逢周末，开车来此度假的人络绎不绝，节假日高峰期更是一房难求。

这些民宿多为旧时民居改建而成，有小时候那种独门独院的感觉。房屋内饰和空间布局，在保留老屋风格的同时，增加了几许现代艺术感，显得隐逸而舒适。

卧室设计简约大方，躺在床上就可以沐浴阳光。窗外是大片山林，绿叶葱葱的时候，宛如一个超大的画框，可以随时欣赏美丽的“山水画”。墙边有舒服的榻榻米，倚在暖色靠枕上喝咖啡，看着孩子在身边玩耍，惬意极了。

麻麻花又名山葱花、野韭花，叶长如韭，花开淡紫，是上等的调味品。如果评选野三坡景区的“区花”，我想这麻麻花肯定会夺魁，它野生自然，静美质朴，甘于平凡而不失珍贵，这一点像极了野三坡的原住居民。

有人说，中国的休闲度假旅游，有三大模式：一为海南模式，依靠阳光海滩的资源，吸引全国各地特别是北方人前来常住。二为莫干山模式，依靠独特位置和精心打造的乡野风情，吸引上海、杭州等大都市的人度假休闲。三为乌镇和丽江模式，通过集成打造文化 IP，吸引特定人群慕名而来。

而野三坡呢，应该说兼具后两者之长，既有莫干山的地利之便和山水之美，又有乌镇和丽江独特的人文符号和娱乐元素集成。将其打造成北京近郊的休闲旅游目的地，是保定旅游人的使命担当。

令人遗憾的是，野三坡地区过去是兵家必争要地，饱经战乱之祸，而且有很长一段时期属于“三不管”地界，追溯其历史渊源，明显存在文明断层，那些湮灭在历史长河中的文脉古蕴，需要我辈的共同挖掘考证，愿与诸君共勉之！

易县篇：老子峰前悟大道，易水湖畔唱燕歌

一、千年侠影今何在？

日头正炽，青石血染！秦王嬴政阴鸷的目光，缓缓从殿前的尸首上抬起，向东北方向眺望。他的目光，仿佛穿越千里，最终定格在奔腾不息、寒凉彻骨的易水河上。

让他百思不得其解的是，这个荆轲，为何胆子如此之大，竟敢孤身一人到秦国王宫里来行刺自己？胆子大也就算了，为何一个平头百姓，会有这么高的心智定力，在众目睽睽之下，在自己的君王天威面前，表现得如此神定气闲，安忍如山，不露丝毫破绽？

不仅嬴政有此疑问，两千年来，无数人都对此充满了疑问。于是，许多人带着疑惑来到易县，循着先人的足迹，探寻问题的

答案。

“燕赵自古多慷慨悲歌之士”，易县尤甚。易县在中国历史上被誉为“侠客之都”，并非虚言，从这里走出了无数豪气冲天、视死如归的英雄侠士。

燕昭王在易水之滨，高筑黄金台，千金市骏骨，尊贤重义，燕国中兴；苏代过易水，为赵惠文王讲“鹬蚌相争，渔人得利”的道理，平息燕赵之战；太子丹易水送别荆轲，留下“风萧萧兮易水寒，壮士一去兮不复还”的千古绝唱；五代时，这里发生过孙方简、孙行友抗击契丹入侵的故事；抗日战争时期，更以狼牙山五壮士名扬中外。

有人说，中国最具人文精神的湖泊有两个：一个是有西子之称的杭州西湖，素与美女结缘，处处都是婉约深情的爱情传说，比如白蛇与许仙、苏小小与卖油郎。另一个则是易县的易水湖，唐朝骆宾王曾有诗云：“此地别燕丹，壮士发冲冠。昔时人已没，今日水犹寒。”

该湖自古便与江湖侠客紧密相连，是当之无愧的侠客之湖，随处可觅剑侠刺客的踪迹。而且，这里走出的侠客，多是为国为民的大侠，绝非为一己恩怨怒而拔剑的江湖人士。

易县是燕国下都所在地，说起燕国，就不得不提到那位燕国开国之王召公。周朝历史上，有一段时期叫“周召共和”。“周公吐哺，天下归心”，周公大名鼎鼎，无人不知，无人不晓，但与之齐名的召公呢？不少人就未必清楚了。

召公，名姬奭，周朝宗室，与周武王、周公旦同辈。姬奭辅佐周武王灭商后，受封于蓟（今北京），建立燕国。周武王死后，其子周成王继位，姬奭担任太保。姬奭辅政期间，政通人和，贵族和平民各得其所，深受百姓爱戴。

他曾在一棵棠梨树下办公，后人为纪念他，舍不得砍伐此树，《诗经·甘棠》一篇就是称颂召公的，这也是成语“甘棠遗爱”的由来。

召公为人极有担当，《史记·周本纪》记载："厉王太子静匿召公之家，国人闻之，乃围之。召公曰：'昔吾骤谏王，王不从，以及此难也。今杀王太子，王其以我为仇而怼怒乎？夫事君者，险而不仇怼，怨而不怒，况事王乎！'乃以其子代王太子，太子竟得脱。"

这段话的大意是：周厉王的暴行，引发国人暴动。太子姬静藏在召公家里，国人知道了，就把召公家包围起来，召公对家人说："之前我多次劝谏君王，君王不听，以至于遭到这样的灾难。如果现在王太子被人杀了，厉王将会认为我对他们记仇而在怨恨君王。侍奉国君的人，即使遇到危险也不该怨恨，即使怨恨也不该发怒，更何况侍奉天子呢?"于是用自己的儿子代替了王太子，王太子终于免遭杀害。

类似的戏码，在后来"赵氏孤儿"的故事里再次上演，宁肯牺牲自己的儿子，也要护得朋友之子的周全，今人对这种行为可能褒贬不一，但在古人眼里，这是忠义之举。

国人暴动后，召公和周公开启了十四年的"共和行政"，并在周厉王死后，拥立太子静登上王位，史称周宣王。在召公和周公辅佐下，开创了"宣王中兴"。从这个角度看，召公当为燕国慷慨侠义精神的开山祖师。

正如司马迁在《史记·世召公世家》结论中所言："燕，北迫蛮貉，内措齐、晋，崎岖强国之间，最为弱小，几灭者数矣。然社稷血食者八九百岁，于姬姓独后亡，岂非召公之烈耶!"

再说荆轲。易水名扬天下，功劳首推荆轲，荆轲虽然失败，但因刺杀对象名气大，被誉为中国刺客之祖。

中国人记录历史，向来不以成败论英雄，霸王项羽、诸葛武侯虽然失败了，但他们的形象，远比其老对头刘邦、司马懿要好很多。

这种理想主义的价值观，伴随着历史的车轮，始终印刻在中华民族血脉筋骨之中。对于功利主义者来说，他们总能精明计算、分析成功的概率，绝不会做那些注定要失败的事情。但每次面临挫折和苦难的时候，总有那么一些人，愿意做飞蛾扑火、螳臂当车的“傻”事。明知不可为而为之，就是因为有这些不识时务的“傻子”，让这方山河虽历经蹂躏却从未被征服。中华民族延续五千年的原因，或许不在帝王本纪，而在刺客列传，奇迹总会为这些人出现！

说到底，荆轲刺秦，终究还是失败了。

首先，举荐荆轲的田光，为了保密和敦促荆轲下定决心，自杀身亡。

其次，樊於期献上自己的人头，这个刚烈的秦国降将，是取信秦王的关键人物。

再次，他带上了整个燕国的地形图，这是高度军事机密，体现了荆轲的诚意。

最后，他重金购置了一把徐夫人的匕首，这可是把淬了剧毒的神兵利器。

然而图穷匕见，最后关头荆轲没能像专诸那样一击必杀，去扯秦王袖子也没扯住，让人跑了。突袭斩首行动变成追击战，按规定，持兵护卫不能进殿，周围群臣都没有武器且不会武功，在这种条件下，荆轲硬是没能追上秦王。待秦王嬴政拔出剑来，追击战变了成决斗。

作为职业杀手，令人遗憾的是，荆轲居然战不过对方，被其一招砍伤左腿。此时的荆轲，只有孤注一掷，向对方投出淬毒匕首，如此近的距离竟然还脱靶，随后被秦王连砍八剑，毫无还手之力。荆轲知大事难成，倚在柱子上大笑，张开两腿像簸箕一样坐地上大骂：“大事之所以没能成功，是因为我想活捉你，迫使你订立归还诸侯们土地的契约，以回报太子。”这时，醒过神来的侍卫们冲上前来，乱槊砍死了荆轲。

整个过程有惊无险，大家是不是觉得荆轲太笨了？其实，荆轲也知道自己不行，所以他迟迟没有出发，就是等一个绝世高手的出现。

当时，太子丹认为荆轲拖延时间，反复催请说："日子不多了，荆卿还没有动身的打算吗？请允许我派遣秦舞阳先行。"

荆轲急了，斥责道："太子这样派遣是什么意思？只顾去而不顾完成使命回来，那有什么意思？我所以暂留，是因为等待另一位朋友同去。既然太子认为我拖延了时间，那就告辞诀别吧！"于是，他毅然决然地出发了。

荆轲究竟在等谁？他等的人，人称盖聂！

战国有四大刺客，专诸、聂政、要离、荆轲，本领最高者当属聂政。他独自一人仗剑，以白虹贯日之势，刺杀韩相侠累于阶上，继而格杀侠累侍卫数十人。因怕连累与自己面貌相似的姐姐，遂以剑自毁其面，挖眼、剖腹自杀。

这个人既然被人们称为盖聂，足见其武功之高。盖聂是赵国人，姓赵，名成，后改名赵易。生在武术世家，从小接受父亲的熏陶，练就了一手出神入化的剑术，号称天下第一剑客。

荆轲游走天下，听说对方威名后，前来拜访并想与对方比剑。盖聂只是用眼角余光斜了他一眼，荆轲便觉通体透寒，手足无措，败下阵来。随后，他双手一揖，低头而去。

后来，荆轲投身于燕太子丹门下，准备刺杀秦王时，他想到了盖聂，派人相邀，请他为了天下苍生，一同入陕刺秦。

荆轲刺杀秦王未成，秦王后召令全国各县，凡是与荆轲有过交往的全部追杀，特别是近期与荆轲会过面的人。

因荆轲刺秦之前找过盖聂，盖聂受牵连被下了大狱。秦统一六国后，秦始皇曾与大将军王翦论剑，问"六国之中，谁的剑法第一"？

虽说秦王向来以绝世剑客自诩，但王翦是个耿直人，并没有拍他的马屁，反而坦诚地说："皇上要问如今天下谁的剑法第一，别的不知道，就其目前来讲，尽管高手如云，但真正算得上剑术大师的，要数赵国的盖聂，那剑法出神入化。荆轲未刺我王之前，去赵国寻盖聂比武，盖聂只用白眼觑视，荆轲便败走他乡。"

秦始皇一听，顿起争胜之心，让人押解盖聂前来咸阳与自己比剑。盖聂没有拒绝，但提出一个条件："如若败在君王之下，随意处治。如若胜时，请君王放我返乡。"秦始皇爽快地答应了，让其全力比武。结果可想而知，在盖聂的绝世剑术面前，秦始皇只有招架之功，毫无还手之力。盖聂忽生一念，想借比武置秦始皇一死。但转念一想，偌大的中国，四分五裂，实在应该归于一统，才能显示出一个民族的强大。秦始皇完成统一大业，功不可没，虽然现在的他残暴，也许以后会有所改变。盖聂动了恻隐之心，最后一招直刺秦始皇咽喉之时，突然停下。

秦始皇只见一道亮光，自知难躲，心中胆寒，闭目等死。少停片刻，睁眼看时，毫发无损，当即喝退围上来的左右。一场虚惊，秦始皇汗流满面，故作镇静悠悠地走回龙椅。他暗自喘了口气，对站在殿下的盖聂说："你赢了本王，按理事先有约，应放你出宫，但本王实在爱你才华出众，有意留你在宫内，做我的侍卫，有什么要求尽管提出。"

不管秦始皇如何赐以高官厚禄，盖聂就是不从。秦始皇一气之下，把盖聂暂押牢中，一关就是三年，整日好吃好喝。

后来，秦始皇死后，秦二世胡亥当了皇帝，盖聂随着众多犯人，去修建阿房宫了。

在二世愈加暴虐的统治下，陈胜、吴广揭竿而起，深得民心，很快便收复了被秦国占有的楚国。陈胜、吴广的大名不胫而走，传遍了全国，也传进了修建阿房宫的劳役之中。

盖聂经过再三权衡，觉得目前除了造反，再无活命之路。于是，他串通各路头领，四千多人，在一个风高夜黑之夜，盟誓起义，杀死秦军看守，日夜兼程，投奔了陈胜、吴广。因其武功高强，屡建奇功，陈胜十分器重他，封其为将军。

陈胜本是楚国人，自封为楚王。上行下效，各路军阀之中，多为燕、赵、楚、魏之人，把秦始皇灭掉的六国名号，又各自恢复，割据一方。

盖聂对陈胜、吴广胸无大志的行为心灰意冷，他清醒地认识到，这支起义军毫无前途可言。于是，他联络好友，借口游猎，悄悄离开队伍，前往易县，隐于易水湖畔。

果不出盖聂所料，这支新生的农民起义军，因不能团结，各自为战，很快便被秦军荡平。

留在易水湖畔的盖聂，广收弟子，将一生所学悉数传授，使该地成为天下剑客向往的圣地，后来一直是北方绿林草莽英豪的掌舵所在。

《隋唐演义》中，北路绿林的总瓢把子大刀王君可，便来自易县。此公生得面如重枣，美髯垂胸，掌中一口青龙刀，胯下一匹枣红马，最爱穿鹦哥绿的战袍，仿佛关云长重生一般，江湖人送绰号“绿袍帅”“美髯公”，其武艺在五路瓢把子中排第一。

王君可的历史原型，为大唐开国将领王君廓。此公屡立战功，被任命为左领军大将军兼幽州都督，加封左光禄大夫，彭国公，实封食邑一千三百户。要知道，历史上大名鼎鼎的秦琼和程咬金才封食邑七百户。

不幸的是，此公前半生走得顺风顺水，最后却一把好牌打个稀烂，这经历和荆轲有些相似。

王君廓出身草莽，身上江湖气极重，在幽州骄横自恣，不遵法度。长史李玄道多次以朝廷法度约束，使得王君廓疑惧不安。贞观元年（627），王君廓奉诏入朝，李玄道托他捎一封家信给舅舅房玄龄。

王君廓疑神疑鬼，私下拆信，却不认识信中的草书，便认为李玄道想告发自己。行至渭南时，王君廓杀死驿站吏卒，逃往突厥，途中被乡民杀死。

唐太宗李世民念及王君廓的功劳，将他收葬。御史大夫温彦博奏道："王君廓是叛臣，不应享受封邑。"唐太宗遂将王君廓贬为庶人。

有人说，自古侠客行仗义！或许这正是人们喜欢侠客的原因所在。如果侠客和文人秀才一样思虑太多，遇事迟迟拿不定主意，下不了决心，那还叫侠客吗？

还是李白《侠客行》一诗说得好："……闲过信陵饮，脱剑膝前横。将炙啖朱亥，持觞劝侯嬴。三杯吐然诺，五岳倒为轻。眼花耳热后，意气素霓生……"

千古文人侠客梦！这梦是历史的，也是普世的，是人们心头永远难以抹去的一片绚丽！

"武林至尊，宝刀屠龙，号令天下，莫敢不从。倚天不出，谁与争锋？"这是《倚天屠龙记》里人人皆知的一句话。最终，金庸先生在小说即将结束处解释，屠龙刀中暗藏《武穆遗书》，以此兵法临敌，定能战必胜、攻必克，进而号令天下，代表着最高的皇权宝座。但倚天剑中藏着一部《九阴真经》，说得是当权者如果作威作福，以暴易暴，那么终有英雄手持倚天长剑，来取暴君首级，权倾天下也未必能当其一击。这是庙堂之高与江湖之远的微妙平衡，也是芸芸众生、凡夫俗子的侠客情怀！

梦开始的地方，就是荆轲。荆轲刺秦，是一个武功平平的凡人，凭借血肉之躯对抗天下最强帝王的故事。从结局上看，荆轲失败了，但从荆轲走到秦王五步之内那一刻起，其实他已经赢了。不管秦王斩中荆轲多少剑，他都知道，天下虽大，没有一处是绝对安全的。

最后，奉上与谈歌老师合作的歌曲《燕歌行》，以此缅怀曾经的燕赵风骨、侠义情怀：

那年横矛长坂桥
胯下马正欢
环眼敌兵喝百万
谁个敢上前
与某决死战！

踩踏江淮走两岸
挥戈影作帆
闻鸡起舞湿衣衫
击楫忽北上
策马看中原！

萧萧易水白衣寒
剑气贯长天
或想壮士去可还
举酒歌一曲
纵死也无怨！

盘龙铁棍扫九州
挺身收河山
千里婵娟或有缘
惊鸿云遮月
回首心惘然！

猛回眸
烽烟号角尽吹散

传奇化碎片
儿女情长
英雄泪短！

仰天叹
世事变换难遂愿
江湖渐已远
此生寂寥
侠义未眠！

二、天下易理源易县

《易经》，被尊为万经之首，道尽世间万物变化之规律。中国最有名的县，易县肯定能算上一个，这里不仅是侠客之都，更是大名鼎鼎的易理之乡。易县正式命名在隋朝，隋开皇元年（581），在易水北岸置易州，州以易水得名，后此地多以“易”名。而易水之名，得于远古时期有易氏部落在此地活动，有易氏的“易”字，便源于《易经》。

不少人误以为《易经》就是《周易》，《周易》就是《易经》，其实这观点是错的，《易经》包含了《周易》，共有“三易”。《周礼·春官·太卜》说：“掌三易之法，一曰连山，二曰归藏，三曰周易。”

人类始祖伏羲氏，远古时期曾在易县区域教民渔猎畜牧，他站在易水湖畔的老子峰顶，远望太行群山连绵起伏，对天地至理深有感悟，从而创出先天八卦，并写下《连山》一书，后与《归藏》《周易》并称“三易”，为“三易”之首。

郑玄在《易赞》中说：“《连山》者，象山之出云，连连不绝。其是以艮卦开始，如山之连绵，故名曰连山。”不幸的是，此书汉初便已佚失。

当地的有易氏，跟着伏羲学会了用八卦问卜断事。2004 年，河北省文物研究所在北福地考古发掘期间，在中易水北岸发现了卜骨，为此提供了文物佐证。

据历史学家考证，有易氏和笃信鬼神的殷人关系密切，历来有姻亲。《史记·殷本纪》载，“玄鸟堕其卵，简狄取吞之，因孕生契”，玄鸟是神鸟，简狄是有易氏部落的女子，所生儿子契，是商族的始祖。

再好的关系，也有交恶的时候。历史上“王亥服牛”的故事，就发生在易县。

王亥是契的第十代孙，他手段非凡，竟然驯服了野蛮壮实的牛。当时马还不是主要劳动力，最受人欢迎的动物就是牛，牛善跑能负重，直到春秋年间，战争中还有不少人，是骑在牛背上相互厮杀的。

《封神演义》中武成王黄飞虎骑的就是“五色神牛”，这不是文人胡乱杜撰，当时牛的地位确实比马要高出许多。

王亥驯服牛之后，便与弟弟王恒一起，乘着牛车到处乱跑，将甲部落多余物资用牛车拉到乙部落，又将丙部落过剩的物资送达丁部落。这项工作成为殷氏一族的重要生存方式，所以后人便将这些南来北往倒腾东西的殷人称为“商人”。

据说有易氏的君主绵臣非常贪婪，杀害了王亥并抢走其牛马。王恒带着王亥的儿子上甲微逃出，上甲微依靠河国国君河伯灭了有易氏，为父亲复了仇。《国语·鲁语》记载：“上甲微能帅契者也，商人报焉。”

不过这个传说，还有另一个版本。根据屈原的《天问》和后人注疏看，是绵臣的妃子和王亥私通，王恒看到后很嫉妒，遣刺客用大斧杀害了兄长；兄弟相争肥了绵臣，后王恒被赶走，牛羊被有易族占为已有。真相究竟如何？没人能够说清楚。

从当年的有易氏到今天，易县在中华大地上一直都很有名。2006 年，联合国教科文组织地名专家首次命名了中国十四个千年古县，易县赫然榜上。

易县之所以有名，绝不仅仅是因为那句“风萧萧兮易水寒，壮士一去兮不复还”，更有诸多著名河湖、文物和人物的加持。

在这里，南易水、北易水、中易水、拒马河、漕河五条河流从魏巍太行奔流向东，山水相间，蜿蜒数百里，与清西陵等众多的名胜古迹，共同构成中国北方独特瑰丽的山水风貌。

大名鼎鼎的易水湖，水域面积约二十七平方公里，容量为三点九亿立方米，最深处达四十八点五米，水质为国家二级饮用水标准。

易水湖周遭山势雄奇险峻，空气洁净无尘，林木繁盛茂密，别具南国风情，素有“北方小桂林”之誉，当年康熙皇帝来此曾留下感叹：“早知燕赵有此境，何必千里下江南！”

如今的易水湖度假区，为国家 4A 级景区，国家级水利风景区，依托绝佳的山水自然资源，建有易水文化休闲度假小镇、养生岛康养小镇、老子峰三千一百米临水栈道、高端度假湖景酒店、易水山谷、水上运动等多种业态项目，正逐步形成以易水文化为主题，山水田园为支撑，康养运动为特色，休闲度假为主导的国家级旅游度假区。

古往今来，研究道家学说的，肯定会精研《道德经》一书，但老子的《道德经》版本众多，到底以那个为准呢？在 1973 年湖南长沙马王堆三号汉墓出土帛书《老子》甲本和乙本之前，易县龙兴观的道德经幢，当为校译《道德经》最重要的实物资料。

当年的唐玄宗李隆基，认为老子是他的远祖，故亲自为老子的《道德经》作注，并刻石立幢经传后世。现存道藏一千八百四十五卷中尚无其他皇帝御注本，此幢高大雄伟，是国内保存最为完好的道德经幢。

该建筑古朴典雅，雕刻精细，幢顶为屋顶式，作八角形，下雕八脊，脊间雕瓦垄，下雕檐板，飞檐，檐椽角梁下有斗拱承托，下为仰莲座，座下为幢身，为八角柱体，直径九十厘米。幢身下仍为仰莲座，全幢约高六米。幢身竖书“太上玄元皇帝道德经”，各面镌刻老子道德经计八十一章，自古便为道家圣地。

唐玄宗为何会选择在易县建造最大的道德经幢呢？自然是因为易县太过神奇了，这里是《易经》的源起之地，更是黄老学说的诞生地。

提起黄老学说，很多人觉得就是老子的无为而治，事情绝非如此简单，黄帝的经世治国学说，也是成体系的，比起老子的《道德经》毫不逊色。

1973 年在湖南长沙马王堆三号汉墓曾出土了一批帛书，在《老子》乙本卷前，有四篇古佚书：《经法》《十六经》《称》《道原》，这就是《汉书·艺文志》里的《黄帝四经》。

“黄学”起源于战国，盛行于西汉初期，《黄帝四经》是其代表。西汉时期流行的“黄老”思想，在中国思想史上一直是个谜。《黄帝四经》的出土，给大家解开了谜团，这是一部“治国之书”，为海内外黄帝子孙重新认识黄帝、黄帝思想提供了可靠的史料依据。

《黄帝四经》中，《经法》主要是讲治国必须依靠法制；《十六经》是关于政治、军事斗争的策略问题；《称》讲施政、行法必须权衡度量，区分轻重缓急；《道原》则主要讲宇宙观，教导君主如何用“道法”统治百姓。

黄帝这套学说很完整，据说不是黄帝的独创，而是来自老师的教导和启蒙。黄帝的老师名叫赤松子，这个赤松子就是于易水湖畔隐居的仙人。

刘向的《列仙传》记载，赤松子是神农时人，为雨师，服食水玉，还将之教给了神农，使他能够在烈火中任火烧。

《史记·留侯世家》记载，张良在辅佐刘邦平定天下后，为保全自己，功成身退，对汉高祖说："愿弃人间事，欲从赤松子游耳。"所以也有人说，赤松子就是那个传张良兵法的黄石公。当年黄帝打败蚩尤后，曾亲来易县，盘桓数月，向赤松子讨教修身治国之术。据史书记载，轩辕黄帝叩头行礼，问赤松子："我见到众多百姓禀受生命何等的不均匀！有的富贵，有的贫贱，有的命长，有的命短，有的突遭枷锁之灾，有的久病缠身，有的没病却突然死亡，有的长寿且有福气，如此不均等，请先生为我辨明是何原因？"

赤松子说："众人孤孤单单，各人顶着一颗天上的星宿，星宿有大有小，分别主宰人的身体，决定其长短盛衰，贫富死生。做善事的人，善气包裹他，福禄恩惠跟随他，邪恶离开他，神灵卫护他，人们尊敬他，就能远离祸害。做恶习事的人，凶气笼罩他，灾祸跟随他，祥和吉庆避开他，恶星高照他，人们厌恶他，衰败忧患之事就会集中到他身上。"

……

黄帝问："智者分为几等？"

赤松子说："三等，都是仁爱的人。上等智者通晓天文，明察地理，不用学就明白，不用教就理解，暗记而不忘，能辨别音律，鉴别贤愚，心地慈悲怜悯，不轻视别人，懂得成功失败的契机，知道进退，区别存亡。这种人即便贫穷，最终也会富有；即使暂卑微，最终也会高贵，这就是上等智者。中等智者，对经书融会贯通，常保持恭敬的礼仪，见贤思齐，扶危救弱，施予恩惠不后悔，忠孝大义不欠缺，言语不伤人，温驯且谦卑。这种人不用学，最终也会觉悟，即便没显贵，最终也会通达，这就是中等智者。下等智者，能改掉以往过失，好好修持未来，听到自己不会的就想学习，深信善恶报应之事，不侵犯他人财物，保护性命，爱惜身体，懂道理，通文法，能力强却能体恤能力差的人，并始终警惕灾变衰败。小心谨慎没有过失，不会遭意外的灾祸，这就是下等智者。”

……

黄帝说：“先生说得太好了！这些话对立功立德的作用不可估量，谨依先生所说，记录下来，宣示众人，教化百姓。”

因为这里是黄老学说的诞生地，是天下易理的源起地，所以，唐玄宗才会选择把道德经幢建在易县。

易县道教自古昌盛，自唐景龙二年（708）易州刺史王弘创建龙兴观后，燕南赵北，邻冀数郡，罕有其比，名师巨德代不乏人，刘若夷便是其中之一。刘若夷，主要生活在金代，道号和光，今定兴陈村人。他幼岁出家，历住道场。后至燕城沙垡建福观，礼王真人为师。

龙兴观现存元代刻石《宗支道派》，将刘若夷记为“洪崖和光刘真人”。何谓真人？得天地之道，故谓之真人。凡生天登仙者，皆称之真人。

刘若夷是真人，真人自然有仙术。刘若夷的仙术是符水济人，病者辄愈。刘若夷的故事传诵至今，据说后山庙原有一座透灵碑，为刘若夷所建：“刘真人自从南京化来石碑，霞光万道，体透玲珑，坐定石龟，立在古仙洞前，乃是圣水龙潭。石龟得水，便成活龟，方成身形。至夜间，来至马头村作耗。使人挨乡追赶，方知石龟作怪。使人将石碑打破，将碑打去一角。至今透灵碑，半明半暗。”

神仙也会老去。相传有一天，刘若夷对他的徒弟们说：“我要去了，就将我的肉身埋在东峰庵中吧。”徒弟们担忧，那地方到处是石头，挖得动吗？及至跟前一挖，得黄壤四尺，四壁都是石头，好像是一座石椁，人们惊讶得张口结舌。

在易水湖周围山上，有仙人洞、仙人桥、仙人渠、王子帽等景点，还有“七仙度曹国舅”的美丽传说。

曹国舅是“八仙”里最后一个成仙的，也是“八仙”里出身最为尊贵之人，还有人说他是中华大地上最后一个仙人。

曹国舅的姐姐是宋仁宗的皇后，本人名叫曹景休。他心地善良、性格温和，曹皇后与仁宗皇帝都十分喜欢他。不幸的是，曹国舅还有一个弟弟，叫曹景植，性情与哥哥天差地别，完全是两个模子里刻出来的。他是个典型的豪门恶棍，经常欺男霸女，为恶一方。曹国舅对弟弟的所作所为痛心疾首，经常训斥他，但曹景植根本听不进去，而且越来越变本加厉，胆大妄为。最后，他犯下滔天大罪，竟然觊觎一个秀才的美貌妻子，动了杀人之心。

苦主告到铁面无私的包拯面前，曹景植最终被斩首。作为哥哥，曹国舅对弟弟犯下的大罪也是后知后觉，他既为弟弟的事情悲伤，也深感无颜留在京城受人指点。他下定决心，散尽全部家财，救济百姓为弟弟赎罪，自己则躲到易水湖畔专心修行，再也不过问红尘俗事。

在这里，他得遇仙人汉钟离、吕洞宾等七位仙人，众仙人考验曹国舅问他道在何方？曹国舅没有回答，只是以手指天。众人再问，天又在何处？曹国舅还是不言语，仅以手指向自己的心。修仙问道，叩问己心，是曹国舅个人多年修行所悟，合乎天道至理。

众人心中大慰，这才是我辈中人呀！遂邀曹国舅加入组织，成为“八仙”最后一员。

历史上真实的曹国舅是个全才，能文能武，身怀绝技，风流倜傥。据《宋史・曹彬传》记载，曹国舅“性和易，美仪度，通音律，善奕射，喜为诗”。他历经四朝，堪称纯臣，宋神宗曾把后宫仿制的黄金玉带，当作生日礼物送给他；宋哲宗时期，曹国舅被加封为太保，死后被追封为沂王。

易水湖旁悬崖绝壁上的仙人洞，当地百姓曾进入过，发现里面有石桌、石椅，都是天然之物，传说当年的曹国舅就在此地隐居修行。而仙人大脚印，传说是铁拐李一脚登天踩出来的，这是个神奇的脚印，可以预测天气。阴天下雨之前，大脚印会变得湿润，甚至会滴水。

钟灵毓秀之地，不仅出人杰，更有丰饶物产。易县最为出名的，当属“南端北易”之称的易水砚，实为文人雅士挚爱。易水砚产于南易水畔，始于战国，盛于唐宋。砚石取自易水河畔一种色彩柔和的紫灰色水成岩，“石质不亚端溪”，天然点缀有碧色、黄色斑纹，石质细腻，柔坚适中，色泽鲜明。雕山的砚台精美古朴，保潮耐固，易于发墨，宜书宜画，书写流利。

易水砚因材造型，以型定名，艺人因材施艺，精心设计，巧用砚石，刀法精湛。千百年来，易水砚以其悠久的历史、天赋的优等石料和独特的艺术风格名扬天下，在中国博深精美的砚文化艺术历史上占有重要地位。

好砚当有好墨。晚唐易州人奚超父子开发出松烟墨，深受书家青睐，为北方墨的代表，被世人尊为“易水墨”。后一直充作贡品以满足宫廷御用，墨业市场上几无二类，历代制墨良工师艺徒继，父业子承，呈现繁荣之势。到了宋朝，易水人张遇、潘谷都曾担任墨官，后人制墨“必仿易水之法”。

可以说，“易水”，是易县的代名词，这里的山水风物，承载着易县几千年的文化沧桑，见证了中华民族的兴衰崛起。

三、水镇归来年愈少

前段时间，有个朋友去易县的太行水镇住了一阵子，再看到他时，一扫往日疲态，整个人变得容光焕发，精气神都不一样了，我不禁打趣：“水镇归来年愈少？”

“太行深处是吾乡！”他笑着接了下句。

此话确实在理，易县太行水镇这一带，非常养人。正如业界资深人士所说：“南有巴马，北有易县！”

易县作为长寿之乡，可是大有来头。传说“中华第一寿星”彭祖，晚年就隐居在易水湖畔。彭祖姓钱名铿，是远古时代颛顼帝的玄孙，少年时他就喜欢清静。彭祖对世上的很多事物没有兴趣，不追名逐利，不喜爱豪华的车马服饰，把修身养性看成头等大事。历代君王听说他品德高洁，请他出任大夫的官职，但他常以有病为借口，不参与公务。

有一天，彭祖在易水湖旁的森林里发现了一只五彩斑斓的野鸡，他在野外生活多年，从没见过这样美丽的野鸡。他想：这只野鸡的味道一定十分鲜美。于是，便想尽办法捕捉野鸡，做了一锅美味的野鸡汤。他端着煮好的汤刚要喝，忽然想到日理万机的天帝，就把汤献给了天帝。

天帝喝了野鸡汤十分高兴，一是因为自己从没喝过如此美味的野鸡汤，二是因为彭祖在这样的情景下还能想到自己。于是，天帝对彭祖说：“你去数一数那只野鸡有多少根羽毛，它有多少根羽毛，你就能活多少岁。”

彭祖高兴不已，数来数去，因很多鸡毛已顺着易水河流走了，仅剩下八百根，也就是说他可以活到八百岁，这样还有什么不满足的？志得意满的彭祖虽然衣食无忧，但也不是没有烦恼，从平民百姓到王公大臣，都想知道他长寿的秘诀。彭祖没有办法，只好逃到易水湖畔的深山里，隐居了几十年，一直到老死。

中华大地能和彭祖媲美长寿的，估计只有八仙里的张果老了。史书记载，张果不知是哪年出生的人，有人说他是故意隐晦自己的出身，以神化自己。他自己说有几百岁了，要清楚，这可是在唐朝说的。还有人说他生自尧时的丙子岁，和尧同时代，那年岁更是老了。

可巧的是，这个张果老，也和易县有缘。易州志的几个版本，对张果老在易县的事均有记载，其中《直隶易州志》（乾隆志）卷十五记叙的较为详细，甚至比新、旧唐书还有趣，比《太平广记》还要大胆：张果老“时骑白驴，日行数万里。驴纸为之，休则叠入笥中，乘则以水噀之，即成真驴矣”。《太平广记》只是说张果老的驴仅如纸一样薄，而没说他的驴就是一张纸。易县志的这个说法，更加有神仙范儿。

张果老“遍历幽、燕名山古刹。”易县山多，水美，景好，张果老常来，还经常一住就是数年。志书说：“故老相传，易洪崖山有丹灶石床，即果炼丹处。”

这个洪崖山，有大名鼎鼎后山奶奶庙，什么神仙都有。

洪崖山的名号，来自辽金时期易县人魏道明。魏道明一家是进士专业户，其父魏璟，辽进士，官至大金兵部郎中。他的四个儿子分别叫尚达、元真、元化、元道，先后登进士第。元道就是魏道明，易州志记载他是辽开泰五年（1016）的进士。

魏道明能文能武，官很大，最高至金安国军节度使。他撰写《大金洪崖山寿阳院记》时，为金泰和六年（1206）。如果他真是辽开泰五年（1016）的进士，到金泰和六年已整整九十年，算上中进士以前的年龄，那至少也要一百一十岁至一百二十岁了。如志书记载无误，这绝对是个大寿星，而且是个耳聪目明还能写大字的寿星。

相传，当年受众人推选，魏道明接下了写碑的任务，却迟迟不肯动笔，何也？因为他写的是原名《黄埚山受阳院记》，魏道明嫌这个名字“鄙俚不典”，所以一拖再拖。魏道明想，是不是传承的过程过于俚俗不够高雅？于是到民间走访，可一直没有得到满意的结果。于是，有一天他去登山放松心情。忽一孤鹤从头顶上长鸣飞过，很多人看见了，都说不知是什么征兆。

这件事过后，魏道明在西轩下打盹儿，梦见一个道士，缟衣玄裳，在魏道明前揖礼而坐，说：“听说你要为刘真人作道院记，因俗子俚语，所传固陋，不肯动笔。我告诉你实情吧，黄，就是洪荒之义；埚，就是崖呀。黄埚不就是洪崖么？洪崖不是仙人的名号？受阳，就是承阳，承阳必多寿考，何不改受阳为寿阳？”话毕，长揖而去。魏道明惊寤，自言自语，鹤仙告我，何其详邪！遂挥毫写下《洪崖山寿阳院记》。

洪崖山的名字就是这么来的。可以说，从这名字诞生那天起，洪崖山就成为道教名山。

《中华道藏》第四十五册《神仙传》卷二《卫叔卿》有关于洪崖先生的记载。卫度世上华山找他的父亲卫叔卿，看到很多仙人在下棋，就问其父：“向与父博者为谁？”叔卿曰：“洪崖先生，许由，巢父，王子晋，薛容也。”许由、巢父是出了名的神仙，在古诗词中常见其名，洪崖先生能排在他们前面，可见其道行深厚。

传说洪崖先生为黄帝时的乐官伶伦，后修道成仙，汉时尝与仙人卫叔卿在终南山巅下棋遣兴。晋人郭璞的《仙游诗》中说：“左揖浮丘袖，右拍洪崖肩。”意思是希望能与仙人共享长寿。

所以说，易县的长寿基因是有历史传承的，而且盛名不虚。太行水镇所在的安格庄村，历史上就是个远近闻名的长寿村。当地有个段子广为流传：古时候一个年轻人路过此地，看见一位正在熬粥的大爷，便问，“大爷，您的愿望是什么？”大爷回答：“赶紧死，活了一百二十多年，喝粥都喝腻了！”

有专家指出，这个地方的人之所以长寿，主要原因有四点：

第一，空气。这里森林覆盖率50%以上，满目青翠山含笑。这纯天然的美丽环境，让这里成为一所天然大氧吧！

第二，水。这里山上流下的泉水清澈纯净，达到国家二级饮用水标准，且富含多种矿物质；山上的菜，散养的鸡，河里的鱼，处处都是天然绿色有机食材。当地居民食物结构中，粗粮、蔬菜以及野菜的摄入量占食品总摄入量的70%以上，这样的饮食结构，与国际公认的长寿饮食构成完全符合。

第三，幽静。这里依山傍水，远离尘寰，无愧世外之称；同时，设施齐全，环境宜人，兼具桃源之美。生活在这里，赏心悦目，宁静淡泊，自然安康。

第四，情怀。这里位于太行深处，看得见山，望得见水，处处解乡愁，生活在这里，有回归母亲怀抱的感觉。这种自然天成的地方，可以让人彻底放松，回归本性，或许这就是人类延年益寿的密码。用老子的话说：“人法地，地法天，天法道，道法自然。”

也许正是如此，2016年，河北百悦集团开始在此精耕乡村综合体建设，持续打造“恋乡·太行水镇”产业项目。目前已形成文旅商业和平民宿客栈聚集的恋乡村，古易水及两岸生态休闲农场，乡淘院子研学乐园，三个自然村联动，康养幸福社区六大乡村业态组合，开辟了国内乡旅行业运营先河。

自2016年以来，水镇已经连续举办九十余场“恋乡·二十四节气”系列民俗活动，农民丰收节、恋乡大庙会等各种民俗活动，创造多项吉尼斯世界纪录，特别是与台湾乡村旅游协会紧密合作，引入雄安生态牧场技术，打造了首个恋乡生态农场——玉米冒险村。

农场背靠巍巍太行，面朝滚滚易水，延续八千年前新石器时代易县北福地遗址人类文明，充分利用农田、花海、池塘、湖面、森林、山地等乡野资源，导入产业融合功能，聚焦打造了集欢乐体验、农事体验、农品研发、研学教育、活动拓展、婚庆美拍等多维业态。

短短几年，太行水镇先后荣膺全国旅游扶贫示范项目(公司＋农户)、全国优选旅游项目、中国首批最美小镇成员、中国国家旅游乡村振兴旅游目的地、河北十大特色小镇、省级中小学研学实践教育基地等诸多荣誉。

自然滋养着生命，大自然本身就蕴藏着巨大的治愈能量。接触广阔的大自然，是陶冶情操、成就健康心理品质的最好途径。

在这里，我们可以带孩子去观察这些大自然中的变化，学会观察与思考。花朵的颜色和造型，各种鸟叫和虫鸣、花草和树木，绿色的河水、雨后的彩虹……自然中的一切既神奇又有趣。

这里最不缺的，就是培养勇气的探索项目，让孩子回归自然，尽情释放天性……这里是你心灵休憩的南山桃源，做一回真正的太行人家吧，感悟最真实最接地气的乡村生活：劈柴、做饭，烧水、沏茶。

易水河畔，一个国家级康养休闲旅游示范区正加速形成。说起康养，很多人可能会想到中医。

这里是中医史上大名鼎鼎“易水学派”的发源地，其开山鼻祖张元素就出生于此。

张元素，金元时期易州人，1131 年出生，1234 年去世，活了一百零三岁，在那个兵荒马乱的年代，如此高寿可谓奇迹。张元素自幼聪敏，八岁应“童子举”，二十七岁试“经义”进士，因犯“庙讳”（封建时代称皇帝父祖的名讳）而落榜，遂弃仕从医。

张元素行医一生，专注医术，重视脏腑辨证及扶养胃气的理论，其弟子李东垣、王好古、罗天益等，均为当时的医道大家。

行医之初，他没有什么名气。有一次，社会上享有盛名的中医大家刘完素病了，害伤寒八天不进东西，不知该怎么办，张元素赶去探望他的病。刘完素有点瞧不起他，脸转过去冲着墙壁不作声。张元素说："你凭什么对我这样不客气呢？"

等到他诊完脉，说出脉情，又问是否服用的某种药，刘完素点头称是。张元素说："你这就错了，那味药是主寒的，只能越服越重。你的病情这样，应该服用某某药才能奏效。"刘完素听了，大为叹服，按他的指示服药后，病很快就好了。

张元素从此名声大震，后来独辟蹊径，成为"易水学派"的祖师。

张元素著有《医学启源》《脏腑标本寒热虚实用药式》《药注难经》《医方》《洁古本草》《洁古家珍》以及《珍珠囊》等。其中《医学启源》与《脏腑标本寒热虚实用药式》，最能反映其学术观点。

张元素医学思想的可贵之处，是具有革新精神。他虚心研究学习古代的医学理论，但不拘泥古方。他明确声称："运气不齐，古今异轨，古方新病，不相能也。"就是说，时代不同，具体气候和患病者的体质等情况不同，病情有变化，不能完全按过去处方用药。

至今，易县还流传着不少张元素行医的故事。第一个故事，是说张元素在路上看见一个面黄肌瘦的男子，出于医者仁心，主动上前询问，一问之下不出所料，这个男子患有严重的胃病，是常年旧病，找了不少医生去看病，吃了不少方子，本来家境还算殷实，但长久下来，病也没看好，钱也没了，没有办法只能慢慢等死。张元素仔细给这个男子诊断后说："你去这个地址，也就是我家拿几副药，不收你钱，吃个几副应该就会好了。"这男子将信将疑，一试之下，两个月后病情大好，他逢人便说张元素真乃神医！

第二个故事，是说有一天张元素采药归来，看见山下村子里停了一口棺材，旁边亲属在哭，张元素上前询问，得知这是一个女子难产死了。张元素看见棺材底部竟然有血流出，赶紧对家属说开棺救人。周围人觉得他疯了，其中一位老者认识张元素，知道他医术高明，思考了一下便同意了。开棺一看，果然有一个女子肚子隆起躺在棺材里，张元素迅速下针，没要多久，便听见孩子的啼哭，妇人也慢慢睁开了眼睛。周围人顿时惊呆，认为张元素是天上神医下凡，纷纷跪拜叩谢。

张元素为人非常谦逊，有一次他在家里坐诊，有个叫刘景升的病人前来求治。张元素望闻问切，看见病人面色蜡黄，形容枯槁，已然病入膏肓的样子。他给病人诊脉后说："你的病已到最后关头，身体大热，耗损严重，估计活不了几年了。"那人听后很绝望，闷闷不乐地离开了。

很快，三年过去了。张元素去别的地方出诊，居然又在街上碰到了刘景升，让他惊讶的是，此时刘景升红光满面，不仅没有病态，还身强体健，说话时中气十足。张元素便问他是不是遇到了仙人，求到了仙药。

那人看到张元素态度谦和，告诉他："我知道自己活不久了，在家绝望等死，但在易水湖边碰到一个道士，他说我命不该绝，让我每天吃一个梨，生吃、炖汤都可以，病肯定能治好。"道士走后，刘景升每日吃梨喝梨汤，精神越来越好，身体竟慢慢痊愈了。

张元素听后，深感自愧不如，他对自己的徒弟说："行医治病，但凡病人有一线生机，你就不能放弃，山外有山，我们要多向别人学习。"正是秉承这种谦而好学的精神，张元素终成一代名医，也使易县成为中外闻名的医养胜地。

还有人说，易县之所以成为中国北方最有名的康养胜地，还有一个特殊因素，那就是风水绝佳！

四、天下风水看易县

过去，人们很相信风水。常言说："一命二运三风水，四积阴德五读书。”这命和运，往往难以自主，风水却是可以改变的。

要说这世上最重风水的，莫过于封建帝王，这些人向以天命正统自居，靠这个愚弄百姓，赢得敬畏。中国最后一个封建王朝是清朝，爱新觉罗家族最后选择的风水宝地是易县永宁山，在此建造了大名鼎鼎的清西陵。从这个角度上讲，易县的风水，在近代中国绝对是数一数二的。

从白山黑水到关内，爱新觉罗家族与陵寝风水是个绕不过去的话题。这个家族登上政治舞台之后，就为自己编造了一个美丽的神话：祖先是天上的仙女佛库伦，在长白山东北部布尔瑚里湖沐浴嬉戏时，不小心吞食了天鹅嘴里掉下来的一枚红色果实，受孕生下一个男孩。这男孩生下来就会说话，而且长得很快，姓爱新觉罗，名叫布库里雍顺。

清朝官修的开国历史《清太祖实录》和《满洲实录》，都是以这个神话开始的。当然，也有说他们是北宋徽钦二帝被掳入北地五国城（今黑龙江依兰县）的后人，试图直接注入中原真龙天子的血脉，但好像一直未被认可。

雍正皇帝出生于京城，更了解风水的重要性；也许知道清东陵风水不如明陵长久，为追求皇室江山永固，须寻找更好的风水宝地，遂决定开辟新的皇家陵区，图的是大清江山万代、岁远天长。所以有人说，建西陵后方有乾隆盛世，大清才能延续二百六十八年之久。

清西陵，始建于雍正八年（1730），到 1915 年光绪崇陵竣工，历时一百八十五年。陵域北起奇峰岭，南到大雁桥，东自梁各庄，西止紫荆关，方圆八百平方公里。现今八千三百公顷保护范围内，建有四座皇帝陵，三座皇后陵，四座王爷、公主、阿哥园寝，共十四座陵寝和两座附属建筑（永寺福、行宫）。埋葬着雍正、嘉庆、道光、光绪四位皇帝，九位皇后、五十七位妃嫔、两位王爷、六位阿哥，共计八十人。

西陵陵园建筑达五万多平方米，共有殿宇千余间，石建筑和石雕百余座，是我国规模最大、保存最完整、品种最齐全的清代皇家陵墓群之一，也是中国两千年来陵寝建筑艺术最杰出的代表。

还有人说，根据“子随父葬，祖辈衍继”的制度，雍正本应当随父葬，雍正另辟兆域，在距离东陵数百里以外的易县营建泰陵的真正原因，是康熙帝临终前，曾手谕遗诏要“传位十四子”。雍正见父亲不传位给他，遂串通宫内外，将遗诏偷改成“传位于四子”，后来又杀死了知情者和圈禁了十四子一门老少，死后不敢和父亲相依安葬。也有人说他好大喜功，为突出自己的位置，才另辟陵区。

官方版本说，雍正的陵址本来是选在清东陵九凤朝阳山，但他认为这里“规模虽大而形局未全，穴中之土又带砂石，实不可用”，因而将原址废掉，命人另选“万年吉地”。

雍正七年（1729），雍正帝派怡贤亲王允祥和两江总督高其倬以及众多风水先生，在京西南一带山麓往来相度，通过觅龙、察砂、观水、点穴等一系列勘察，最终在易县发现上吉之壤。

“观四面之山峦，望两旁之水势”永宁山横展巨帐，雄峻非常，其间重峦叠嶂，秀丽森然，烟气云雾，郁郁霭霭，颇有王气，可作“统龙之尊”。至于诸砂（即小山丘）在于左者向右环抱，在于右者向左环抱，其南面山峰纷纷旋转向北，而北面山峰则旋转向南。雄峻高大的山峰环于外围，而丰缓秀丽的山峰于中心环绕。至于诸水则有易水河等数条，皆如玉带般悠悠扬扬，自西向东盘旋顾恋而去，可谓层层有情。

大家一致认为，此地“乾坤聚秀之区，为阴阳和会之所，龙穴沙石无美不收，形势理气诸古咸备，山脉水法条理详明，诚为上吉之福壤，适符盛治之昌期，此天心之誉佑，默然非人力之相度偶遇也”。雍正听后极为高兴，认为此地“山脉水法，条理详明，洵为上吉之壤”。

清代孙鼎烈在《永宁山扈从纪程》中这样描述：“山势自太行来，巍峨耸拔，脉秀力丰，峻岭崇岗，远拱于外，灵岩翠岫，环卫其间”，与“山势层叠深远，不宜孤峰独秀”的要求非常吻合。“迄下山岗无数，如手之有指，每两岗间平坦开拓处，诸陵在焉，花之瓣，层层包护”，“龙盘凤翥，源远流长，左右回环，前后拱卫，实如金城玉笋”。

从大的格局看，清西陵区域东连河北平原，西边和南边有山连接太行余脉，北靠涞水遥接燕山。境内岗峦起伏，峻岭环峙，拒马河经北部贯通其间，其势雄伟。从小的格局看，这里是一片丘陵地，周围群峦叠嶂，永宁山自西南向东北逶迤而来，北面形成高大雄伟的屏障，迎纳着南部温暖的阳光和气流。陵寝四周，群山环护，由西北向东南曲折而过，愈显钟灵毓秀，生气发越。陵前的北易水河，水流平缓，抵滔滔东流，确有绝妙之处，符合陵制与山水相称以及“天人合一”的宇宙观。

据传，地质专家曾说过，易县本身是一个大板块，地下没有一条裂缝，是几乎不可能发生地震的地方，确为宝地。最具科学性和权威性的说法，应是研究气候的专家。他们说，太行山与燕山两列大山环抱着首都北京，更大范围内环抱的是河北平原，这里可以称为“河北湾”。

从自然地理的角度看，这样的地形有利于阻挡北方的干冷空气，迎接东南方向的暖湿气流；山区河流带来的肥沃土壤和丰沛水源，保障了山前平原的物产丰饶，也是典型的“藏风聚气之地”。

“河北湾”是大陆性季风气候，夏季对着温暖湿润的东南风敞开怀抱，让其长驱直入，来自海洋的夏季风带来了充沛降水，降水和夏季较高的气温结合在一起，被称为“雨热同季”，这对农业很有利。易县是保定历史上降水最多的区域，确有其神奇之处。

夏季风吹到太行山和燕山脚下，沿着山坡逐渐抬升，水汽冷凝形成降水，降水在山区形成一条条河流，从山里流到平原，一直流入白洋淀，风水宝地里“中堂”不能缺少的“萦绕的流水”也有了。

冬季，季风调转方向从北方吹来。寒冷的季风被高大绵延的太行山和燕山山脉阻挡，即使越过山脉，季风也会因为下沉的过程而增温。所以太行山和燕山脚下，冬季是比较温暖的。

气候专家称，由于太行山和燕山的屏护作用，使得太行山和燕山山麓地带冬季的平均气温，比同纬度东部平原地区要高出 1 至 2 摄氏度。

这就是河北湾得天独厚的风水。能够证明这里是风水宝地的，具有说服力的一点是盛产古都。有人把这一带称为“盛产古都的大走廊”。

张立柱先生所著的《古国寻踪》一书统计：从商代到东汉一千八百余年，在太行山和燕山的山麓地带曾存在过一百一十个方国、王国、诸侯国。这些王国及其都城，毫无疑问地集中分布在这一区域。

战国时期，这一带有三个国家建立都城：燕国的都城燕下都（今易县）、中山国的都城中山灵寿古城（今平山县）、赵国都城邯郸（今邯郸市）。当然，最有名还是大北京，燕、辽、金、元、明、清六个朝代的都城。

古人建造都城，选址一定是遍寻风水最好的地方。

清西陵位于京城之西，是最后一代皇朝的终极选择，与位于京城之东的清东陵并列神州，对京城形成陪护之势，这在中国历史上也是不多见的。透过清西陵，我们仿佛看到了大清王朝的缩影，康乾盛世的鼎盛繁华，道光光绪的没落衰亡。

常言说，“风水轮流转”，一个地方的风水，是可以人为改变的，清西陵最开始的风水并非十全十美。简要概括，主要有三个方面的修补完善：

第一个，形不足，堆土山。地气之兴，虽由天定，亦可人为。对一些不足的山川河流，人们会对地形进行妥善处理改造。泰陵左方的砂山、后宝山，均人为堆积而成。刘敦桢先生《易县清西陵》一书中，记载了泰陵的案山——蜘蛛山，就属人工所为。堆置的砂山起到了护卫区穴的作用，构建了藏风聚气的格局。

第二个，势不足，种大树。陵寝以风水为重，荫户以树木为先，建雍正陵时，在陵区内外栽植大量的松柏常青树木。西陵神道两旁，规则栽植、横竖成行的树木叫仪树，外围的砂案山、风水山上下不规则栽植的树木叫海树。自雍正陵至光绪陵止，历经一百八十多年，先后栽植了数百万株松柏、枫、杨等树木，现有上万株古松挺拔屹立，是华北地区最大的古松林群。

第三个，局不足，建桥沟。对于不符合要求的地形水法，人们运用建桥改河的方式，对其进行改善，这叫“接龙转水”。泰陵采取的就是这种方式，在易水河自然流经大红门前的五孔桥上，工匠们在大红门至宝顶的五华神道中，酌量地势，开挖了四条马槽沟和一条环绕陵寝的龙须沟，分别于上面架设了平桥或拱桥，形成五条弯曲的河道，这些河流形如飘带，或隐或现恰似天然，美化了环境，丰富了视觉感官，构建了接阴地脉、养龙收气的风水布局。

雍正皇帝，是清朝被非议的皇帝之一。他在位十三年，以勤政刻苦、沉稳果断、雷厉风行而著称于世，平定了罗卜藏丹津叛乱，并将青藏地区纳入版图，设置军机处加强皇权，实行改土归流、火耗归公等一系列铁腕改革政策，对康乾盛世的接续具有关键性作用。他脾气暴躁，喜怒无常，单就查办文字狱的数量，就超过了其父康熙六十一年文祸的总和。在为收拾乃父留下的烂摊子殚精竭虑的同时，他也知晓方方面面的非议，甚至想出很多办法，但仍未能堵住悠悠众口。

据史书记载，后来的乾隆皇帝，对父亲的很多作法是有抵触的，他心里最崇拜的，是其祖父康熙皇帝。1737 年，乾隆皇帝奉安其父于泰陵地宫后，为使东陵和西陵香火永续相传，乾隆皇帝想出了一个两全其美的办法，以后的皇帝采取“昭穆次序、隔代埋葬”的方式，分葬于清东陵和清西陵。

他自己率先推行这一制度，在清东陵界内的胜水峪，修建了自己的裕陵，与祖父康熙为伴；其子嘉庆在泰陵旁边建了昌陵与祖父雍正相守。遵照这昭穆之制，道光的陵寝原建于东陵宝华峪，在历经七年建陵大工完竣并葬入孝穆皇后，后发现地宫内渗水不断，道光只好又在西陵境内选择一块高平之地建陵墓，并将宝华峪陵寝建筑拆除，这一变故，昭示着大清朝开始走向末路。隔咸丰、同治两代皇帝后，光绪也将坟墓崇陵建在西陵，是我国现存帝陵中的最后一座。

至于最后一位皇帝溥仪，1967 年去世，先是安葬在八宝山，后迁葬于西陵旁边的华龙皇家陵园，这个是不作数的。

时光荏苒，日月如梭，或许是钟灵毓秀的天然形成，或许是鬼斧神工的人为缘由，大自然对这里的山川河流，赋予了一种特殊的灵气，使之格外美丽动人。清朝末年，泰宁镇总兵陈增荣雅爱山川秀丽，笔书余暇，定出西陵八景，那就是："荆关紫气""拒马奔涛""云蒙叠翠""奇峰夕照""峨眉晚钟""福山捧日""华盖烟岚""易水寒流"。这些怡人的自然景色，与肃穆庄严的殿宇相得益彰，衬托出"万年龙虎抱，每夜鬼神朝"的上吉处所。最终让这一区域臻于完美的，当属易水湖的横空出世，从此山水相间，天光云影，成为北方绝佳的康养宜居之地。

易水湖原名安格庄水库，是利用四周高耸的山势修建的一座人工湖，始建于1958年6月，2001年最终除险加固完工。该水库变水患为至宝，锁住了易水河上游诸多河流并汇集成湖，水质清澈纯净，是北方罕见的丰水水库，长年保持较高水位。

易水湖现为国家4A级景区，这里景色奇秀，上连"拒马奔涛"，下启"易水寒流"，南望"郎山竞秀"，北界"云蒙叠翠"，是太行山深处的一颗璀璨明珠。

古老的易县焕发勃勃生机，告别千年贫困，昂首迈进小康。百姓幸福，前程似锦，这才最好的风水，也是我们永远的追求！

五、名山丽水两相宜

说到易县，人们最先想到的是水。其实，这里的山，历史上同样有名。易县第一名山，当属狼牙山。这里是国家森林公园、5A级旅游景区，也是中外闻名的抗日名山，爱国主义教育示范基地，狼牙山五壮士的英雄事迹气壮山河，世人皆知。

当地有句话说得好："跨过那道河，你就是壮士；登上那座山，你就是勇士。"

狼牙山，原名郎山。郎与狼谐音，亦名狼山。因山峰耸立，危峰参差，迭起似狼牙，又称狼牙山。朗山易水，一山一水，一阴一阳，一古一今，是易县的骄傲。狼牙山东西走向二十五公里，南北十五公里，俗有"五坨三十六峰"之称。相传，中华发明蚕丝织锦技术的嫘祖，故里就在山北侧蚕姑坨沙岭、步乐一带。

《史记·五帝本纪》载：“黄帝居轩辕之丘，而娶于西陵之女，是为嫘祖，嫘祖为黄帝正妃，生二子，其后皆有天下。”

蚕姑坨又称“灵峰坨”，古时这一带称“西陵”。灵峰坨南侧有两个洞，相传当年嫘祖在此缫丝，称“蚕姑缫丝洞”。洞高约一点六米，洞内有潭，深不可测，不分旱涝，常年流水，水质清凉甘甜，是嫘祖饮水、居住的地方。

山上有一纺车石，犹如蚕姑发明的纺车挂在那里，蚕姑常年植桑之地，而今叫“桑园”。蚕姑纺丝织锦之地原称“纱领”，后演化成沙岭村，西陵氏族部落居住的地方，后演变成“东步乐”“西步乐”两村。

《中国蚕桑史》记载：“世界蚕桑始于中国，中国蚕桑始于北方。”易县古属幽州，《禹贡》中第十二州为幽州，何为幽州？山中多丝为幽也！

春秋战国时易县属燕国，《史记》载：燕……有鱼、盐、桑、枣之利，均言广桑而育蚕也。据将军庙郎君碑载，汉武帝时发生了一起重大政治事件，史称“巫蛊之祸”。太子刘据被迫自杀，幼子刘询因年龄太小，躲过一劫，之后离开长安，来到易县避难于蚕丝洞，有一位老妪供食蚕蛹度日。后为安全起见，老妪将刘询又转移到老君堂，每日三餐由老妪按时送到，刘询问婆婆由来，老妪只是笑而不语。

汉昭帝无嗣驾崩后，大将军霍光等迎立昌邑王刘贺为帝。但刘贺“荒淫无行，失帝王礼宜，乱汉制度”，即位仅二十七日，便被以霍光为首的大臣废黜。

之后，众人举荐刘询为皇帝，霍光来易水找了三个月，未见刘询的踪影，问乡民皆不知，后见灵峰坨顶有烟火，便寻踪到山峰，有一老妪点化相见，霍光见到刘询之际，那老妪倏而化作清风而去，刘询方知原来是蚕姑圣母显灵救护。

刘询，就是后来大名鼎鼎的汉宣帝，“骄兵必败、赏罚分明、一丘之貉、芒刺在背、非驴非马、故剑情深、问牛知马、励精图治、百闻不如一见、弹冠相庆、死有余辜”等二十多个成语均来自这位。在汉朝，只有那些对国家有大贡献的皇帝才配享有庙号，西汉有四位皇帝享有庙号，分别是汉高祖刘邦、汉文帝刘恒、汉武帝刘彻、汉宣帝刘询（刘病已），刘询的庙号为中宗，意为中兴之主。刘询继位后，立马派重臣到灵峰坨修建“蚕姑圣母祠”，工匠们日夜赶工，于次年在蚕姑正月二十一日诞辰前竣工，自此“蚕姑圣母祠”名扬天下。

到了北周，嫘祖被册封为蚕神，另建庙宇一座，历代王朝皆有修葺、重建之举，至清朝中叶，佛道庙宇达十五座，每逢蚕姑诞辰，人山人海，日夜进香者络绎不绝。

大清陕西道监察御史王允立碑云：“黄帝元妃，西陵氏教民蚕，不但有老者衣计，凡丝綦纂织五彩衣而厚民。”满城石勒碑文载：“西陵氏嫘女，为黄帝元妃，教民缫丝、织锦，以供衣裳。”

五代时，中山人孙方谏、孙行友兄弟曾来此求道学武。当年这里是有山寨的，主持山寨的是女尼孙深意，二人与孙深意同宗，自居侄辈。

这个孙深意，武艺极为高深，每逢上下山峰皆以飞行术，所以江湖盛传：“南（男）侠少林寺、北侠（女）姑姑坨。”孙深意将全部武艺、遗甲、策略授予二人。

孙深意过世后，孙方谏兄弟自言天神相助，可庇万民。当时北方赋役繁重，孙氏兄弟遂遴选壮丁组成部队，守护家乡，抵御外族入侵。后周时历任华州、同州节度使，加中书令。同样是草莽出身，孙氏兄弟的结局，可比《水浒传》里宋江等梁山好汉好上许多。

站在灵峰坨上回顾，东有仙人坨，西有松树坨，南有龙门坨，北有玉皇坨，遥与五指坨遥相对称，令人顿生出尘之心。相传，此地冥冥虚空之中，还有一座悬空寺。

这座悬空寺，始建于大唐贞观二十年（646），由净明法师主持。悬空寺上方有一岩寨，每日清晨时分，有两个小童在岩寨上玩耍。发现这个情况后，净明法师深感惊奇，心中起了邪念。他趁两人休息之际，在二人的脚上各拴了一条红丝线。

太阳一出来，两个小人不见了踪影，净明法师顺着红线寻找，最后在岩寨上挖出两棵大人参，每个约有半斤多重，带回寺里用锅蒸上，并告诉两个小和尚说："我去请蚕姑圣母和净光法师，不久便回，锅内之物你们不能动。"

师父走后不太久，四周异香扑鼻，令人垂涎三尺，两个小和尚感到奇怪，锅里蒸的是什么东西这么香？两人掀开锅盖一看，大一点儿的和尚顿时忍不住了："原来是人参呀，咱们尝尝吧。"两人尝了一小口，感到特别爽神，这下可好，再也按捺不住吃货性子的小哥儿俩，干脆一人一个大吃起来。

很快，师父便回来了，二人忙将最后那点儿人参塞进了嘴里，老法师很生气，拳脚相加朝这两个小和尚打去，两人稍一闪身，瞬间腾空飞起，落在长人参的岩寨处不见了踪影。老法师一生气，将蒸参锅里的水泼了一院子，一阵清风吹来，整个寺院腾空而起，成了悬在空中的一座寺院。每到半夜子时，空中便传出话来："师父师父你不该，杀生请客划不来。纵然今生修行好，仍在地狱出不来。"一连几个晚上，都是这四句，老法师深感惭愧，便到水池去洗身子，突然间天上雷声大作，倾盆大雨从天而降，山洪暴发，老法师一头倒在汹涌的波涛，再也不知去向，从此悬空寺成了一座空寺。

易县的第二座名山，当属云蒙山。云蒙山由七十七道山峰、三十三道峡谷组成，为北易水的主源地，因山头上常年云雾缭绕而得名，山上有华北最大的一片次生林。云蒙山与永宁山相连，位于清西陵后侧，是清西陵的靠山，也有的说云蒙山就是永宁山。

这里风水之好前面已经讲过，所以只讲人文。

云蒙山，是远古神话中的名山，传说雨师赤松子曾在山中修炼成仙。山中有乳水洞，又名雨水洞，洞内有十三槽，能够预知一年的阴晴旱涝，至今仍是附近乡民天旱求雨的地方。

大约两千六百年前，乳水洞是神秘仙师鬼谷子修炼的洞府，相传鬼谷子还有个孪生兄弟叫王挠，兄弟二人修道于乳水洞，号王禅（诩）、王挠老祖。

孙膑、庞涓等诸多弟子在这里拜师学艺，孙膑和庞涓斗智的故事在民间广为流传。比如“柏担有余（榆）”：庞涓和孙膑上山砍柴，庞涓砍特别多，孙膑在山上只砍了两根山榆枝，一根柏木，做成扁担，并挑担下山。庞涓背下来七八捆柴，自以为砍的很多。孙膑却说，你的柴最多八担，但是我的柴是柏担有榆（百担有余）。不知道这样的机巧，算不算作弊，反正在孙膑手上，庞涓总是输家，一直到最后，还是没斗过！

自东晋以来，云蒙山便为佛教圣地。公元 349 年，即东晋十六国时，后赵太宁元年，山下建太宁寺，又名静觉寺，后多次重修、扩建。

同时，这里又是隐士遁世之地，历史上有不少名人雅士，隐居于此的山水林泉之间。比如，积翠屏下的“吟诗台”，据说五代名士冯道就在此居住过。人们常说，铁打的衙门流水的官，这好像已成官场铁律。这个冯道却颠覆了这一观点。他历经五个朝代，官位不仅不降，反而越做越大。

后唐庄宗时，冯道官拜副部级（户部侍郎，翰林大学士），明宗时任丞相级（同中书门下平章事、弘文馆大学士）。石敬瑭建立后晋，拜冯道为首相，封鲁国公，少帝时封太尉、燕国公。契丹灭后晋，冯道又事辽太宗耶律德光。后刘知远建后汉，仍拜冯道为太师。郭威篡汉后，改国号周，复拜冯道为太师中书令。

冯道一生，历五朝事十一主，这在推崇忠贞不贰传统观念的国人看来，简直是无耻至极。司马光写《资治通鉴》斥之为："奸臣之尤!"欧阳修写《新五代史》骂他是："无廉耻者!"但也有人说：冯道是个"无耻的好人"。冯道有两句很有名的诗："但知行好事，莫要问前程。"这反映了他的心路历程。在这个"无耻之人"的身上，我们看到了悲天悯人的气度与情怀。

冯道家世耕读，当官以后，仍然为人刻苦自励，生活淡泊。相传有段时间，他在云蒙山下隐居，住在茅庵，与随从人员共用瓢勺碗盏，一个锅里吃饭，还亲自耕田砍柴，与当地老农们打成一片，亲身体味民间普通百姓的疾苦。

唐明宗李嗣源曾问冯道是："如今天下丰收，老百姓都很富足吧?"冯道说："不是，谷贵饿农，谷贱伤农，这是常理。我记得聂夷中的《伤田家诗》：'二月卖新丝，五月粜秋谷。医得眼下疮，剜却心头肉。我愿君王心，化作光明烛。不照绮罗筵，遍照逃亡屋。'"唐明宗深受触动，命侍臣把这首诗记下来，经常诵读。

云蒙山中名胜古迹繁多，仅太宁寺附近就有三洞、四塔、一寺、一庵一观的遗迹。尤其是建在山腰的双塔现仍保存完好，属省级重点保护文物，"双塔凌云"是云蒙山的著名景点。清陈士绾有诗云：

古寺孤凭万仞巅，遥看双塔白云边。
人缘磴道微通径，峰转山坳已近天。
雾散未容文豹隐，林疏却许鸽王眠。
置身直在层霄上，回望群山几抹烟。

农历三月三，是云蒙山的山花节和太宁寺村的传统庙会。每年这个时候，云蒙山上，山桃、山杏、桃花、梨花、槐花……依次绽放，白如雪、粉如霞、香如兰。尤其山桃花，有一日三变之奇观：晨观桃花满山白，午观桃花满山红，暮观桃花满山彩。

易县第三座名山，应该是千佛山。千佛山森林公园是省级森林公园，总面积两万多亩，有三条主要沟壑，大小山峰八十余座，森林覆盖率高达百分之六十五，号称“易县最绿的地方”。

千佛山一年四季景色迥异，春天山花烂漫，鸟语花香；夏季浓荫蔽日，溪水潺潺；秋季果实累累，红叶似火；冬季银装素裹，林涛阵阵，是诸多游客寻芳自然的好去处。

传说隋朝年间，有一些佛家能工巧匠在沙峪口的一个溶洞内雕刻了一千尊佛像，供佛家弟子学习、奉仰，由此得名千佛山。后由于战乱，此洞被封闭，相信定有重见天日的时候。

千佛山号称“野生物种基因库”，景区物种丰富，乔、灌、藤木树种几百种，草本植物和珍稀菌类药材上百种，十几种珍稀野生动物。漫山遍谷的石灰岩，为上乘的上水石。

景区内有古庙遗址、古人居遗址、古炮台、金象台、石龟、骆驼峰、讲经台、古溶洞、金蟾峰、一线天、芦苇荡、不见天、龙王台等多处古迹，听当地百姓讲述千佛山的传说故事，三天三夜都讲不完。

最后必须要提的，就是大名鼎鼎的紫荆关。紫荆关位于紫荆岭上，关城东为万仞山，千岭耸立，峭壁悬崖；城西有犀牛山，蜿蜒向西，与盘石口相接；城北为拒马河，谷宽坡陡，浪高水急；城南是黄土岭，背千山万壑，层峦叠嶂。紫荆关城，就建在这块依坡傍水、两山相夹的盆地内，四周形成天然屏障，是内长城的重要关隘之一，有“一夫当关，万夫莫前”之险。

东汉时，紫荆关名为五阮关，又称蒲阴陉，为太行八陉之第七陉、天下九塞之第四塞。宋时名金陂关，后因山多紫荆树而改名。因位于居庸关、倒马关之间，与二关并称为“内三关”。

古人对其地势和军事地位有一段形象描述：“南阻盘道之峻，北负拒马之渊，近似浮图为门户，远以宣大为藩篱。一关雄距于中，群险疵于外，规模壮丽，屹然为畿辅保障。”

现存的建筑多为明代建筑，原关有四门，以南北二门为交通要道。北门有“紫荆关”“河山带砺”，南门有“紫塞金城”匾额，皆为明万历年书、刻。

紫荆关有“畿辅第一雄关”之称，向来为兵家必争之地。“峰峦百转真无路，草木千盘尽作兵”，历史上在紫荆关附近发生的战争，高达一百四十多次。

雄峙千古的紫荆关，历经千年风云变幻，是中华儿女爱国主义、民族气节、无畏精神的忠实见证。应该说，易县是保定旅游资源较丰富的县，有山有水，有雄关长城，有佛道古迹，有红色文化，有现代小镇，是京津冀区域内非常具旅游开发价值的地方，更是投资兴业的高地。

来到易县，身在山，面对水，相看两不厌。山能赋予人们坚强的品格，水能带给人们跃动的思想，品山乐水，心头自然一片清凉豁然。

唐县篇：寻根问祖唐尧地，开慧纳祥庆都山

一、一代圣王唐尧帝

2021年春节贺岁电影《唐人街探案3》，曾创下中国单日票房之最。为什么唐人街系列的电影，连续几年都很受欢迎？我想，有一重要因素不可忽视，那就是我们中国人还有另外一个称呼——唐人！“唐人”两字，饱含亿万炎黄子孙的家国情怀。无论你身在何方，只要是黄皮肤的华人，在外国人眼里都是唐人。

中国历史上有个八方来贺的唐朝，唐太宗李世民被尊为“天可汗”，意思就是天下各族共同的首领。那时的唐朝，文治武功都是世界一流的。那个时候，唐朝的月亮分外圆，能加入大唐国籍，是所有外国人的梦想，但唐朝这个名字是怎么来的呢？

话说唐高祖李渊，曾久居唐尧帝都山西平阳一带，是唐尧古帝的仰慕者。隋朝末年，农民起义遍布全国，隋朝政权摇摇欲坠，时任太原留守的李渊，乘势起事，于公元618年攻拔长安，借先圣唐尧神威，自封“神尧皇帝”，改国号为“唐”。

自此，揭开了中华历史上泱泱盛唐的华丽篇章，当时的唐都长安，成为世界各族人民文化交流的中心，唐人这个称号开始响彻寰宇。而这个唐尧，就是中华始祖三皇五帝中的尧帝。尧帝，帝喾之子，母为庆都。十五岁时辅佐兄长帝挚，受封于唐地，为唐侯，所以历史上称其为唐尧。

历史上的尧帝，是大名鼎鼎的圣贤帝王。

他的父亲叫帝喾，是黄帝的曾孙，颛顼帝的儿子，五帝中的

第三位，历史地位可是相当重要。他前承炎黄，后启尧舜，奠定华夏文明根基，是华夏一族的人文始祖之一。

《史记·五帝本纪》里是这样记载的："高辛生而神灵，自言其名，普施利物，不于其身。聪以知远，明以察微。顺天之义，知民之急。仁而威，惠而信，修身而天下服。取地之财而节用之，抚教万民而利诲之，历日月而迎送之，明鬼神而敬事之。其色郁郁，其德嶷嶷。其动也时，其服也士。帝喾溉执中而遍天下，日月所照，风雨所至，莫不从服。"

大体意思就是，帝喾生下来就如神灵一般聪慧，能自己给自己起名字。他生活俭朴，明察秋毫，以仁爱治国，广施恩惠，讲究信誉。他神色庄重静穆，品德崇高如山，了解民间的疾苦，对天下人都一律平等。他绝不违背自然规律，恭敬地祭祀天地鬼神，祈求神灵降福万民，深受百姓爱戴。在他的治理下，社会富足，人民安居乐业。

帝喾不仅是一位人间好帝王，更是世上第一好人，为什么这么说呢？据资料记载，帝喾共有四个儿子，嫡长子是元妃姜嫄所生，来历是这样的：

有一次，姜嫄出门独自走在森林里，看到一个巨人的脚印，好奇心大起，踩了一脚。不料这一踩，竟然怀孕了，不久后就生了个儿子。姜嫄觉得这儿子来路不明，便派人把他丢掉，丢在小巷子里，丢在山林里，都没办法丢弃他，因此姜嫄认为这是神迹和天意，便捡回来养，还取了个名字叫弃，这就是大名鼎鼎的司农之神“后稷”，被奉为周朝先祖。

二儿子乃次妃简狄所生，来路照样不明：有一次，简狄出外，路过玄丘，天气太热，她和妹妹就在玄池里泡澡，正玩儿得开心，有对燕子竟然当着她们的面下了一个五彩蛋，简狄童心大发，抓起鸟蛋，无处可放，她就含在嘴里，一不小心给吞了下去。回家后不久，便生下一个儿子，名字叫契，后来被奉为商朝先祖。

尧是帝喾的小儿子，母亲是三妃庆都。庆都成婚后经常住娘家，所以总也没孩子。尧的出生纯属意外。他不但来路怪，长相也奇怪，据说连眉毛都是五颜六色的，人称“尧眉八彩”。

这四个儿子中，唯有第四妃常仪的孩子挚比较正常，常仪的怀孕和生产很简单，一直在后宫安稳住着，孩子也是宫里生宫里养。所以，帝喾对这个孩子偏爱有加，最后把王位传给了挚。

虽然王位传给了最放心的挚，但帝喾对另外三个来路不明的孩子也非常好，都给了封地封号。所以，老王心中对五帝有个自己的评价：黄帝统一华夏，所向披靡，可谓勇；颛顼绝地天通，隔绝人神，各得其所，可谓智；帝喾为人宽厚，说到做到，从不食言，可谓信；尧帝率先垂范，关爱天下，普惠众生，可谓仁；舜帝人品无暇，孝行天下，以和为贵，可谓德。

说完父亲说母亲，不知为何，在老王的印象里，尧母庆都始终是一个风一样野性难驯的女子，有点儿像穿越剧中的女主角。相传，庆都身上有天帝血脉，身世极为神奇。

有一次，天帝到现在的唐尧古镇游玩。那时候的庆都山名字还叫黑龙山，东高西低，中间凹陷平坦，形似龙身，山上森林茂密，山泉涌流，景色极美。

天帝在此玩耍甚是愉快，忽然间天上雷电交加，一道闪电直接打在天帝身上，顿时有鲜血飞出，溅到山上一块大石头上。后来这血入石成精，时间久了化作了婴儿，这就是庆都。

有一天，一个叫陈锋氏的妇人在此经过，听到石头里面有婴儿的啼叫声，就设法将她取了出来。陈锋氏见这女孩儿虽来历怪异，但相貌极好，便抱回家抚养，把她当作自己的女儿一样对待，这女孩也就随了陈锋氏姓。

奇怪的是，小女孩儿不管走到哪里，头上总有一朵黄云随她遮盖。小时候，庆都的性子很野，爱在外面疯跑，但如要寻找庆都，只要看见那朵黄云就能找到了她。

庆都长到七八岁时，她的养母陈锋氏去世了。庆都无人抚养，衣食无着，可她即使十几天不吃饭也不会饿。后来，一个叫伊长孺的人，看她可怜就收养了她，并把她抚养成人。

帝喾的母亲握哀，听到了庆都的神奇过往，啧啧称奇，就将她召去，见她容貌姣好，性格开朗，便纳她为帝喾的妃子。帝喾感念伊长孺对庆都的养育之恩，将其封为伊祁侯，治理伊祁国，就是现顺平、唐县交界之处。后来尧帝的出生地，在顺平的伊祁山，因此伊祁山又被称作“尧山”。

庆都伴随帝喾一晃就是数年，她聪明善良，深得帝喾宠爱，但就是一直未能怀上孩子。她是一个极富感情的人，非常怀念远方的养父母伊长孺夫妇，于是便向帝喾提出到伊祁国探亲。帝喾虽不想让她离开，可又怕她伤心，就答应了她。伊祁侯夫妇见到庆都归来，非常高兴，连忙安排盛宴款待自己的女儿。过了几日，伊祁侯夫妇对庆都说：“这几日天气很好，我们陪你去游玩吧。”庆都很高兴，就问：“到哪儿去？”伊祁侯说：“我们这可玩儿的地方很多，你是喜欢观水呢？还是喜欢登山呢？”

庆都说：“女儿想，还是水好，一则坐船比较安逸，二则风景比山岭也清秀。”

于是他们议定，到大陆泽去。过去那里是连接大海的一个大湖，水面一望无际，风景非常好。当他们来到大陆泽，船早已准备好，大家一齐登船。当船正要起航时，一阵大风忽起，只见东南角卷起一朵红云，那红云之中仿佛有一赤龙蜿蜒翻滚，长十余丈，张牙舞爪，样子十分吓人。伊祁侯和从人们吓得四散逃走，庆都尖叫一声昏倒在船上。这时，黑云密布，伸手不见五指。过了一会儿，云消雾散，人们纷纷赶来，将昏倒的庆都唤醒。醒过来的庆都浑身无力，游兴全无，便向伊祁侯夫妇要求回伊祁国。

哪知自此之后，她竟然怀了身孕。过了几个月，时交夏令，伊祁侯夫人对庆都说："现在已是夏天，此地很热，你是有身孕的人，恐怕受不了。不远处的伊祁山气候凉爽，咱们到那里去住吧。"庆都点头同意。伊祁侯随即命人修房造屋，安排一应用具，一家人就在山间安居下来。转瞬暑去凉来，庆都贪恋这里的风景，不愿回家。十四个月后，在伊祁山的一个山洞里，应都生下一个男婴。看到又白又胖的外孙，伊祁侯夫妇十分高兴，侍女们也纷纷向庆都道贺。庆都却一点儿笑容也没有。她觉得离开帝喾一年多，自己竟然生下一个男孩，帝喾知道了一定会起疑心，自己该如何解释呢？

那个孩子出生以后，好几天都没哭过。伊祁侯夫人认为庆都不高兴是因为这个原因，抱起那孩子仔细看，见他双目炯炯，手足乱动，一点儿病也没有，忙安慰庆都说："你不要担心，孩子这么壮，再过几天就会哭的。"谁知不说犹可，这一说庆都却突然变了脸："这孩子我不要了，赶快把他扔了！"

伊祁侯夫人大吃一惊：平时庆都脾气非常平和，且心地善良，怎么突然变得如此暴躁残忍？于是她急忙去找伊祁侯商量，伊祁侯慌忙过来劝说，可庆都执意不听。伊祁侯心里明白怎么回事，觉得还是保大人重要，如果庆都为此郁郁成疾，还不如把这孩子扔了。伊祁侯夫人无奈，只好依从丈夫和女儿。她叫人准备好衣服，将孩子裹好扔到北边十多里外的一个山洞里。

到了第二天，下人匆匆赶来报告，说那孩子安然无恙，并说有人看见一只羊钻进山洞正在给他喂奶。伊祁侯夫人听了非常奇怪，忙派人把那孩子抱回来给庆都看，还说这孩子命大，将来一定有出息。庆都以为大家骗她，非让人们再去扔掉。

没办法，伊祁侯夫人只好又派人把孩子扔到十几里远的森林里。又有人来报，说孩子仍然安然无恙，还说有人看见夜间有几只母狼给他喂奶。

伊祁侯夫人又叫人把孩子抱来给庆都看，庆都仍然不信，并说孩子如果真的命大，就把他扔到冰上去，如果一夜不死，就收留他。黄昏时分，伊祁侯派人把孩子的衣服剥光，扔到南边几里地一个结了冰的大池塘上。时值正月，穿着皮衣还冻得人瑟瑟发抖，一个刚出生的孩子一会儿还不被冻死？为防备别人再骗她，庆都决定和伊祁侯夫人一起亲自去看个究竟。

月光下，仆人刚把那赤裸的孩子放冰上，奇迹出现了：刚刚还呼啸不止的刺骨寒风，突然无声无息地停止了，同时有一个桌子大小的太阳出现在孩子上方。紧接着飞来一群大鸟，它们有的用翅膀垫在孩子身体下边，防止孩子着凉；有的用羽毛盖在孩子身上，为他挡风遮寒；还有的在火红的太阳周围飞来飞去逗孩子玩儿。刚开始时，那孩子在鸟儿们的呵护下高兴得手舞足蹈，后来竟渐渐地睡着了。

庆都在远处看到这些，才相信这孩子真的不凡，忙飞跑过去。群鸟纷纷飞走，那孩子突然“哇”地哭出声来，庆都把孩子抱在怀里，又疼又爱，又愧又恨，泪流如注。

庆都一边精心抚养孩子，一边心怀忐忑地派人把这些情况禀告远在西海穷桑的帝喾。帝喾听后不但没有生气，反而对庆都多有安抚。因孩子出生在遥远的唐地伊祁山，他便给孩子起了个名字叫尧，字放勋（意味将来的功绩会大到无所不至），并赐姓伊祁。

经历过各种被抛弃的考验后尧得到母亲不一样的关爱，既严厉又疼爱，最终养成坚强仁爱的完美性格。长大后，他被封为唐侯，他励精图治，强国爱民，使这里民风淳朴，人民安居乐业。

母因子贵，帝喾看到自己这个小儿子这么有出息，老怀甚慰。这时候，他觉得原来其母庆都的出生地黑龙山其名不雅，便下令把那座山改名为“庆都山”，意即庆都出生之山。

庆都山，又名都山，中国古代地理名著《读史方舆纪要》等史籍，都有“尧山在北，尧母庆都山在南，登尧山见都山”“都山，尧母庆都所居”的记载。

南北朝时的水利学家郦道元也是保定人，他在《水经注》里是这样写道：“有山孤峙，世以不连他陵名之曰‘孤山’。‘孤’‘都’声相近，疑即所谓‘都山’也。”庆都山，山虽不大，却因圣母而名。

这里孤峰耸立，绿水萦流，远近闻名的庆都山是康养旅游度假区，依山而建，以休闲度假、文化体验为重点，将历史人文、自然山水、传统民俗、特色民宿、养生酒店等多种业态巧妙融合，成为华北著名的旅游休闲康养目的地。

该景区从启动建设到全面开放运营，仅用了两年时间。其为何能在如此短的时间内迅速成为京津冀区域旅游的爆点景区，自然与此间的人文底蕴和风水聚合有关。

二、风生水起庆都山

打开各地游客的微信朋友圈、短视频号，天南海北的“文化游”照片与视频铺天盖地。

近年来，一些以古老文化背书的古镇、山水、文化园、历史名人故里，以其融合创新的模式、历史的参与感、独特的趣味性，成为游客们向往的胜地。以“唐尧文化”为内核的庆都山休闲旅游度假区，因其穿越几千年的上古文化魅力，一举晋升为北方极为耀眼的旅游明星。

庆都山的异军突起，被旅游界称为“庆都山奇迹”。2020 年突如其来的新冠肺炎疫情，使不少地方的旅游业进入冰河期，大家讨论最多的就是：如何在严冬时候坚强地活下去！

逆流而上的庆都山，却“风景这边独好”，因景区过于火爆，慕名而来者络绎不绝，无论天气如何寒冷，从无冷落萧条一说，这种景象让无数人惊叹。这一景区诸多元素交融，天时、地利、人和，八方风云际会，共同成就了庆都山现象。

首先说天时，当今世界已由观光旅游步入休闲旅游的时代，人们的目光，不再紧盯故宫、长城等独具顶级资源优势的地方，而是开始寻觅周边能放松心情的好去处。“诗和远方”固然有吸引力，“辞赋和田园”也别有情趣，这个时候，唐尧古镇像一匹黑马，率先杀将出来，给人一种“家园净土，心灵南山”的特殊体验，所以才有无数游客流连驻足。

其次说地利，每次当你从京昆高速路过唐县出口的时候，你肯定会被路边的古朴建筑吸引，特别是晚上，这里灯火通明如昼，流光溢彩，璀璨斑斓的七色光龙自山顶蜿蜒而下，瞬间亮瞎了人们的双眼。这时，许多人会感慨，这是哪儿呀？太漂亮了，而且离高速这么近，必须和家人来此游玩一趟！

最后再说人和，这里是尧母故里、唐尧封地，是华人寻根问祖的地方，也是八方美食荟萃之地。来到这里，你会有种血脉苏醒的欣喜，也会有一种到家的感觉。

这一景区的定位是“中华民族精神家园、唐尧文化发祥地”。目前该景区修建了唐尧博物馆、五福桥、万邦广场、合和广场、励耕园、十二节气柱、唐尧古镇、寻根祭祖堂、八卦亭等汉唐建筑；庆都山上整修了唐尧雕像、山顶广场、九州图、山脊路古城墙、盘龙古道等景观；恢复了灵源寺、南山寺、汉王庙等宗教场所。

庆都山下，植下了千亩山林，拓宽了五百亩的尧母湖，并在尧母湖周边建设了景观路、旅游娱乐设施，唐尧古镇、林下餐厅、临水云璟餐厅更是准备了一百余种特色餐饮，还增设了星空帐篷住宿，提供了自驾渔家木船观光或自助捕鱼等特色服务。

还有人说，庆都山的异军突起，不仅产品契合时代、引领潮流，而且这里的风水和人文底蕴也发挥了不可估量的作用。对此老王深表赞同。

其实，古时候人们选择建都建城，都是有讲究的，选择的地方基本不会发生大的水灾和地震，而且水绕风畅，居于其中，自然心情愉悦，身体康健。

这里是唐尧的侯都故地。站在庆都山顶，举目远眺，四周山峦环绕，绿色围屏，庆都山独坐中心，蜿蜒盘踞，好似一条卧龙，顿生“山登绝顶我为峰”的王霸之气。

庆都山南侧峪山和西侧黑山，均高四百多米，北侧是高耸入云的马耳山和尧生活过的尧山，都高出庆都山不少，三面厚实的山体，像太师椅围护着庆都山，庆都山正如“个”字中的“丨”。这个“丨”字，从北侧尧山南望，酷似一条巨龙，东高西低，蜿蜒起伏，东端山丘状如龙头，当地人称其为“黑龙头”。

庆都山坐落于“太师椅”正中间，日照充足，山顶向阳处冬天也不会太冷；四面有河水萦绕，还有水库汇流山侧，典型的聚财之地。整个区域气流回环，山顶夏日里凉风习习；地下水极为充足，空气湿润，山体及周围林木茂密，花草繁盛。

人们常说：“风水风水，得水为上，藏风次之。”而庆都山，就是这样一个典型的藏风纳水、财源滚滚的宝地。

常人乐居的地方，一般讲究“山环水抱”，后面有山，可当靠山，这个山不必很高，但山顶需平坦，有助于居住者事业发展，如果山呈圆弧状，则代表团圆和谐之意，在学业和生活上都会有良好运势。水对于人十分重要，人居之地最好靠近水，而且这水必须是清澈的、流动的，这样才能聚气旺财，“明堂聚水”之说，就是这样来的。

山的形势决定了这个地方的生气和福气所在。形看龙脉外观，势观龙脉走向，讲究形势兼备，势若无形显得突兀，形若无势则显单薄而无生气，而且这形与势，向有“百尺为形，千尺为势”的说法。

庆都山三面环山，莽莽苍苍，主峰雄壮，一路纵横，最东部呈抬头之势，可谓形势俱佳。而且，庆都山不仅与圣人有缘，与佛教也深有渊源。在中华历史上，以帝王妃子命名的山并不多，所以，有人想借此大作文章时，庆都山便被推到了风口浪尖，为世人所瞩目。

庆都山，有段时间叫作灵源山，为唐高宗李治所赐，山上建有寿圣寺，后逐渐被称为“灵源寺”。当年李治继位，立武则天为皇后，后改称“天后”。武则天是唐太宗召入宫的才女，善琴书歌舞。太宗死后，她削发为尼，有机会阅览唐玄奘刚刚翻译的佛经，对佛教产生了浓厚的兴趣。后来，她崇拜佛教超过对道教的信仰。

有一天，武则天佛心大发：“李唐大业，乃唐尧在天之灵相助，帝尧之恩德至今未报，我心何安?”想到这里，她召集诸“北门学士”参决，大家建议派人去唐县寻根拜祖。天后立马应允，差大臣和阴阳先生东行，越太行山至唐县。在唐县县令的陪伴下，先到尧山，寻到伊祁山东侧尧出生的山洞；尔后，选定山南侧的一个小山包上修建尧庙。

之后，众人又南行五公里来到庆都山顶，发现此山恰似一条大船，中间“船底”宽阔，苍松翠柏参天，遂将此处选为圣地，修建寺院。

武则天当即准奏，于唐上元二年（675）开始大兴土木，先在伊祁山建尧庙，后于庆都山造“寿圣寺”。寿圣寺的正殿坐北朝南，砖木结构，起脊瓦顶，殿前门额上书“寿圣祠”三个大字，里面有灵碑，上写“供奉帝喾皇后庆都之灵位”。还在正殿东南竖五块巨型石碑，分别刻有《金纲般若波罗密经》《妙法莲华经序》《莲华经》《佛法无量寿观经》和《大方广佛华严经》五部经书。

寿圣寺建好后，武则天经常来此朝圣进香，并在佛经碑第二石上刻“大唐天后供养”，以表对佛祖的崇敬，对先圣帝尧和尧母的诚心。后唐大历二年（767）又修建花塔，塔心高丈余，汉白玉砌筑，浮雕荷花封顶，塔顶周围透雕“上八仙”；塔下顺南坡，修石阶路二百余级。

明朝正德六年（1511）灵源寺曾重修。20 世纪初，所有建筑物毁于战乱，现仅存断垣残壁，五块佛经碑仅有部分完好。

这种圣人青睐、钟灵毓秀的风水宝地，一般来讲会有两大特色：一为长寿；二为旺子。首先说长寿。老王曾在一篇文章里写过：尧帝有一个突出特点，就是长寿。尧帝的年龄，按司马迁的记载活了一百三十六岁，但也有记载是一百一十六岁。其中差别就是考察舜的二十年，有人说“尧立七十年”这句话，其中包括了考察舜的二十年，有的则说不包括。尧帝退居二线后又活了二十八年才离世。

其实，无论是一百一十六岁，还是一百三十六岁，都是极为高寿了，特别是那个年代，缺医少药，营养保健又跟不上，能活这么久，简直是人间奇迹。关于尧帝长寿的原因，老王进行了考证，归纳为三个方面：

一是环境好。庆都山这个地方，好山好水好风光，空气负氧离子奇高，居于此自然长命百岁。

二是基因好。这地方的居民，自古就有长寿的基因，年过百岁的老人屡见不鲜。

三是吃得好。历史上这地方有三样东西最有名，那就是山泉水、松子和土鸡。

这里的泉水清澈甘甜，含有多种对人体有益的微量元素，据说能医治杂症，延年益寿，洗把脸也可美容养颜。传说尧为龙子，对水特别敏感，受这里的好水吸引，所以将大家带至此地安居，并借此发展农业，使百姓安居乐业。同时，还用此水造酒，该酒色泽纯净、醇香悠长。

山上松子更是有名。据说上古时期，有个叫偓佺的神仙，经常到山上采药。这个神仙，最喜欢的就是御风飞行、追逐快马，用这种方式来表现他的奇异之处。他曾把一颗大松子送给尧帝，可是尧帝没时间服食，咬了一口就去忙了。

却不知那颗松子不是消遣的零食，而是延年益寿的神丹妙药，整个服用后可活三百岁。如果当时尧帝把这颗松子吃了，估计整个中华历史都要改写了。

关于土鸡的问题，就要说到中华第一寿星彭祖了。彭祖原名讳铿，颛顼帝的玄孙，据说彭祖自尧帝起，历经夏朝、商朝，活了八百岁。彭祖善于食疗养生，被尊为厨行祖师爷。当年发大洪水，尧帝指挥治水，积劳成疾，数天滴水未进，生命垂危。危急关头，彭祖根据自己的养生之道，亲自下厨做了道土鸡汤。

结果呢？汤还没端到跟前，尧帝远远闻到香味，食欲大动，竟然翻身跃起，随后一饮而尽，次日便容光焕发。此后尧帝每日必食此鸡汤，虽日理万机，却百病不生。之后尧把彭城封给他，所以后世称他为彭祖。

诗人屈原在《楚辞·天问》中写了这件事："彭铿斟雉，帝何飨？受寿永多，夫何久长？"这是我国典籍中记载最早的名馔，被誉为"天下第一羹"。《中国烹饪史略》中称彭祖是"我国第一位著名的职业厨师"，而且是"寿命最长的厨师"。

时光荏苒，岁月不居。如今的唐尧古镇，荟萃晋、陕、豫、鲁、蜀以及保定、唐县等地的特色美食，马蹄烧饼、唐县碗肉、浏阳蒸菜、一根面、拉条子、螺蛳粉、裤带面、金瓜烙、麻辣兔头、山西凉粉……只此一地，游客便可尝尽大江南北滋味。

商业街两侧的传统手工艺作坊，青砖墨瓦，古香古色，可让游客感受传统手工艺人的匠人精神与古韵风情。

再说旺子。尧帝不用多说，随母亲庆都从小在这里长大，最终成为一代圣王。杜甫曾有诗云："致君尧舜上，再使风俗淳。"中国的皇帝，论品德没有超越这两位的，所以才有"尧天舜日"之说，意思就是，尧的胸怀像天一样宽广，舜的慈爱像太阳一样温暖。

尧帝儿女众多，也都很有出息。两个女儿娥皇和女瑛，嫁给了舜帝，夫唱妇随，帮助舜帝开创盛世，可谓贤良淑德的代表。

这时候可能有人会说，尧帝教育儿子是失败的，没有培养出合格继承人，最后不得不把帝位禅让给舜帝。其实，这话大有问题，他的大儿子丹朱，虽自小顽劣，不具备帝王之才，但其才华与能力，也是远超常人的。

尧生十子，丹朱为其嫡长子，出生时全身红彤彤的，故取名"朱"，丹朱智慧极高，是围棋始祖，被尊为中国"棋圣"。

丹朱从小极受尧的宠爱，但其个性刚烈，做事果敢有主见，不像尧帝那般谦和宽容，被尧视为"不肖乃翁"。

《山海经》一书记载古代首领有帝号的不多，而丹朱却有帝号，称作"帝丹朱"。郑玄说："德配天地，在正不在私，曰帝。"说明丹朱在古人眼里，是声名显赫的人。

要知道，尧帝那个时代，部落之间战争不断，且很激烈。尧曾派丹朱对南方三苗进行讨伐，并封于丹水，丹朱不负众望，很快便平定了这一区域的叛乱。因丹朱为三苗首领，并且称帝三年，故在南方少数民族聚居区地位崇高，在湖南、广东等地被奉为衡山皇、丹朱皇。

舜帝继位后，把丹朱封到房地为诸侯。丹朱虽刚烈暴躁，但经尧帝教授围棋，性格改变了许多，整个人有了脱胎换骨般的变化。他带领房地居民耕耘播种，兴修水利，发展农业，烧陶制器，建偃朱城池（黄河南旧城），使其政治、经济、文化得到长足发展，人无袖手，田无荒蒿，路人互让，很受百姓爱戴。

还有人说，尧不传子而让位于舜，并非尧之本意，尧子未必不肖，或许迫于舜的威力。《竹书纪年》记载："舜囚尧，复偃塞丹朱，使不与父相见。"这种记载有不实之处，不能尽信，但也说明当时的尧，传子还是传贤，家天下还是公天下，曾有过激烈的思想斗争甚至武力战争。

三、民主法治唐尧始

尧帝是传说中最朴素的帝王，非常自律。他的面相生下来就不大好，眉毛呈八字形，脑袋上面尖，下面宽，一副典型的吃苦受难相。但尧帝非常爱护百姓，不愿增加他们的丝毫负担。他的宫殿里，柱子和屋梁都是外皮粗糙的木头，根本没有刨过，更不要说涂颜色了。宫殿顶上没有覆瓦，铺的是茅草，和百姓住的茅屋差不多，宫殿的台阶都是土的，没有砖石铺垫。

尧帝的食物是粗粮淡饭，喝的是野菜汤，夏季穿粗麻做的布衣，冬季随便披一块鹿皮就算遮挡寒风了，日常用具都是土碗、土盆之类的东西。虽然生活极为简朴，尧帝对于自己的职责却从不松懈。

百姓饿肚子，他就责备自己："这是我使他们吃不上饭呀。"百姓缺少衣服，他还是责备自己："这是我使他们没衣服穿呀。"有人犯罪，尧帝仍然责备自己没有管好："是我害了他呀。"

由于工作忙碌，尧帝几乎没有时间修饰自己，头发披散，几乎拖到地面。

过分的操劳，使尧帝高大的身躯瘦得像风干腊肉一样，好几次处于垂危状态。他的高尚品德深深感动了百姓，尽管遇到很多灾难，但百姓们仍坚决拥护他。

其实，不仅他身边的人被感动，天地万物也被感动，有一次，在一天之内出现十个奇迹，昭示了上天对尧帝的肯定：皇宫中喂马的草料突然变成水稻，吉祥的凤凰从天空降落在宫院之中，台阶上长出历草……

历草，又叫历荚，是一种可以当作日历的草。传说，历草生长在尧帝宫殿的土质台阶上，每月初一，历草长出一个豆荚，以后每天长一个，到十五日，正好长十五个豆荚。从十六日开始，历草的豆荚每天掉一个，到月末，正好掉完。下个月，重新开始这样的周期。历草就像一个活的日历，所以得名“历草”。据说，那时没有日历，做事很不方便。有了历草，这个困难就解决了，百姓们对此极为高兴。

在诸子书中，还有关于尧帝武功的传说，文治和武功俱臻完备，方使尧帝成为古昔圣王。《吕氏春秋·召类》说：“尧战于丹水之浦，以服南蛮。”意思是尧帝曾讨伐过南方的部落，并亲自挂帅出征。

《淮南子·本经训》说：“逮至尧之时，十日并出，焦禾稼，杀草木，而民无所食。猰貐、凿齿、九婴、大风、封豨、修蛇皆为民害。”天上地下都有捣乱的，尧帝便派后羿将那些野外凶兽杀死，并射落天上多余的九日。羿射九日是神话，不过那些称颂尧帝“兴利除害，伐乱禁暴”的传说，说明了尧帝安邦治国有道，不但文治昌明，而且武功赫奕。

尧帝最大的贡献，就是开创了中国民主和法治的先河。首先，尧帝时刻注意倾听百姓的意见，在简陋宫门前设了一张“欲谏之鼓”，谁要是对他和国家提什么意见或建议，随时可以击打这面鼓。尧听到鼓声，会立刻接见，认真听取来人的意见。为方便民众找到朝廷，他还让人在交通要道设立“诽谤之木”，即埋上一根木柱，木柱旁有人看守，民众有意见，可以向看守人陈述，如来人愿去朝廷，看守人会给予指引。由于能及时听到民众的声音，尧帝对老百姓的疾苦了然于心。

尧帝执政初期，还没有基本的国家制度，非常松散，不利于统一管理，所以尧帝积累一定施政经验后，便开始建立国家政治制度，其中很重要的一条，就是按政务任命官员，在华夏历史上第一次建立起系统的政治制度。为治理好国家，尧帝求贤若渴。

史载尧帝功臣有九人，或说十一人，可谓人才济济。但他唯恐埋没人才，野有遗贤，所以常常深入穷乡僻壤，亲自到山野之间去寻查细访，求贤问道，察访政治得失。

当然，尧帝最为人称道的，还是他禅位于舜，不以天子之位私有。《礼记·礼运》云："大道之行也，天下为公。"公就是共，王位共有，不要搞世袭。大道之行是"天下为公"，天下是天下人之天下，而非一家一姓一人之天下。

尧帝对此有着深刻的认识，在位七十年时，他的身体和精力跟不上了，便想选择继任者，而自己的儿子丹朱好与人抬杠干架，不堪大用，于是便与四岳商议，请他们推荐人选。四岳推荐了舜，说这个人很有孝行，家庭关系处理得十分妥善，并且能感化凶顽家人，使他们改恶从善。

经过三年各式各样的考察，尧觉得舜这个人无论说话办事，都很成熟可靠，而且能建功立业，于是决定将帝位禅让于舜。他于正月上日（初一），在太庙举行禅位典礼，正式让舜接替自己，登上天子之位。尧则退居避位，二十八年后去世，"百姓悲哀，如丧父母，三年，四方莫举乐，以思尧"。

而此之前，帝位更迭一直是在血亲中传续，若非血亲继位，断然少不了血雨腥风。尧帝的禅让之举，在中国历史上有着非常独特的作用，后来的王莽篡汉、曹丕称帝，都采用了"禅让"的方式，实现了王权的平稳过渡。

要知道，禅让制其实是一个相当复杂的制度。对于禅让过程，《孟子·万章下篇》是这样概括的："使之主祭，而百神享之，是天受之。使之主事，而事治，百姓安之，是民受之也。天与之，人与之。”大体意思是：一个人成为继嗣者由多个因素决定，强有力的荐举，前任君王的认可，诸侯的认可，天意的认可，庶民的认可，但唯独前任君主无权提名。这也就是孟子说的：“天子不能以天下与人。”

归根到底，禅让制乃是众人推举，并经众人同意而最终完成的政治权力转移程序。它不是现代的民主选举制，但带有强烈的民主成分。

尧帝，不仅是民主制度的先祖，还是法治制度的先祖。现在的法官制，也是尧帝传下来的。历史上的皋陶，就是尧帝委任的第一任大法官。

传说中这位大法官脸色青绿，就像生西瓜皮一样，不仅毫无表情，还长了张鸟嘴，有硬壳，但说起话来，却斩钉截铁。这个大法官虽然长得一般，但精明干练，铁面无私。任何疑难案件到他手里，都能水落石出。皋陶之所以能做到这一点，很大程度上靠的是他养的一头独角神羊——羊獬。羊獬全身长着青色的毛，头顶长了根独角。它性情忠诚、正直，天生洞悉是非曲直。遇到争执，别人无法判断的时候，它就用角去顶那个无理狡辩的人。

皋陶审理案件，总是带着这头羊獬。遇到自己无法判断的时候，羊獬便会出面，帮助他进行判断。遇到罪犯，羊獬就用角顶；遇到无辜者，羊獬就不顶。看到羊獬的表现，皋陶就会清楚被告是否有罪。

传说当年的法庭台阶上，还长着一种奇特的草，名字叫“指佞草”。凡是有奸佞的坏人从台阶经过，这种草就立刻弯曲，草尖指向坏人。

由于皋陶的存在，尧帝时法治公正清明，从未发生过冤假错案。也许在后世社会中，有着太多的不平事，人们便渴望有一个公平、正义的世界，所以才会想象神话里有皋陶和他的神羊，有指佞草，期望好人有好报，坏人受惩罚。

过去官府衙门前，常矗立两根华表，华表多用玉石雕刻，蟠龙舞凤，庄严华美。相传这也是尧帝留下来的，一般上面刻有十七个大字“颤颤栗栗，日谨一日；人莫踬于山，而踬于垤”。

按尧帝的说法：“这是我对自己的戒语，就是说话办事每日每时都要谨慎小心，人能走过大山，而一道土坎就能使他跌倒在地。大家请记住这戒语！”这十七个字，就是著名的“尧戒”。

说到底，人们推崇尧帝，更多的原因是其人格伟大，许多治国理政的措施，未必符合后世的实际。即便是在当时的社会，也有人对尧帝的做法不以为然。比如，尧帝访贤之事，古籍中记载最多的首推许由。

许由，尧时的名士。他崇尚自然无为，不贪求名利富贵，坚持自食其力，生活简朴，无求于世。他得知帝尧要来拜访他，便急忙躲走了。恰巧啮缺碰到他，问他要到哪里去。

许由说：“为逃避帝尧。”

啮缺又问：“为什么呢？”

许由说：“尧这个人啊，轰轰烈烈实行仁义，我怕他早晚会被天下人耻笑，后世一定会有人吃人的事发生。老百姓不难笼络，爱护他们，他们就和你亲近；给他们利益，他们就会为你招徕；表扬他们，他们就会勤奋；做他们厌恶的事，他们就要逃散。爱护百姓，使百姓得利是仁义，但如果实行仁义的事少，借仁义取利的事多，那可就坏了。假仁假义的行为，不仅不能真正实行，还会成为虚伪的工具。若用个人的决断来使天下获利的事，不过是‘一刀切’罢了。尧只知道贤人可以利天下，而不知贤人也会害天下。只有不过分看重贤人的真正智者，才会明白这个道理。”（庄子所说的“圣人不死，大盗不止”，也是这个意思。）

过了一段时间，帝尧又去拜访许由，把许由堵在了沛泽之中。尧对许由说：“太阳出来了，火把还未熄灭；大雨刚过，还要去浇园，这些不是徒劳吗？作为天子，我感觉自己才疏德浅，很是惭愧，占着帝位不适宜，请允许我将天下嘱托于先生，天下必然太平。”

许由对帝尧说：“你治理天下升平日久，既然已天下大治，为何还要让我代替你去作个现成的天子，我是为了出名吗？名，是实的从属物，我对虚名不感兴趣。鹪鹩即使在深林里筑巢，也不过占一枝就够了；鼹鼠就算跑到黄河里去喝水，也不过喝满肚子足矣。你回去吧，天子于我无任何用处，就好比厨子不做供品了，祭祀也不会替他烹饪一样。”

于是，许由逃至远方，自己耕田而食，过得非常快活。还有传说，尧以天下让许由，许由以此为耻辱，不堪入耳，便去河里洗耳朵，后有“洗耳河”之名。

巢父牵牛去河里饮水，正碰见许由在洗耳，问清原因后，皱着眉头说：“你洗耳朵把这里的水弄脏了，我不想让我的牛喝这污水。”便牵着牛去河上游饮水了……

四、青虚山上有神仙

唐尧之地不仅是儒家、佛家圣地，更是道教圣地。位于唐县城北三十五公里处的青虚山，自古为道教名山，最高峰海拔九百九十八米，因“四时之气清而煦，界入虚无，超然物外”而得名。青虚山多为石灰岩，久经风雨溶蚀，形成“如青笋、似狼牙、像箭镞、直刺云天”的奇观。

据清乾隆年间陈效元的《葛山指掌图》载：“青虚山有紫云峰等四峰、三岩、九洞、四峪、二园、三寨、二崖、二潮等自然景观四十余处，远眺此山，‘万峰耸翠、霁暝不时、烟霞无定’。”当年乾隆皇帝朝圣五台山路过此地，为其雄丽的山势而惊叹，亲手题匾“紫云峰”“凤凰石”，镶嵌于山崖，至今保存完好。

青虚山又名葛洪山，相传晋代道学名家葛洪“幼年慕道，壮而出仕，老而归真”；“披荆斩棘而入，攀藤扶葛而上”，来到青虚山修行。

青虚山分上清虚、下清虚。葛洪大殿、洗心双泉、炼丹古井、炼丹灶、药碾、爆艾台、清虚宫、留云院等，均与葛洪真人有密切关联。据清同治十年《重修葛公殿碑记》记载，青虚山自葛洪真人隐居得道后，名气大增，文人骚客、达官显贵云涌而至，形成以道教为主流的青虚山文化。

山上有辽代以来修建的寺、观、庵、庙一百多处，天下“神灵”聚集，香火鼎盛不衰。每年农历三月十五日的庙会，吸引了华北各地无数道教信徒来此朝山进香，热闹非凡。

唐、宋、金时期，战乱数百年，生灵涂炭，道教日渐衰落。元代全真教在北方大兴，丘处机派弟子陈道益到青虚山传道，修筑庙宇一百多座，盛极一时。明清时期规模再次扩大，信徒香客络绎于途，摩肩接踵，人数最多达十余万人。

让青虚山名扬天下的葛洪，是道教史上一位了不起的大人物。葛洪，字稚川，号抱朴子，丹阳（今江苏）人，世称小仙翁。他出身道教世家，大名鼎鼎的太极仙翁葛玄为其从祖，曾受封为关内侯，后弃官带领全家南下广州。后来，葛洪隐居罗浮山炼丹成仙，著有《神仙传》《抱朴子》等传世名作，被誉为道教集大成者，著名医学家，中国最早的化学家。归纳起来，葛洪对后世主要有四大贡献：

第一，完善了道教神仙体系。当年佛教已入中原，形成了佛道两派竞争格局，对比佛家清晰的神仙体系（三世佛，八大菩萨、十八罗汉等），葛洪深感道家神仙职位混乱，唯一领袖太上老君势单力孤，在他的指挥下，编撰了以“三清”为首的神仙图谱，众多子虚乌有的神仙纷纷出马。

传说葛氏神系传到天宫张友人和太上老君的手中后，二人并未因葛洪在他们头上乱加了原始天尊、宝灵天尊两位领导而动怒，反而欣赏老葛的独特创意。“老葛实在太有才了”！二人对其赞不绝口，遂让年仅八十的葛洪升仙了。

第二，解释了如何成仙。葛洪的《抱朴子内篇》着重阐述了三个问题：一是世界上究竟有没有神仙？二是普通人能不能通过修炼成为神仙？三是学仙修道最重要的途径是什么？

要知道，世上许多人对神仙是持否定态度的，名士向秀曾说，神仙根本不存在，因为谁也没见过。还有人搬出孔老夫子，说他从来不谈神仙鬼怪这种事。要是人人都这样想，那谁还会去寻仙问道呢？葛洪觉得这是个根本性问题，非解决不可，于是便花了很大力气论证世界上确实存在神仙，并得出普通人通过勤修苦练终能成仙的结论。

还有人认为，即使有神仙，那也是天生的，学是学不来的。嵇康说过，神仙都是“特受异气，禀之自然，非积学所能致也”。葛洪对此坚决不同意，他说，松树和柏树冬天不会凋落，龟和鹤寿命也比一般动物长，这里面确实有一个树木和动物品类的问题。但万物之灵的人不一样，只要恒心修道，就能实现“知长生之可得，仙人之无种”。这是不是特像那句“王侯将相，宁有种乎”？

第三，开启了神奇的炼丹术。葛洪坚信炼制和服食金丹可得长生，他长期从事炼丹实践，积累了丰富经验，并认识到物质的某些特征及化学反应。他在《抱朴子内篇》《金丹》等书中，系统总结了以往的炼丹成就，详尽介绍了炼丹方法，勾画出古代炼丹的脉络梗概，成为炼丹史上承前启后的标志性人物。

后世炼丹者仿效葛洪的做法，总结出一个定律：硫磺、硝石，研成粉末，再加皂角放在一起混合，加温后会发生剧烈爆炸。于是，中国四大发明中的黑火药诞生了。

第四，开医道结合之先河。葛洪是一位杰出的道士，更是一位资深的道医，青虚山至今流传他骑白虎挎药篮、治病救人的故事。他曾说："古之初为道者，莫不兼修医术，以救近祸焉。"葛洪认为道士一旦染上疾病，便无法达到长生的目的，更无法得道成仙，学道首先要掌握医术。后世"十道九医"之法就源于此。

葛洪在急性传染病领域颇有建树。他认为这种病不是鬼神引起的，而是中了大气中的疠气。他是世界上最早研究天花、狂犬病、恙虫病等传染病的专家，著有《金匮药方》百卷、《肘后备急方》四卷，主张用预防和提高免疫的方法控制疾病，即便是现在，无疑也是先进的思想。

这时，估计有人会问，葛洪原本出身江南士族，丹阳句容（今属镇江）人，一直在南方活动，为何会来北方游历呢？

其实，这个事情本身就是个传奇。要知道，葛洪师从南海太守鲍靓，这个鲍老师是江苏丹阳人，他在丹阳开馆授徒时，见到葛洪沉稳好学，不慕名利，便将女儿鲍姑许给了他。

鲍老师也是个厉害的人物，据《晋书》记载，鲍靓五岁时，对父母说："我本是曲阳（位于河北保定境内）李家子，九岁坠井死。"

鲍靓的父母并没有把儿子的话当儿戏，反而异常重视，并前往曲阳寻访李家。当鲍靓的父母说明来意，李家人当时就惊呆了，两家人进一步核对，证实鲍靓就是李家坠井死亡的儿子转世。这件事，来于正史记载。世间没有无缘无故的爱，后来葛洪携妻子鲍姑一同到青虚山修行，肯定与此脱不了干系。

相传在青虚山修行的人，很多都成了神仙。比如，葛洪的弟子黄野人，先跟葛洪在青虚山修行，后随其至罗浮山结庐于冲虚观，有哑虎守之。葛洪仙去后，留丹于柱石间，野人自外至，得一粒服之，为地行仙。

据《唐县志》记载，椒山翁，隐于青虚山中，每日在古柏下扣石而歌，修炼于天风台，白日飞升。

老仙姑，宋时人，不知姓氏，隐于山中，尝与人道："贫道住此二百年矣！"言讫投崖飞去。后名其崖为舍身崖，其村名曰"老姑里"。

王婆婆，不知何时人，在崖中焚修数十年，渐识字通文，洼中无水，牵牛于三里外汲水。一日牛问之，答曰："别无水可汲？"牛曰："坐处有水，何用远求？"

王以为牛嘲戏，将汲桶掷碎哭骂而归。坐在庵中拍地而哭，手拍处突涌大泉，顷刻成溪。泉中剩莲一朵，王婆婆端坐而逝，香气数十天不灭……

鼎鼎大名的《白毛女》，创作灵感也源于青虚山。据说当年的青虚山区域虽属抗日根据地，但工作一直很难开展。

某日，区干部到该村布置村选，召开村民大会。但是，村民都不到会，区干部询问原因，村干部畏畏缩缩地说："今天是十五，大伙都要到奶奶庙给'白毛仙姑'上供。"区干部接着便追问白毛仙姑是怎么一回事。

待得知有白毛仙姑食用庙里供品的消息后，区干部猜想可能是个什么野兽被村民误会了，或是敌人玩弄的破坏阴谋，最后他决定到奶奶庙捉"鬼"。当晚，区干部和村里的锄奸组长携带武器，隐蔽在奶奶庙神坛两侧的暗处。

夜半三更，月光时隐时现，一阵冷风吹过，有脚步声渐近，果见一个白色"物件"走进庙来。模模糊糊地看见她用手去抓供桌上的供品，正回身欲走时，区干部从暗中跃出，猛地大喝一声："你是人是鬼?"白毛仙姑一惊，突然发出狂叫向来人扑去。

区干部开了一枪，白毛仙姑倒在地上，却又立刻爬起来，狂奔而去。区干部和村锄奸组长尾随追出，穿过树林，便看不见那白色的"物件"了。正在踌躇中，隐约地听见不远处有幼儿的哭声，循声仔细地察看，黑暗的山沟尽头有火光如豆，闪闪烁烁，神秘可怖。

区干部潜行过去，在一个阴暗深邃的山洞里，他发现白毛仙姑坐在一角紧紧搂着一个孩子。区干部举枪对着她喝道："你到底是人是鬼，你快说，说了我便饶了你……"

这时，白毛仙姑走出山洞，突然在区干部面前跪倒，痛哭失声，捶胸顿足。接着便哽咽着向区干部倾吐了一切：她爹是一个穷苦的佃农，三年前（八路军未到此处之前），村中恶霸地主的少东家看上她，用阴谋逼死她爹，把她抢去，她遭到奸污，身怀有孕。少东家的母亲——那个地主婆，在为少东家筹办婚事时，要把她卖给人贩子。她在一个善心的女佣帮助下，深夜逃出地主家，找了一个山洞住下来，生下了孩子。她背着仇恨、辛酸，在山洞里生活了三年。由于山洞中没吃没穿，不见阳光，不吃盐，满头长发全白了。因常去偷奶奶庙里的供品，被村人信为"白毛仙姑"，时常供奉，她们母子才得以苟活至今。

区干部听了白毛仙姑的哭诉，愤怒了，流泪了，告诉她，这世道已改变，共产党领导的八路军解放了人民，建立了抗日政府，人民当家做主，悲惨的日子一去不复返了！

区干部把白毛仙姑救出这阴暗的山洞，来到灿烂的阳光下，从此她作为一个真正的人，过上前未有的幸福生活。

根据这个传说，贺敬之、丁毅共同执笔创造了《白毛女》剧本，首次饰演歌剧《白毛女》的主角是唐县人王昆，饰演电影《白毛女》的主角是唐县人田华，巧合之中有必然。

青虚山的美，是系列的、全域的，南侧为全胜峡，北侧为西胜沟，形成浑然天成、相得益彰的风景名胜区。

全胜峡，传说全真教祖师丘处机曾住过此地，故名全真庄，后改为全胜庄。景区面积约十平方公里，为北方罕见的喀斯特地貌。景区独具三大特点：一是涧深峡幽，钟乳石遍布，峡谷遮天蔽日，酷暑犹凉。二是溶洞星罗奇布，共有九九八十一洞，洞洞异奇。三是丰水多瀑，峡内溪流淙淙，潭瀑飞纵，素有四湖十六潭七十二瀑百泉之称，景点有北龙门、风水砚、马钰瀑、小龙头长城、全真七子潭等。

西胜沟，是一条七千米长的峡谷，峡谷内飞泉瀑布，一年四季溪水常流，九处秀丽的龙潭巧点其中。在这里可欣赏到我国北方最大的岩溶峰林景观，密林深处后的暖谷，有风格独特的明代建筑无梁殿。西胜沟内峡谷套峡谷，有北檀峪、无影山、茅芦庵、古塔和古时山寨等风景名胜。

秀丽宜人的山水风光，底蕴深厚的道教文化，让青虚山脱颖而出，成为众多游客的打卡地。不可否认，与武当山、青城山、龙虎山、终南山等道教名山相比，青虚山还是有很大差距的。

“江山代有名胜出，各领风骚数百年”，随着雄安新区的迅猛崛起，太行山这座古老的道家名山，就如那稀世明珠，是时候尘尽光生、照破山河了！

五、千秋忠烈“杨家将”

唐县有一个著名的关隘：倒马关。这个关隘，与大名鼎鼎的杨家将大有联系。杨家将在中国有着特殊的意义，满门忠烈，义气千秋，是中华儿女英勇不屈精神的象征。

历史上的杨家将，虽没有小说演义里那般夸张，却也是智勇双全、铁骨铮铮的人物，杨业、杨延昭、杨文广，祖孙三代皆为名将，其中最有名的就是六郎延昭。

杨延昭，本名延朗，他是杨业的长子。杨业长年驻守雁门关，契丹人非常怕他，称他为“杨无敌”。杨延昭自幼跟随父亲杨业征战，习得作战技巧，再加上他聪明机智，智勇双全，深得杨业疼爱，杨业曾说：“此儿类我。”每逢出征，杨业都会把他带在身边，让他接受战争的磨炼。

杨业后来战死沙场，杨延昭便担负起河北延边的抗辽重任。宋真宗咸平二年（999），契丹再次向宋朝进攻，宋军节节败退。同年九月，辽军攻打遂城（今河北徐水县东），守将正是杨延昭。

由于契丹萧太后亲自指挥作战，辽军士气如虹，而相反，遂城守军不满三千，援兵又迟迟未来，宋军岌岌可危。杨延昭机智应战，派所有城中居民壮丁轮流守城，被甲执械，日夜固守，一直坚持到十月间。

原本初冬天气并不是很寒冷，突然天象大变，寒流来袭，一夕之间气温骤降，杨延昭见机不可失，马上命城中军民汲水浇灌城墙，城墙立刻变得坚固又光滑，辽军无法攻城，只好绕过遂城进攻别地。

此举及时解除了遂城危机，当战役结束之后，杨延昭名震四方，宋真宗称赞杨延昭“治兵护塞有父风”，而遂城也被誉为“铁遂城”。

宋、辽订立“澶渊之盟”后，杨延昭以为国耻，拒绝朝廷“勿伤北朝人骑”之命令，与张凝、石普等人依旧追击辽军游骑兵。直到辽军败退之后，又不顾朝廷“勿追契丹”之命，亲自率领万余部众，猛追辽军至边界。尽管杨延昭的举动破坏了朝廷规定，期间有小人谗言妒忌，但宋真宗知其忠心为国，所以并未追究。

宋真宗大中祥符七年（1014）正月七日，杨延昭逝于高阳关副都部署任所，享年五十七岁。杨延昭去世后，宋真宗甚为悼念，特派人护送其灵柩返乡，沿途皆“望棺而泣”，就连契丹闻讯也举哀致敬。

杨延昭在家排行长子，为何被称“六郎”？因辽人自古传说天上北斗七星中第六颗星是专门克辽的，而杨延昭为抗辽名将，辽人对他畏惧，认为他就是天上克辽的那颗星下凡，所以称其“杨六郎”。

说到杨延昭，不得不提唐县的倒马关。

倒马关是内长城的重要关口，因其地势险峻战马经常摔倒而得名，战国时期就有文字记载，古称鸿上关、常山关或青龙口关，与紫荆关、居庸关合称为内三关。倒马关北临内长城，背靠唐河，东南为险要的十八盘岭。

自古以来，倒马关就为战略要冲，因杨六郎曾在此率军御敌，变得更为出名。倒马关处于一条古老的通道上，这条道称为“灵丘道”。《魏书·高祖纪》载，太和六年（482）曾调集州郡五万人修治灵丘道。灵丘道北起平城（山西大同市东北），南越恒山，自灵丘以下，略循今唐河谷道出太行，南抵中山（今河北定州市），是当时山西北部高原通向华北平原的交通要道，倒马关就是这条道路上的重要关隘。

目前，可见到关于修建倒马关的记载，都是明朝的。倒马关分上城下城，上城是明洪武初年修建的，后改名上城口；下城即今倒马关城，现存一块汉白玉石碑，为《倒马关建城碑》。碑文记载了1465年修建倒马关的情况，当时的倒马关城，周长约二点五公里，城池占地约七万平方米，城墙底宽六米，顶宽四米，高约十米，墙为黄土夯筑外砌砖石，关城东、西、北设有三个城门。

关城建筑设计独特，依峭壁，傍深涧，一半在沟谷，一半在山上，整座关城依地势而建，唐河水由西、北、东三面环绕关城而流。山、水、关城在这里相得益彰，互为险阻。古人谋略之深，设防之严，建筑之奇，令人叹为观止。

明朝马中锡《倒马关诗并序》中说：“关有两山对峙，其路极险，相传杨六郎到此马踣，故名。”据说有一次，辽兵头领埋伏下兵马，布下圈套，派小股人马前去叫阵，打算把杨六郎诱入埋伏圈内生擒活捉。杨六郎不知虚实，见辽兵前来挑衅，便率领宋兵冲上阵前，与辽将交战。没战上几个回合，辽将卖个破绽，拨转马头便跑。杨六郎率领宋兵，向敌兵追去。不料追到半路，有一巨大黑石挡在前面。石当中有道半尺宽的石缝，杨六郎坐骑向前一蹿，恰好被夹住马腿，前进不得，急得战马昂首长嘶，怎么也拔不出腿来。杨六郎狠狠一夹马肚，大喝一声：“倒！”战马一惊，使劲儿一蹦，倒蹿了出来，掉头就往回飞跑。不管杨六郎如何喊叫，那马就是不听，直把杨六郎驮回宋营，辽军阴谋宣告失败。由此，人们便把杨六郎把守的雄关叫作倒马关，把夹住马腿的那块黑山石叫作夹马石。

后人为纪念杨六郎镇守三关的业绩，于明正德十五年(1520)，在倒马关城西三公里的马圈山上修建了“六郎碑”，碑文为“宋将杨六郎拒守之处”。千百年来，无数文人学士前来凭吊，称颂杨六郎的不朽功勋。

倒马关南面不远处，便为潭瀑峡景区（原名大石峪），总面积十八平方公里，由潭瀑峪、寨石峪、双瀑峪三条沟谷和熊窝子自然保护区组成，景区内温泉、潭瀑、奇石、森林资源丰富，峰、石、水、关、寨构成独特的文化和自然景观。

潭瀑峡涧谷幽深，林木茂盛，鸟语花香，可谓五步一潭，十步一景。徜徉于山水之间，一路风景，一路水潭，一路飞瀑，瞬间让人忘却一切烦恼。

潭瀑峡素有“山水甲太行”之誉，这里的谷美，谷谷有水；这里的水美，处处是潭。冬日铺满冰雪，夏日紫气升腾，被旅游专家誉为“京西南瀑石休闲天堂”。

潭瀑峡有个龙堂瀑布，飞流溅玉，气势壮观。传说很久以前，东海龙王有个小女儿天生丽质，十六七岁就已经出落得楚楚动人。

她生性好玩儿，经常远走他乡游山逛水。有一次，小龙女从海里逆流到唐河，又顺天河来到潭瀑峡，到此后，小龙女迷恋这里的秀丽山水，便留在段家庄村前的瀑布水潭中，流连忘返。

一日，小龙女在水潭中游泳。不一会儿，有两个山外浪子也到大石峪玩耍，他们来到这里，见一美女披发垂肩，在水中洗浴，随即邪念陡生，两人蹑手蹑脚来到潭边，抢起小龙女的衣服就跑。

小龙女一见，急忙用双手护住身子，大声喊道："站住，你们为何抢我的衣服?"两人见小龙女出水，皮肤细腻白皙，耀人眼目，回转身来，欲上前搂抱轻薄。

正在这时，只听得一声断喝："住手，什么人胆敢在此调戏良家女子!"两个浪子见有人来，扔下衣服撒腿跑了。吓跑这两个家伙的人叫石头，是段家庄的一位年轻小伙。石头见俩小子跑远了，急忙拾起小龙女的衣服，背对着身子还给了她。

小龙女异乡受辱巧遇石头相救，心里十分感动，当即"哥哥"长，"哥哥"短地叫个不停；本是孤儿的石头，早被小龙女的美貌倾倒，又听到小龙女温柔亲昵的称呼，更是心花怒放。两人相互问候共表心愿，很快便坠入爱河。在龙堂之上的豁口处，两人建起一个石堂，从此便居住在这里。

人间一年，宫中一天，转眼两年过去了。老龙王突然发现小女儿不见了，就即刻派兵将四处寻找，最后在潭瀑峡发现小龙女，兵将们苦口婆心劝小龙女回宫，可她誓死不归，钻进潭瀑峡的深山谷底潜藏下来，从而躲过老父的追寻。

在以后的岁月里，小龙女做饭缝衣料理家内，小石头耕田种地顾里打外，小日子过得甜美无比。

小龙女和石头住的石堂，现在人们叫作龙堂。龙堂底下是一潭清水，传说当年小龙女把水潭当镜子，照着梳理长长的秀发，头发弯弯从山上垂到山下，形成了长年流淌不息的龙堂瀑布。

在唐县的山水间竟藏着河北省首家县级宪法主题公园。宪法主题公园占地面积五千三百平方米，公园西侧有一个长二十六米，高五点六米的誓词墙，墙面左侧是五星红旗，右侧是宪法书，中间是宪法宣誓誓词。

> 我宣誓：忠于中华人民共和国宪法，维护宪法权威，履行法定职责，忠于祖国、忠于人民，恪尽职守、廉洁奉公，接受人民监督，为建设富强民主文明和谐美丽的社会主义现代化强国努力奋斗！

对宪法宣誓，非常富有时代感和仪式感，无论男女老少，每个游客都可以在宪法誓词墙前面，体验这一光荣时刻。

誓词墙北侧是法字石，巨石上用朱红字体雕刻了法的繁体字“灋”，该字由“氵、廌、去”三部分组成，三点水的意思是执法要平之如水，“廌”是中国古代传说中的神兽，就是前文提过的羊獬，似羊似鹿，有独角，审理案件时，它会用角去触理亏的人，并把他“去”掉。

誓词墙南侧是高十二点四米的五星红旗，象征着12月4日国家宪法日；再往南便是三米高的法制铜雕，宝剑象征法律的严肃，天平象征法律的公平。绕过法制铜雕向西，是宪法亭和宪法长廊，这里不仅是学习宪法的园地，也是游客的休憩之地。

唐县是长寿之乡，这个长寿，不仅指人，还有动植物。在段家庄村口，有一棵长达一千五百年高龄的枫树，整个树身三个人张开臂膀才能合围，唐县政府将其命名为枫树王。如今这棵千年古树依然枝繁叶茂，充满生机，很多善男信女纷纷在树下祈愿，祈求长命百岁，白头偕老。

这一区域，除了杨家将的故事，还有很多英雄人物的传说。

其实仔细考证，不难发现，中国古代的四大巾帼英雄花木兰、樊梨花、穆桂英、梁红玉，唯有梁红玉实有其人，其他三个都是臆想出来的，历史上根本就没有这几个人物。在虚构故事里，唐初的樊梨花是个西凉人，和倒马关扯不上什么关系。

还有穆桂英，《杨家将》里是六郎之子杨宗保的妻子，可历史上就没有杨宗保这个人，这个妻子肯定也是不存在的。但穆桂英这个人物，未必是空穴来风。

《保德州志》中曾有记载，其一卷八《烈女》：“慕容氏，杨业孙文光妻，州南慕塔村人，雄勇善战。”杨文光，指的就是杨文广，娶妻墓塔村的慕容氏。我想，这个慕容氏，应为后来戏剧、小说里穆桂英的原型。

杨文广一生，基本上没在北方边境驻守过，他的战场主要在西北边陲，对手是西夏人。他这个妻子，估计是杨延昭亲点，应为杨延昭部将的孩子，从小上过战场，是位能征惯战的巾帼女将。

说到底，还是我们的历史传承有瑕疵，神话故事虚构也就那样了，但历史人物和历史事件还是尊重事实为好，切不可凭主观愿望臆造。

曲阳篇：钟灵毓秀古北岳，寻圣问道神仙山

一、一切过往皆序章

如果有人问，河北省省会是哪儿？你的答案是什么？肯定是石家庄了。虽然历史上保定一直是直隶总督署所在地，也曾当过河北省的省会。但如果有人问，北岳恒山在哪儿？你会回答在山西浑源吗？估计不少保定人会心有不甘，因为历史上的古北岳，可一直是曲阳的大茂山呀！

让人遗憾的是，如今的古北岳，也就是大茂山，还相当于莽莽野山一个，既没有核心景区，也没有相关配套设施，与泰山、华山、嵩山、衡山相比，根本不在一个层面，说落后几百年丝毫不为过。

说到旅游优质资源，业界向来有个“二老”说法：即“老天爷”留下的自然景观资源，“老祖宗”留下的历史人文资源。保定具备“二老”条件的，唯有古北岳，条件和名气虽有，但挖掘、保护、利用方面都远远不够。

按理说，中国的“五岳”名山，肯定是优质旅游资源地。实际呢，其他四岳都是5A级景区，有模有样，风生水起，唯有山西的北岳恒山还是4A级景区，门前冷落车马稀。至于古北岳大茂山，提起来更是让人汗颜。

但话说回来，一张白纸，反而可以画最美的图画。按现代标准观念打造古北岳，完全可以后来居上。我相信，古北岳未来可期、空间无限。

老王这样说，不是凭空来的，还是围绕“二老”来说吧。

首先说自然景观。北宋画家《早春图》的作者郭熙对五岳有个精妙点评：“泰山如坐，华山如立，常山如行，衡山如飞，嵩山如卧。”

常山即恒山，何谓如行？古北岳由二十多座山峰组成，站在崖顶，就可看到那峰连峰、峰拥峰、峰压峰、峰峰争先的壮观景象。山峰前后相从延绵不断，高低起伏韵律有序，长天下，大地边，山行百里无尽头，山行我行，我行山行！

古人曾云：“东岳泰山雄，西岳华山险，中岳嵩山峻，北岳恒山幽，南岳衡山秀。”

然而，古北岳自古就有“四绝”名扬天下：

其一，溶洞。东晋《道迹经》云：“五岳及名山皆有洞室。”古北岳有数不尽的石窟、溶洞，举世闻名的有黄龙洞、黑龙洞、无底洞、老君洞、白虎洞、野马洞等等。黄龙洞内常年碧水不断，盛夏冰凉刺骨，洞深无底，常有菜叶流出，不知源发何处。西麓幽深金龙洞，洞中有河，河中有洞，是华北地区较大的暗河，平均水深三米有余，洞内钟乳倒挂，形态各异。在金龙洞下侧还有一个天然温泉，水温适宜，是沐浴的好场所。

其二，妖石。古北岳有两种石头极为怪异：一是黑白妖石，据说一场地震后，神仙山发生多处崩塌，从中出现了一块黑色巨石和一块白色巨石，被称为黑白妖石（黑石为泥岩，白石大理岩）。二是天眼石，大茂山上有很多长满眼睛的石头，称为天眼石。传说刘邦到北岳祭祀时，被石头绊倒，起来后责问石头咋不长眼？石头受此训斥，从此浑身长满了眼睛。

其三，云涛。古北岳是东南暖湿气流横跨华北平原通向西北山地的一座屏障，由于海拔猛然抬高，暖湿气流释热而降雨，又由于西北部太行环绕，海拔两千米以上的大山从涞源到阜平成半环状排列，阻挡了冬季来自西北的寒流，在山周围形成一个夏天多雨湿凉，冬季温度相对较高的特殊山地小气候。

山中凭空生云，有云即雨，这就是民间为什么将古北岳跑马梁说成是王母娘娘的后花园，一年七十二场浇花雨的原因所在。这里的空气是被大自然肆意洗涤过的，清新、湿润，没有尘埃。

其四，林海。古北岳林木苍翠，鲜花遍野。在宽阔的跑马梁上，芳草萋萋，莺飞草长，百花争艳，将山的雄奇与草原的辽阔和谐地融为一体。峡谷和峭壁之上，横空出世的古老松柏和飞流直下的瀑布，特别是那万丈崖之上的跑马梁，更增加了山的豁达和险远至极的安详。

古北岳林场由唐县、涞源、阜平三个林场组成，这里既有无数林木花草野生药材，还有漫山遍野的飞禽走兽，野雉、山鹰、青羊、狍子、狐狸、野鸡、野兔、松鼠、红嘴鸟等遍地皆是，集太行山动植物资源于一体，是区域生物链保存完好的生物王国。

从历史人文说，古北岳更是含着金钥匙出生的娃，自古至今就是根红苗正的中国名山。其文化底蕴主要有六大体系。

一是山岳文化。古代中国人对山有着特殊的崇拜和敬畏，自夏商开始，历代帝王都有登山封禅和祭祀山帝的传统。中国的山岳多因道教、佛教而声誉鹊起，正所谓“山不在高，有仙则灵”。秦汉以来，民间就有“盘古氏死后，头为东岳，腹为中岳，左臂为南岳，右臂为北岳，足为西岳”的传说。

五岳的正式说法始见于《周礼·春官·大宗伯》：“以血祭祭社稷、五祀、五岳。”现在公认《周礼》成书于战国后期，是儒家思想融合道、法、阴阳等诸家而成。可以说，中华五岳文化，是糅合商代以来四方神和战国初期五行观念形成的山岳崇拜。五岳是古代帝王加封的。《史记集解》载：“天高不可及，于泰山上立封禅而祭之，冀近神灵也。”帝王们为“报天之功”，常以雄伟险峻的大山为祥瑞，在峰顶上设坛祭祀，举行封禅大典。

我国名山不少，庐山、黄山、峨眉山名气都不小，唯独这五座雄山尊为“岳”，自有其内在道理。除了最早的南岳霍山，历史上其他四岳，都曾位于古黄河岸边，黄河是我们中华民族的摇篮，是华夏祖先定居的地方。

五岳虽不是最高峻的山岭，但都高耸在平原或盆地之上，这样就显得格外险峻。《诗经》中有“泰山岩岩，鲁邦所瞻”“嵩高维岳，骏极于天”等诗句，可以看出这两山在古人心目中的地位。同时，受当时条件限制，不可能对天下名山全面考察。

北岳最早记载来自《尚书·舜典》：“十有一月朔巡狩，至于北岳……”其有云：“岁二月，东巡守，至于岱宗……五月南巡守，至于南岳，如岱礼。八月西巡守，至于西岳，如初。十有一月，朔巡守，至于北岳，如西礼。”《周礼·职方》则说：“并州，其山镇曰常山（恒山）。”

汉武帝时正式创立五岳。《汉书·郊祀志》载，汉宣帝神爵元年（前 61）颁诏，确定泰山为东岳，华山为西岳，霍山为南岳（今安徽霍山县境内的天柱山，遭遇有点像大茂山，隋文帝杨坚改封为湖南衡山），恒山（大茂山）为北岳（1661 年改为山西浑源天峰山为北岳），嵩山为中岳。

二是道家文化。古北岳是中国著名的道教圣地，历史上宗派林立，高道众多，影响深远，茅山派、天师道和全真教等派别长期在此活动。

道教视古北岳为神仙所居，“三十六洞天”中的第五洞天总玄洞天便藏于此山。司马承祯《天地宫府图·三十六小洞天》曰：“第五北岳常，周回三千里，号曰总玄洞天。在恒州常山曲阳县，真人郑子真治之。”

道家所谓的“洞天”，意指山中有洞室通达上天，贯通诸山，历代道士多往其间建宫立观，精勤修行，留下不少人文景观和神话传说。

古北岳的山神北岳大帝，虽数易其人，但都有赫赫威名，负

责的工作也非常重要。“世界江河湖海淮济泾渭，兼虎豹走兽之类，虺蛇昆虫，四足多足等属”。其意思是江河湖海和走兽昆虫的统领。

三是佛家文化。古北岳与佛教也有深厚渊源，佛家称古北岳为青峰埵。佛经里说，有一座名山为须弥山，须弥山有四方四埵，居住着四大护法天王。仿照这个建置，佛教为五台山配置了四方四埵。

明代燕山广应寺沙门镇澄所撰的《清凉山志》卷二中曰：“五峰之外，复有四埵，东曰青峰埵，即常山（恒山），亦名无恤台，赵襄子曾登是山，因以为名。”五台山与大茂山相近，一直视此古北岳为东埵卫护，素有“左邻恒岳，秀出千峰”。徐霞客游五台山时，老僧石堂有言：“其正东稍北，有浮青特锐者，恒山也。”

东晋十大名僧之一的释道安（312—385），于永和十年（354）率五百名信众至恒山山建寺院传教。后一代佛坛宗师的慧远及其弟慧持，亦来此山学法受戒，形成以道安为核心的恒山佛教僧团。所建金龙寺内有万余尊铜佛像，传说其中一座弥勒佛，体型硕大无比，堪与乐山大佛比肩，耳朵内能容下四个人坐着打牌。

遗憾的是，由于连年征战，天灾频繁，道安师徒无法在河北立足，遂率信众迁往河南。从此，古北岳恒山上的寺庵日趋冷落。现存佛教寺院遗迹三十六处，除金龙寺外，还有石猴寺、上寺、石城院坡寺、观音庵、菊花石堂庵等。有意思的是，这些古代佛教遗址的名字，现在都成了古北岳周围村庄的名称。

四是军事文化。古时候大茂山常面临来自北部草原的威胁，恒山成为守卫中国的一道屏障。从恒山载入历史以来，就伴有浓厚的军事色彩。

《史记·张仪列传》记载，张仪说楚曰："秦地半天下，……席卷常山之险，必折天下之脊。"刘琨在五胡乱华之后，曾收恒山中山之兵，力图恢复中原，常年在恒山北侧飞狐（涞源）一带活动。唐朝郭子仪，在恒山之南一举击溃安禄山叛军。战阵里的常山阵，是中国历史上最为有名的阵法之一，《孙子真法·九地篇》曰："故善用兵者，譬如率然；率然者，常山之蛇也。击其首则尾至，击其尾则首至，击其中则首尾俱至。"

五是忠义文化。由于所处位置特殊，在抵御外族侵略中，古北岳诞生的忠义文化，成为华夏民族的精神支柱。历史上冠以常山之名的，最出名的莫过于常山赵子龙和颜常山颜杲卿，两人皆以忠义著称，受到历代尊崇。赵云赵子龙大家都熟悉，不必多说。这个颜常山颜杲卿，估计不少人没听说过，其实此人在历史上极其有名。

颜杲卿是大书法家颜真卿的堂兄，唐朝天宝十四年（755），他代理常山太守，当时安禄山为河北、河东采访使，常山郡在其管辖之中。同年十一月，安史之乱爆发，安禄山在范阳起兵反叛。颜杲卿与当时任平原郡太守的堂弟颜真卿，共同组织义军，举旗易帜，对抗叛军。

安禄山率领军队向西进犯，听说河北有变后立即回师，命史思明率军北渡黄河，攻打常山郡。因寡不敌众，颜杲卿城破被俘。安禄山亲自审问颜杲卿，当面斥责他说："从前，是我把你从范阳户曹任上奏请为判官，得任光禄、太常之职，代理常山太守，我从未负你，你为何背叛？”

颜杲卿怒目而视，对答道：“我家世代为唐朝大臣，永远信守忠义，即使得你奏请署官，难道还会跟着你反叛？况且你本是营州一个牧羊的羯族奴隶，因窃取了皇帝的恩宠，才有今天，天子又有何事负你，而你为何反叛朝廷呢？”

安禄山非常愤怒，命人绑颜杲卿于天津桥柱上，颜杲卿骂不绝口，叛贼钩断了他的舌头，说：“看你还能骂吗？”

颜杲卿在含糊不清的骂声中遇害，时年六十五岁。颜杲卿忠节不屈的精神广为后世称颂，文天祥的《正气歌》有言：“为张睢阳（张巡）齿，为颜常山舌。”

六是山居文化。水随山转，山因水活，山静水动，阴阳互生，是古今中外崇尚的休闲生活。

在人们眼中，山水蕴含着宇宙无限的奥秘，是得道生慧、宁静致远和修身养性的绝佳选择，也是吸取天地精华、独与天地精神相往来的最优处所。

山水与休闲文化的关系，体现了中国人特有的生存方式和生活理念。历史上曾有很多名人在此修行。

二、神仙山上神仙多

古北岳还有个特殊的名号——神仙山。为何叫神仙山？自然是山上有神仙了。古往今来的传说中有哪些神仙曾在古北岳驻足呢？

第一个，陶瓷祖师爷宁封子。

古北岳山脚下的曲阳县，是大名鼎鼎的定瓷之乡。定窑是中国五大名窑之一，其瓷胎质坚密、细腻，釉色透明，柔润媲玉。

《归潜志》有联“定州花瓷瓯，颜色天下白”，之外有红、黑、紫、绿诸色。“定汝官哥钧”五大名窑中，唯定窑以装饰见长，刻花奔逸，印花典雅，质朴精美。为何定瓷会在此落户并发扬光大呢，这里面自然大有渊源！

华夏大地的每个行当，大多有个祖师爷，比如木匠的祖师爷鲁班，中医脉学祖师爷扁鹊，陶瓷一行的祖师爷是谁呢，估计很多人说不上来。

相传陶瓷供奉的祖师爷，是黄帝时期的宁封子。他是主管烧陶事务的官员。

远古时期，燧人氏钻木取火给人类送来光明，也使古人能津津有味地品尝熟食，但是由于没有烹煮、储存的食具，人们只能用手抓饭吃、捧水喝，很不方便。

有一次，宁封子跟随黄帝来到古北岳巡查，到了中午，大家都很饿，他和随从在唐河中抓了几条鱼，想用火烤熟了分给大家吃，不料这时树林里忽然传来喊杀声，原来是兵败逃散至此的蚩尤余党，得知黄帝来了，便聚在一起杀将过来。大家想先躲一躲，但又舍不得正在烤的鱼，宁封子灵机一动，便用河泥把鱼裹起来，藏在熊熊的火堆里，然后大家上山避敌。

待彻底击溃敌兵，已是三天之后，再回来的时候，鱼早就没了，只剩下烧结的泥壳。大家觉得非常可惜，唯有那个宁封子，拿着烧变了颜色的泥壳左看右看，敲来敲去，泥壳没有碎，还发出了声音。这个发现，顿时让宁封子兴奋起来。

他思索着：要是用泥做成各种形状的器皿放在火中烧制会怎样呢？他立即着手尝试，并不是每一次烧制都尽如人意，有时候火候掌握不准，泥坯会爆裂；有时候虽然成功了，可器壁薄厚不均匀，很容易破碎。人们都说这是徒劳，摆弄不成器的泥巴，真是玩物丧志！

可宁封子并没有放弃，他日日夜夜守在火堆旁，一次失败了就再试一次，一次不满意就再做一次。最后，他终于摸索出一套方法，把泥坯放进窑里烧制成质地坚硬、造型多样的陶瓷。

在一次烧制研究中，宁封子爬上窑顶去添柴，不料窑顶忽然坍塌，不幸葬身火海。当人们赶到时，只见五彩烟云之中，宁封子飞升化仙了。人们为纪念这位伟大的发明家，便尊奉他为“陶神”。

《列仙传》有云：“宁封子者，黄帝时人也，世传为黄帝陶正。有（异）人过之，为其掌火，能出五色烟，久则以教封子。封子积火自烧，而随烟气上下，视其灰烬，犹有其骨……”

宁封子，是为人类文明而牺牲的先贤。在现今的曲阳定瓷历史博物馆中，古老、质朴的陶瓷经受了岁月的磨砺，静静放在橱窗中，通体闪烁着低调的光泽，它轻声慢语地讲述着“大国工匠”的传说。也正是因为这种勇于探索、献身事业的“工匠精神”，鼓舞了一代代华夏儿女开拓创新、追求极致，铸造“大国重器”。

第二位，中医祖师爷长桑公。

南北朝时期，著名的茅山宗创始人陶弘景，编写了中国第一部道教神仙谱系《灵宝真灵位业图》，此书像极了《水浒传》里的梁山好汉座次图，书中的天神、地祇、人鬼和诸多仙真，约三千名，以七个等级排列，第一等级为最高。

每个等级中，设一中位，还有左位、右位若干，一个神仙主持，左右位置的神仙数量不等。

第一等以元始天尊为中位，高上道君等为左位，元皇道君等为右位。第二等以玄皇大道君为中位，天帝道君等为左位，玄元道君等为右位。第三等以太极金阙帝君为中位，安期生、葛玄、黄帝、尧帝、许由等为左位，西梁子、长桑公等为右位。第四等以太清太上老君、上皇太上无上太道君为中位，张道陵、鬼谷先生、宁封等为左位，葛洪、栾巴等为右位。第五等以九宫尚书为中位，王遥甫等为左位，黄景华等为右位。第六等以右禁郎定录真君中茅君为中位，李丰、鲍靓等为左位，乐长治等为右位。第七等以酆都北阴大帝为中心，秦始皇、魏武帝等为左位，公孙度、郭嘉等为右位。

该书以道教真人居尊位，以世俗帝王贤士居臣属之位，遭到历代儒家的强烈抵制。尽管如此，人们仍可从中看到道教的尊卑关系，窥见道教殿堂的奥秘。

此书第四等提到的宁封，就是前面讲到的宁封子。第三等排位里提到了一个人——长桑公，这人与古北岳大有渊源。传说，此公就是在古北岳得道成仙的。《藏经》有云："北岳恒山，在定州曲阳县，是长桑公真人得道之处，天涯、崆峒二山为副。"资料记载只言片语，但为何排位如此之高？

老王查了很多资料，才厘出个粗浅脉络，此人真的是大有来头。《史记·扁鹊仓公列传》里记载："扁鹊者，勃海郡郑人也，姓秦氏，名越人。少时为人舍长（守客馆之帅）。舍客长桑君过，扁鹊独奇之，常谨遇之。长桑君亦知扁鹊非常人也。出入十余年，乃呼扁鹊私坐，闲与语曰：'我有禁方，年老，欲传与公，公毋泄，'扁鹊曰：'敬诺。'乃出其怀中药予扁鹊：'饮是以上池之水，三十日当知物矣。'乃悉取其禁方书尽与扁鹊。忽然不见，殆非人也。扁鹊以其言饮药三十日，视见垣一方人。以此视病，尽见五藏症结，特以诊脉为名耳。"

翻译大意为：扁鹊年轻时当过舍长，就是现在的宾馆经理。他一干就是十几年。在此期间，有位名叫长桑公的老者，经常下榻该处。别人都不拿他当回事，只有扁鹊看出他不是寻常人，十几年如一日，一直恭恭敬敬地接待他，热情周到地服侍他。扁鹊以恭谨的服务态度感动了这个长桑公。长桑公给了他一剂药，收集早上没有落地的露水，和着药粉吃下去，三十天后就会成为洞察一切的人。扁鹊按此方服药，三十天之后，他果然生成慧眼，真的能看清人的五脏六腑和气血经络运行。有此神技在手，扁鹊断然离开此处，悬壶行医，为天下百姓诊脉治病。

对此，李白曾有诗云："长桑晓洞视，五藏无全牛。"可以说，这位长桑公，实为医祖扁鹊的师父，有此排位，自然也就合乎情理了。

第三位，雕刻祖师爷黄石公。

曲阳县是闻名天下的“雕刻之乡”，历史极为悠久。周朝的时候，这里有个古中山国，国虽不大，但创造了辉煌灿烂的文明，这里面就有曲阳先人的一份功劳。

在战国中晚期的一些墓葬中，出土了水晶环、玛瑙杯、玉石串饰、石圭、石饰等玉石雕刻作品，说明当年曲阳的雕刻技艺已经相当成熟。

《史记·货殖列传》里有这样的记载：“中山地薄人众，犹有沙丘纣淫地余民，民俗懁急，仰机利而食。丈夫相聚游戏，悲歌慷慨，……作巧奸冶，多美物。”《曲阳县志》中，也有“作巧奸冶，多美物”的字样，说明古时候曲阳的手工技艺，那是相当的发达。另有史料记载，早在公元前200年左右，曲阳西羊平及周边的石工，就开始主动使用当地石料雕刻碑碣诸物。由于曲阳自古出白石，加之雕刻工具的进步，石刻突飞猛进。

曲阳的雕刻技艺究竟来源何处？这就不得不提另一位神仙黄石公。据传，黄石公是秦始皇父亲的重臣，姓魏名辙。始皇父亲秦庄襄王死后，轮到秦始皇坐朝当政，他独断专行，听不进忠臣元老的意见，魏辙遂挂冠归隐。

秦始皇知道此人本领超凡，听说他走了，急忙带亲信连夜追赶，追到后，好言好语千方百计挽留，但魏辙去意已决。

后来，他北上来到古北岳，于黄山北麓黄华洞中隐居，因世人不知他的真实姓名，便称他为黄石公。

黄石公虽然隐居，但内心忧国忧民，把一生的知识与理想倾注于笔墨。按现代人的说法，他既是文学家，也是军事家、政治家。他的道家和天文地理知识相当丰富。

书写好后，他四处寻找合适的人物。这一日，他在桥上与张良相遇，便以拾鞋（古书上说的纳履）方式试张良，看到他能忍常人所不能忍，知其胸怀广阔，将来必有一番抱负，遂以《素书》相赠。

此书共一千三百三十六言，分原始正道、求人之志、本道、宗道、遵义、安礼六篇，张良秉烛细读，终于大悟大彻。后来，张良做了刘邦谋士，佐高祖定天下、兴汉邦。久而久之，这故事越传越神奇，《素书》也被后人说成了“天书”。

黄石公在此修行之余，发现古北岳的石头极好，特别适合雕刻，便开始精研此术，还在山下村里选了两个聪颖少年做徒弟，一个叫宋天昊，一个叫杨艺源，帮他凿运石头，跟他研习雕刻。后来，黄石公根据多年的经验和感悟，写下《雕刻天书》，传给了两位弟子。从此，曲阳人便开始在古北岳创习石木雕刻之术。

山顶之上，至今还保留着黄石公修行时的“黄石公洞”；黄山半腰处留有张良学艺时住过的“张良房”。每年农历四月的黄山庙，山上人山人海，在黄石公大型雕塑前，当地雕刻企业每年都要举办“黄石公祭祀大典”，倡导雕刻艺人挖掘曲阳千年雕刻文化，继承“锐意创新、精益求精、坚韧执着”的黄石公精神。

第四位，隐士祖师爷郑子真。

在道教洞天福地系统中，古北岳恒山，是京津冀唯一的一处洞天福地。司马承祯的《天地宫府图》曰：“第五北岳常山洞，周回三千里，号曰总玄洞天，在恒州常山曲阳县，真人郑子真治之”。

常山即恒山，因避汉文帝刘恒的讳，曾改名常山。这个郑子真是谁？历史上记载很少，这样的人能受封于三十六洞天，就不得不谈中华大地上特有的隐士文化了。

《周易》曰：“天地闭，贤人隐。”自古以来，华夏民族隐士颇多，然志趣不同，有待时而起的，有功成隐退的，有博取眼球的，有修身养性的，还有属贤人避世的，等等。

但说到因隐居得道成仙的，估计只有郑子真等数人了。郑子真，汉朝人，名朴，博学多才，淡泊名利，躬耕垂钓，修道静默，朝野闻名，有“世服其清高”之说。

后人有诗赞之曰：“汉代名流郑子真，洁身却聘隐垂纶。风高不让严陵濑，褒谷钓台先富春。”据后汉赵岐《三辅决录》载，汉成帝闻其名，派大将军王凤多次以厚礼相聘，请郑子真出山，终不为厚礼所动，不为权势所屈从，依然耕于崖谷之中，并告曰：“庸常之见，不达时务。太平之时能使民安，治乱之军能以靖边；旋思于民，情德边隅。此道君与上所知也。真何敢出仕俸禄以夺民命也。

据说王凤将郑子真所言整理上书汉成帝后，朝廷引以为戒，精兵简政，赢得朝野上下一片称颂。《汉书·王贡两龚鲍传》云：“谷口有郑子真，蜀有严君平，皆修身自保，非其服弗服，非其食弗食。”西汉文学家扬雄《法言·问神》曰：“谷口郑子真，不屈其志，而耕于岩石之下，名震京师。”

总之，古北岳历来都是修行悟道的理想之地，正如唐太宗时祭祀北岳恒山祭文中称：“北岳，神仙之所往还。”

金国大诗人元好问曾登临此山，并写下名篇：

大茂维岳古帝孙，太朴未散真巧存。
乾坤自有灵境在，奠位岂合他山尊。
椒原旌旗白日跃，山界楼观苍烟屯。
谁能借我两黄鹄，长袖一拂元都门。

第五位，说唱祖师爷张果老。

张果老，作为八仙之一，是妇孺皆知的神话人物，而且历史上有确切记载，是八仙中仅有的两位名留青史的人物，另一位则是大名鼎鼎的吕洞宾。

据记载，张果老（618—907）唐朝人，本名张果，由于年纪很大，所以人们在他的名字上加了一个“老”字，表示对他的尊敬。他手中经常拿着一种竹子做的说唱用具，所以后人就把他尊为“道情”（中国的一种传统说唱艺术）祖师爷。相传，他一直在古北岳隐居，唐太宗、高宗闻其名召之，皆不去。后来，武则天又派人去请他，不得已，他跟着使臣上了路。走到北岳庙时，他

又假装死去，直挺挺倒在路上，不一会儿，尸体也腐烂了，使臣只好如实向武则天报告。

唐玄宗开元二十三年（735），唐玄宗听人说张果老并没有死，便派使臣裴晤去古北岳请他。裴晤与张果老会面后，见他齿落发白，很不起眼，有些看不起他。张果老见状，便又来了个气绝身死，吓得裴晤赶紧焚香相求，张果老这才苏醒过来，但仍不肯进宫。唐玄宗闻奏后，认为裴晤办事不中用，又命中书舍人徐峤带玺书相请。

这次实在没办法，张果老只好进宫。唐玄宗问他："先生得道者也，何故齿发衰朽如此?"张果老回答："我是齿落发落时才得的道，只好这副样子。今陛下见问，不如把齿发尽去了更好。"说罢，把自己的头发拔了个精光，又将牙齿敲掉。

唐玄宗忙说："先生何故如此？且去歇息。"但一会儿，张果老又走了出来，面貌大变，"青鬓皓齿，愈于壮年"，唐玄宗十分惊奇。

唐玄宗十分佩服张果老，就授他"银青光禄大夫"，赐号"通玄先生"。唐玄宗有个好道的妹妹，叫玉真公主，唐玄宗想把她嫁给张果老。不料，张果老却坚辞不受，还唱道：“娶妇得公主，十地升公府。人以为可喜，我以为可畏。”唱完大笑不止，倒骑驴背走了。

张果老给人们印象最深的便是他的坐骑和他的骑法，他骑的是一头纸驴，而且是面朝后，倒骑在驴背上。此驴非同普通的驴，能“日行数万里”，休息时，还可以折叠起来，放入口袋里，若需要时，“则以冰噀之，还成驴矣”。此驴还可漂洋过海，无所不能。古时有诗赞曰：

举世多少人，无如这老汉。
不是倒骑驴，万事回头看。

河北有首民歌《小放牛》，可谓家喻户晓，歌词大意是：

赵州桥来什么人修？玉石栏杆什么人留？
什么人骑驴桥上走？什么人推车轧了一道沟？

赵州桥是鲁班爷修，玉石栏杆圣人留。
张果老骑驴桥上走，柴王爷推车轧了一道沟。

这是个有趣的传说，相传古时候鲁班一夜之间在赵州城南郊河上建成一座石桥。张果老听说后，便骑上毛驴从古北岳赶来参观，路上巧遇南路财神柴王爷，两人便一同来到郊河畔观桥。

看到赵州桥后，两人无不暗暗惊叹鲁班的精湛技艺。为考验鲁班，张果老与鲁班打赌，如果他们两位能顺利过桥，而桥不倒，便从此倒骑毛驴。走上桥时，张果老施法聚来日月星辰，装入身上的褡裢里，柴王爷也运用法术聚来五岳名山，悄悄放在独轮车上，由于超载严重，两人还没有走上桥顶，大桥就已承受不住，开始摇晃起来。

鲁班也是天神下凡，见状急忙跳下河去，举起一只手，全力托住桥身，大桥才转危为安。张果老当面认输，从此倒骑毛驴，而桥上留下的车轮印和毛驴的蹄印，却历久弥新。张果老的这些故事，在《旧唐书》《新唐书》《明皇实录》等书中均可找到。他嘲弄王权，抨击富贵，劝化世人，自然而然地成为民间喜闻乐见的神仙，尤其是他的"不是倒骑驴，万事回头看"，更给人们带来无穷的思考。

说到底，古北岳作为燕赵第一文化名山，传说的神仙人物还有很多，除了这五个行当的祖师爷，还有一位更为出名，那就是赫赫威名的北岳大帝！

三、北岳大帝出处多

就像北岳恒山因清顺治年间改祀颇有争议一样，北岳大帝也是个有争议的神仙。

历代帝王对北岳神的封赠始于唐代，初唐时北岳被称为"北岳府君"，中唐起五岳始加封号，唐玄宗李隆基下诏封北岳神为

“安天王”。宋真宗在位时加封为“安天元圣帝”，并封帝后曰“靖明后”。元代在此基础上，又加封为“安天大贞元（玄）圣帝”；明洪武三年（1370）撤帝号，改称“北岳恒山之神”。

在中华传说中，北岳大帝的姓名，历来说法不一。《恒岳志》记载：“颛顼氏为黑帝，治太恒山。”《重修纬书集成》卷六《龙鱼河图》云：“北方恒山君神，姓登名僧。”还有一说是澄潧，北岳恒山将军姓莫名惠。《历代神仙通鉴》卷四：“（元始日）契乃北岳转世，今为郁微洞元无极真君”；其卷十五又云：“北岳为郁微洞元无极真君晨崿。”《玉之堂谈荟》中录五岳四海神姓名：“北岳神姓伏，名通萌。”《封神演义》中，又有崔英被封为“北岳恒山安天玄圣大帝”之说……

关于北岳大帝的神职各种说法则相对一致，都是“主于世界江河淮济，兼虎豹走兽之类、蛇虺昆虫等属。”北岳大帝的形象也相对固定：“北岳恒山君，领仙人玉女七千人。北岳君服玄流袍，戴太真冥灵之冠，佩长津悟真印，乘黑龙。”

北岳庙德宁大殿北山墙背面的《北岳恒山神出巡图》，完美再现了这一形象，该壁画有三大特点。一是画幅大，画幅达二百一十六平方米。二是画像大，一个人物画像高达六米。三是气派大，主人头顶王冠，身着兖服，上张华盖，下乘车辇，金童玉女，前呼后拥。这三大特点，在全国壁画中可谓独一无二。

其实，细细考量起来，历史上被广泛认可的北岳大帝只有三个。

第一个，颛顼帝。

颛顼帝，传说是黄帝的孙子，也有说是黄帝曾孙的。生于公元前 2342 年，死于公元前 2245 年，上古部落联盟首领，人文始祖五帝中排黄帝之后，位居第二。《淮南子·天文训》记载，史前华夏，黄帝是中央的天帝，四方各有一位天帝：东岳天帝太暤，南岳天帝炎帝，西岳天帝少昊，北岳天帝颛顼。“北岳天帝”是北岳之神最早的称谓。五德一说成型于战国时代，“所居玄宫为北方之宫，北方色黑，五行属水”，因此，古人称颛顼为水德之帝，又称“玄帝”。

颛顼帝对人类社会的进程影响极大。颛顼帝主要有三大功绩。

一是顺应天时，发明颛顼历。汉初之前的夏商周秦乃至更遥远的时期，沿用的都是颛顼历，这是一种古四分历，以365又1/4日为回归年长度，29又499/940日为朔望月长度，十九年七闰，与现代历法已极为接近。他以此定下四季和二十四节气，后人推戴他为“历宗”。

二是开疆扩土，创制华夏九州。颛顼二十岁继承帝位，在位七十八年，活到九十八岁才逝世。在位期间。他打败了强敌水神共工，真正实现华夏大一统。打败共工后，颛顼吸纳了共工集团氏族各部，成为己、董等八个氏族的共主。《史记》上说，颛顼帝统领的疆域，北至幽陵（今河北、辽宁一带），南至交趾（今广东、广西、越南一带），西至流沙（今甘肃一带），东至蟠木（今东海），面积极其广大。他把治下疆域划分为不同管辖区域，使中华大地首次有了版图界线；他还定婚姻，制嫁娶，研究男女有别，长幼有序；并针对巫术盛行之风，下令民间禁绝巫教。从他执政的特点看，其是一位制度设计的极为高效的智慧型领导。正如《史记·五帝本纪》中记载：“静渊以有谋，疏通而知事。”

三是绝地天通，开启以人为本。相传黄帝统治的时代，民神杂糅，神可以自由的上天下地，而人也可以通过天梯，即“昆仑山，黄帝所造”往来于天地之间。

这种境况有很大隐患，所以发生了蚩尤带领众神和山精水怪与黄帝作对，包括后来的共工作乱，神仙头领在人间恃强凌弱，杀戮不止。颛顼帝对天地间的秩序进行了一次大整顿。他命孙子“重”两手托天，奋力上举；令另一个孙子“黎”两手按地，尽力下压。于是，天地间的距离越来越大，除了昆仑天梯，天地间的通道都被隔断。颛顼还命令重、黎分掌天上众神事务及地上神和人的事务。

此后，天地间神人不经重和黎的许可，不可随便上天下地！《尚书·孔氏传》说："帝命羲、和，世掌天、地、四时之官，使人、神不扰、各得其所，是谓'绝地天通'。"

现在北岳庙德宁大殿东西内壁上，有画圣吴道子所作巨幅壁画《天宫图》，吸引着无数国内外学者专家亲临观瞻，学习研究。两幅壁画各高八米，宽十八米。东壁为"云行雨施"，描绘众天神兴云布雨、普降甘霖的场景。西壁为"万国咸宁"，表现众天神完成为民降福任务后鸣金回宫的情景，两厢辉映，相得益彰。壁画构图谨严、线条流畅，色彩适度、着笔工整，不愧为"吴带当风"之佳作。尤其是东壁所绘的苍莽巨龙，须发柔媚，两目晶莹，四爪苍劲，形若浮动，让人羡慕不已。如此宏大排场，唯颛顼帝才有资格，内容也符合"水德之帝"的名号。

第二个，水神玄冥。

《淮南子·天文训》中记载，北岳天帝颛顼，辅神是水神玄冥。《汉书·扬雄传上》曰："帝将惟田"于灵之囿。开北垠，受不周之制，以终始颛顼、玄冥之统。"玄冥，亦称冬神、雨神，原名禺强，据传为黄帝之孙。在中国神话体系里，禺强被认为是人面鸟身，两边的耳朵上各悬一条青蛇，脚踏两条青蛇，亦有说其坐骑为一条双头龙，形象颇为怪异。

历史上的"冥"，实际是商族的领袖之一，商族始祖契的六世孙，也是大禹之后又一位中华赫赫威名的治水英雄，因其"勤其官而水死"，故被后人奉为水神。

夏朝少康时期，各地水患严重，励精图治的少康任命冥为水正，负责治理黄河流域的水患。冥当了水正以后，工作非常卖力，二十多年如一日，身先士卒，吃苦在前，率领黄河两岸的人民将水患基本消除，使农业生产有了较大的发展。

不幸的是，在一次治水过程中，冥淹死于水中，属因公殉职。老百姓从内心深处尊敬他，便尊他为“水神”。因为水属黑，古称玄，水神这个称号又是授予冥的，所以“玄冥”就成了水神的别称。

在道家始祖之一的庄子眼中，玄冥，却是一种道的境界。《庄子·大宗师》里说：“于讴闻之玄冥，玄冥闻之参寥。”

对这种“玄冥之境”，西晋玄学家郭象注：“玄冥，所以名无而非无也。”唐初成玄英则是这样记述：“玄者，深远之名也；冥者，幽寂之称。”

还有人考证说，玄冥就是中国古代神话中四大神兽之一的玄武，龟蛇合体，为水神，居北海，龟长寿，玄冥是长生不老的象征，而冥间亦在北方，故为北方之神。因玄武可通冥问卜，故有别于其他三灵，被尊为“玄天上帝”“真武大帝”。其他三灵呢？则没有这般显赫，朱鸟成了九天玄女，青龙和白虎，只做了山庙的门神。

中华文化，博大精深，从“玄冥”二字的解读中即可见一斑。其实，“玄冥”二字，所代表的真正含义，哪怕是现在，仍然难以详尽解读。三千多年前的殷商时代主要靠甲骨文记事，在现今出土的甲骨文中，发现有“不玄冥”三字，对此有多种不同的解释，至今争执不休，没有定论。

中国的远古和上古，仿如玄冥一般，充满神秘色彩，对那个时代的解读，所凭借的几乎都是神话故事。

第三个，崔英。

历史上，不少人对崔英这个北岳山神是持怀疑态度的。《封神演义》中，来自飞凤山的三个山大王，闻聘、崔英和蒋雄三兄弟，出场后仅出战两次就死了，但最后封神时，却与出身高贵、战功卓越的黄飞虎、崇黑虎一道封为五岳大帝。众所周知，封神中最看重的是根行，所谓根行深者为仙，根行浅者为神，次者则轮回做人。按这个标准，闻聘、崔英和蒋雄均为轮回之辈。

所谓根行，便是出身、悟性以及后期受教育程度等。闻聘、崔英和蒋雄本就普通百姓出身，要不然也不会沦落到捡个山头当山大王，归附西岐后，闻聘、崔英和蒋雄三兄弟也仅出战两次。

第一次便是于金鸡岭下合力黄飞虎、崇黑虎对阵高继能，虽然狼狈，但也算光彩；不过第二次就被渑池县的张奎夫妇斩杀。这两战说实话，战功还真谈不上。

但就是这么三个强盗出身、毫无战功的人，却被元始天尊将其与黄飞虎、崇黑虎相提并论，称“尔五人同一孤忠”，为何？

世上没有无缘无故的恨，当然也没有无缘无故的爱。元始天尊既然加封闻聘、崔英和蒋雄为大帝，自然有其道理。元始天尊敕书上说：“闻聘等三人金兰气重，方图协力同心，忠心志坚，欲效股肱之愿……”加封黄飞虎东岳泰山天齐仁圣大帝，崇黑虎南岳衡山司天昭圣大帝，闻聘中岳嵩山中天崇圣大帝，崔英北岳恒山安天玄圣大帝，蒋雄西岳华山金天愿圣大帝。黄飞虎什么人，无论是在殷商还是投奔西周后，都是位高权重的武成王；崇黑虎是与武王平起平坐的北伯侯。闻聘、崔英和蒋雄能有如此地位，要从姜子牙被孔宣阻于金鸡岭，令黄飞虎往崇城请崇黑虎说起。

飞凤山下，闻聘、崔英和蒋雄三兄弟一见黄飞虎，就像见到失散多年的亲人，纳头便拜，好酒好菜伺候着，最后如愿以偿和黄飞虎结成兄弟，并随其去见崇黑虎。崇黑虎贵为北伯侯，有着和西伯侯同等的地位、领地以及推翻帝制自己当王的权利。当黄飞虎说明来意时，崇黑虎的内心，其实是拒绝的，所以低头不语。

这时，崔英挺身而出，一番话拿下北伯侯：“仁兄莫非要先进陈塘关吗？今姜元帅阻隔在金鸡岭，仁兄纵先进陈塘关，至孟津，也少不得等武王到，方可会合诸侯！”崔英一番话，讲得含蓄又直白。

天下四大诸侯，东伯侯、南伯侯可以和武王争夺这大王之位，唯独北伯侯没有资格，他与武王的从属地位，在任北伯侯之位时便已定下来。崇黑虎到西岐大营后，果然向武王行君臣之礼，甚至对姜子牙都恭敬服帖，其中功劳，自然要记到崔英三兄弟的头上。

姜子牙是什么人？他非常了解崇黑虎的心思。金鸡岭被破后，姜子牙便令闻聘、崔英和蒋雄三兄弟归入崇黑虎帐下，攻打陈塘关。名义上随崇黑虎出征，实际负有监视之责。最后三人，与黄飞虎、崇黑虎一起得封大帝，自然没人反对！

《封神演义》成书较晚，但此书与《西游记》一样，是民间传说的升级版。名不见经传的崔英，在民间可是有着赫赫威名。

相传这个崔英，曾多次显灵，抵抗外辱，最著名的有两次：一次是安禄山反唐时，在郭子仪和李光弼合力攻打常山的关键时刻，叛军悍将尹子奇率军驰援，被一骑黄骠马、手使一对八棱流星锤的黑脸大汉拦住，一人击退十万军，此人报号："吾乃常山崔英！"

还有一次是唐末僖宗中和五年春，契丹发兵进攻定州，朝廷下旨让晋王李克用率五十万兵马火速救援。等李克用好不容易集齐兵马，却遭遇天降大雪，足有两尺多厚，等李克用的人马艰难跋涉，越过千里太行赶至定州时，时间已过去将近一个月。

因救援来迟，李克用心怀忐忑，到定州却发现这里一片祥和，全然没有战乱之象，心中很是奇怪，便问当时的易定节度使王处存。王处存连连谢道："多谢王爷及时救援，一个月前敌军兵临城下时，您麾下一黑脸将军率数十万大军从天而降，威武彪悍，把敌人打跑了。"李克用很纳闷，详细问了黑脸将军的模样，方知是崔英显圣。

为此，农历二月二十一那天，李克用和王处存一同前往北岳庙瞻拜了崔英，并刻碑纪录此事。现今那块石碑仍在北岳庙碑廊里保存着，叫作《李克用题名碑》：

河东节度使、检校太保、同中书门平章事、陇西郡主李克用，以幽镇侵扰中山，领藩、汉步骑兵五十万众，亲来救援。与易定司空同申祈祷。翌日，过常山问罪。

时中和五年（885）二月二十一日，克用记

易定节度使、检校司空王处存看题。

有时候，不少历史事件就是这么神奇。辽统和八年（990）农历七月，辽军欲南下攻宋，派人上恒山占卜，不吉，大怒之下，放火烧毁了恒山庙阁三十五间。

时间过去三十五年，辽保大五年（1725）二月，辽末代皇帝天祚帝在恒山主峰西十五公里处，被金将完颜娄室追获，辽遂亡。不由让人感慨，冥冥之中自有定数！

说到神奇，还有更不可理解的事情，就在北岳庙德宁大殿西壁的壁画上，有一“曲阳鬼”赫然在内，其相貌狰狞，横枪倒戈，腾空飞奔，与周围一众慈眉善目的神仙竟无丝毫违和感，这里面又有何故事呢？

四、太行精神永流传

“曲阳鬼”，曲县志上称他为“飞天神”，画在德宁大殿内西墙的最上端，别看其长相吓人，却心地善良。

相传，隋唐时候，曲阳这地方常遭三灾（虫灾、旱灾、风灾），老百姓的光景难过极了。给北岳庙作画的画圣吴道子，看到老百姓一个个面黄肌瘦，半死不活，心疼得直掉眼泪。为解除老百姓的困苦，他在壁画中画了一幅为人除恶降福的“飞天神”。

自从有了飞天神，这里的老百姓就有了靠山。再遇天灾人祸，画中的飞天神便飞下高墙来解救。白天黑夜无差别，寒冬酷暑依旧如故。

有一年，嘉山下闹蝗灾，从东北飞来的蝗虫遮天蔽日，一片

绿油油的玉米、黄灿灿的谷子眼看要被吃光了。可怕的蝗虫打不尽、捉不完，急得老百姓呼天抢地、涕泪横流。

飞天神得悉后，立即赶赴古北岳各地，喷云吐雾，很快就消灭了害虫。庄稼得救了，家家户户露出笑容，高兴地说："多亏了飞天神显圣。"

飞天神不光为曲阳兴利除弊，还云游各地为民排忧解难。一年夏天，在南方一条大江上，有一般客船，上面坐着三四十人，其中一位黑脸大汉，自称曲阳人。黑脸汉上得船后，端坐一旁，两眼警觉地注视远方。客船行到大江中心，忽然刮起大风，波浪滔天，客船颠簸飘摇，眼看就要翻船。

船上的人一个个吓得面色如土，大声呼救。就在这时，那位黑汉子一声不语，纵身跃入江中，在汹涌波涛中扶稳了船只。不一会儿，风平浪静了，黑脸汉子却不见了踪影。为报答救命之恩，船客们跋山涉水到曲阳寻找那黑汉子的家属。一连找了好多天，也没有找到。

这一天，他们听说，曲阳鬼甚是灵验，就到北岳庙来寻求指点。万万没想到，庙壁上的曲阳鬼竟然和他们寻找那个黑脸汉子一模一样，顿时恍然大悟，惊呼道："救命恩人原来是曲阳鬼！"从此，曲阳鬼更加远近闻名。

为何好好的一位神仙长了个鬼模样，这还得从北岳大帝颛顼说起。传说里的颛顼帝，被称为"百鬼之父"。为何有此称号呢，因为颛顼帝有不少亲生的"鬼儿子"。

其传世之子二十四人，其中一子叫梼杌，人面虎身，拖着一条长长的尾巴。《左传》记载："……颛顼有不才子，不可教训，不知话言，告之则顽，舍之则嚣，傲很明德，以乱天常，天下之民谓之梼杌。"这是个不接受教训的恶人，死后演化为上古魔兽。著名的山妖魑魅，也是颛顼的儿子死后所化。

颛顼还有个女儿，叫九头鸟，披上羽毛能在天空飞翔，不披羽毛便化身为女人。她没有儿子，如果看中别人的儿子，便千方百计将孩子偷走，所以人们对她恨之入骨，民间常有用九头鸟来了恐吓不听话的孩子。

颛顼还有个叫穷蝉的儿子，后人称为灶神。穷蝉在每家每户的灶台上都摆放了一只罐子，如果这家人有恶行，他便往罐子里投一只签，年底的时候，如果这只罐子装满，叫作恶贯满盈，他便会将这个人的恶行报之天帝，这个人就会受到惩罚。所以民间有腊月二十三供奉灶王爷的习俗。

当然，颛顼的儿子里也有不少好的，禹祖是其嫡长子，相传他的母亲梦见自己吞食了太阳，而后便有了身孕，生下了禹祖。颛顼去世后，身为嫡长子的他被拥护为王，名号为“孺帝颛顼”（即颛顼第二的意思），但不久禹祖就生病去世了，王位传给了帝喾。

相传，这个曲阳鬼也是颛顼帝的儿子，名龙降，为古代“八恺”之一。《左传·文公十八年》记载：“昔高阳氏有才子八人，苍舒、隤敳、梼戭、大临、龙降、庭坚、仲容、叔达，齐圣广渊，明允笃诚，天下之民谓之八恺。”

何为龙？意指庞大，或蓬松多毛。柳宗元《黔之驴》里有这样的句子：“虎见之，龙然大物也。”这个龙降虽体型庞大，毛发蓬乱，长得像只鬼，却是一位极好的神仙，所以才被画进壁画之中。

说起曲阳，有一个人不得不提，那就是战国时期的赵国名相：蔺相如。

蔺相如（生卒年不详），曲阳县相如村人，战国时期赵国大臣，著名的政治家、外交家。在他身上，发生了三个著名事件：完璧归赵、渑池之会和负荆请罪。

赵惠文王时，秦昭王写信给赵王，愿以十五个城池换取“和氏璧”。蔺相如奉命带“和氏璧”来到秦国，经据理力争，机智周旋，终于完璧归赵。公元前 279 年，秦王与赵王相会于渑池（河南渑池），他随侍赵惠文王，当面斥责强大的秦国，不辱国体，使赵王没有受到屈辱，因其功，任为上卿，居官廉颇之上。廉颇居功自恃，不服相如，耻居其下，并扬言要羞辱蔺相如。蔺相如为保持将相和睦，不使外敌有隙可乘，始终回避忍让。这种以国家利益为重、善自谦抑的精神，感动了廉颇，对方亲自到蔺相如府上负荆请罪，二人成为刎颈之交。

蔺相如置生死于度外，刚烈无比，独自一人为赵国找回尊严。面对廉颇的无礼，蔺相如谦虚低调，能屈能忍，给足了对方面子。蔺相如既刚直，又识大局，是值得终生托付的朋友。价值连城、完璧归赵、渑池之会、布衣之交、负荆请罪、刎颈之交、怒发冲冠等成语均来自蔺相如。

还有一个成语“胶柱鼓瑟”，也来自蔺相如。公元前 259 年，秦军与赵军在长平对阵，其时赵国名将赵奢已死，蔺相如也已病危，赵孝成王派廉颇率兵攻打秦军，秦军几次打败赵军，赵军坚守营垒不出战。秦军屡次挑战，廉颇置之不理，秦人遂使出离间计。

秦军间谍说：“秦军所厌恶忌讳的，就是马服君赵奢的儿子赵括来做将军。”赵王听信了秦军间谍散布的谣言，以赵括为将军，取代了廉颇。蔺相如劝诫说：“大王只凭名声来任用赵括，就好像用胶把调弦的柱粘死再去弹瑟一样。赵括只会读他父亲留下的书，不懂得灵活应变。”赵王不听，还是命赵括为将。后来，赵括果然惨败，四十万赵军被坑杀，赵国几乎灭亡，幸得五国出兵相救，蔺相如也在这一个时期黯然离世。

蔺相如的胆识和谋略，一直为世人称颂。正如司马迁在《史记·廉颇蔺相如列传》所言：“相如一奋其气，威信敌国；退而让颇，名重泰山。其处智勇，可谓兼之矣！”

“危峰过雁来秋色，万里黄沙散夕阳。”由于特殊地理环境的熏陶，本地区的许多历史名人，都如蔺相如一般“智勇双全”。

古北岳因其险峻的自然山势和地理位置，自古成为兵家必争之地。

春秋时，代国靠恒山而存天下；战国时，燕、赵凭恒山而立天下；两汉时，匈奴利用恒山争天下；东晋时，慕容氏据恒山威天下；北魏时，拓跋氏依恒山而分天下；宋仗恒山守天下；金恃恒山而鞭天下；元灭天下、清统天下，也是凭借以恒山为主体的长城沿线天险。历史上不少帝王、名将都在此打过仗，这是古北岳在五岳中最引以为豪的。现今古北岳区域，有众多的关隘、城堡、烽火台等古战场遗迹，较为完整地保存了下来。

战国初期赵襄子恒山寻宝的故事，至今广为流传。赵国最重要的奠基人赵简子，是个胸怀大略的人物，其子赵毋恤，又叫赵襄子，是赵国真正的建立者。

赵毋恤的母亲，是个“狄”婢，就是少数民族出身的丫鬟，不是赵简子的正妻。赵毋恤一出生，就是庶出之子，依周朝惯例，他是没资格成为嗣君的。既然赵毋恤没资格，那赵简子又为什么偏偏选这样一个庶子做继承人呢？这是一件偶然事件，彻底改变了赵毋恤的命运。

战国时，赵简子有个好朋友，叫姑布子卿，是著名的相术士，名震诸侯。据传这个姑布子卿，给人相面时，只要看看你，就能预测你将来的贵贱、祸福。

有一天，这个姑布子卿到赵简子家串门，赵简子就请他给诸位公子相面。目的很明确，就是想从这些人里挑一个继承者。可结果呢？姑布子卿看完后，连连摇头，说：“无真将军者！”赵简子一听，万分失望，就“唉”长叹了一声，说：“赵氏将灭乎？”就在这时，姑布子卿提出一个人来，他说：“吾尝见公子行于街市，殆君之子也？”

赵简子猛然想起来，还有个庶子赵毋恤没来，赶忙让人去叫。

结果，赵毋恤刚一进门，姑布子卿就立马起身，给赵毋恤行礼，一恭扫地，说：“此真将军至矣！”就这一句话，改变了赵毋恤的人生。此后，赵简子便开始特别关注赵毋恤了。

面对众多嫡子的明争暗夺，赵毋恤究竟用的什么方法，打败了竞争对手呢？真正促使赵简子下决心立赵毋恤为嗣君的，是这样一件事。一次，赵简子为考察诸位公子的智谋，说：“吾藏宝符于恒山上，先得者赏。”结果诸公子驰马恒山之上，把山翻了个底儿朝天，也没能找到任何东西。只有赵毋恤说：“吾得矣。”于是赵简子问他：“汝得何物？”赵毋恤说：“从恒山临代，代可取也。”就是说，从恒山出兵，可以迅速占领代地。代地是现在的张家口蔚县一带，是当时胡人“狄”的聚居区域。

赵简子早就有从恒山兴兵灭代的构想，其他公子对赵简子的战略意图茫然无知，唯独赵毋恤，这个不被人看好的庶子，却充分理解赵简子的野心。

自此一事，赵简子认定这个赵毋恤确实贤能，并最终下决心废嫡立庶，把赵毋恤正式推上嗣君之位。公元前 475 年，赵简子病逝，赵毋恤正式继承赵王之位。

赵毋恤，就是后来大名鼎鼎的赵武灵王。他上位后励精图治，全面推行胡服骑射曾陆续攻灭中山国，攻破林胡、楼烦，国势大盛。

古北岳区域，覆盖保定的阜平、涞源、唐县、曲阳四县，总面积近千平方公里，从红色旅游角度说，如果说井冈山是红军之山，那太行山则是当之无愧的八路军之山。这方水土养育的儿女果敢勇毅，是太行精神的担当。

太行革命根据地是中国革命史上的一座丰碑，太行精神是千百年来中华民族爱国主义精神的集中展现。太行山三个字，在国人心目中，有着沉甸甸的分量和不同寻常的意义。

2020 年 10 月，国家发改委和文旅部联合下发了《太行山旅游业发展规划（2020—2035 年）》，明确提出太行山的发展定位，第一条就是：彰显中华民族精神的标志性山脉旅游区。要将太行山区建设成为中华民族精神高地和传承基地、保护传承和弘扬民族精神的标志性地区。

如何抓住这一机遇，讲好太行故事，传承太行精神，是我们这一代保定旅游人的历史责任。

当前很重要的一条就是要充分挖掘古北岳的文化根脉，让厚重的文化底蕴催生新时代的繁花硕果。

五、三派一宗发源地

古北岳是道教名山，也是佛门圣地，历史上不少门派与古北岳有着千丝万缕的联系。

第一个，武当派。

看到这里，估计有人会说，老王别扯了，武当派不是在湖北武当山吗？怎么还和古北岳联系上了？要知道，说到武当派，就不得不提张三丰张真人。这个武当派创始人，相传就是在古北岳出凡悟道的。

张三丰的传说很多，按道家正统说法，他一生行踪不定，不慕荣利，遁世清修，声望弥高。《明史·张三丰传》载："张三丰，辽东懿州人，名全一，一名君宝，三丰其号也。以其不饰边幅，又号张邋遢。颀而伟，龟形鹤背，大耳圆目，须冉如戟。寒暑惟一衲一蓑。所啖，升斗辄尽，或数日一食，或数月不食。书经目不忘，游处无恒，或云能一日千里，善嬉谐，旁若无人。"

好多人受金庸先生小说和影视剧的影响，认为张三丰是少林和尚出身，其实不然。

清代内丹西派之祖李西月在前人汪锡龄搜集的基础上，复以《张三丰太极炼丹秘诀》参考斟酌，辑成《三丰全书》。此书记载，张三丰生于蒙古定宗三年（1248），曾任中山博陵县（今河北定州境内）令，后弃官到附近的古北岳恒山出家，并加入全真教当了道士。这段过往，有其诗歌《上曲》《三十二岁北游》《恒岳》等为证：

上　曲

疏柳苍黄尽夕曛，悠悠滱水净尘氛。
芒鞋独上尧峰顶，西望常山只白云。

三十二岁北游

幽冀重来感慨忘，乌纱改作道人装，
明朝佩剑携琴去，却上西山望太行。
（西山，太行别阜也）

恒　岳

毕昴精凝处，恒山气象高。
藤萝牵绝壁，松柏吼飞涛。
朔野何空阔，灵风乃怒号。
结庐仙岭上，望里兴飞豪。
（山上有望仙岭）

张三丰在古北岳修道十六个春秋，终于功夫大成，于至元三十一年（1294）离开此地，并留下这首诗：

悠悠歌北岳作

悠悠歌，悠悠歌，
四十八岁空销磨，人生寿命能几何？
株守恒山十六载，燕赵往来成逝波。
倒不如携琴剑、整笠蓑，东走蓬莱唱道歌。

离开古北岳后，张三丰云游各地，成为天下道教最佳传播人，后来，他留在湖北武当山，创立了一个新的道派——三丰派，掀起了中国道教发展史上最后一波高潮，并成为内家拳的创立者。

第二个，茅山派。

历史上这个茅山派，也源起古北岳。

茅山派的祖师爷名叫茅盈（前 145—?），西汉咸阳（今陕西）人，字叔申。《茅山志》《太元真人东岳上卿司命真君传》均记其少时曾修道古北岳恒山，后创立茅山派。

茅盈修服气、辟谷之术，以医术救治世人。后其弟茅固、茅衷从其修道，时人称大中小茅君。后世称茅氏三兄弟为“三茅真君”。

茅山派主修《上清经》，兼修《三皇经》《灵宝经》，持行辟谷、导及斋醮。北宋时与龙虎山正一道、阁皂山灵宝派同为三大符箓派。

茅盈的曾祖辈秦时就出过一位神仙人物——茅濛。他曾入太行拜鬼谷子为师，学习长生之术，研究仙丹秘法。后进入华山，

静心修炼，修道大成后，于始皇三十一年（前 216）九月庚子这天，乘龙驾云，白日飞升。

当年咸阳城里流传这样一首歌谣："神仙得者茅初成，驾龙上升入太清。时下玄洲戏赤城，继世而往在我盈。帝若学之腊嘉平。"

此歌有劝皇帝修仙之意，秦始皇听后大悦，遂下令将每年 12 月改称"嘉平"月，以应歌谣之谶。

受曾祖事迹的启蒙，茅盈十八岁时离家到古北岳山中修道。他在古北岳研修《道德经》《周易传》，清修六年，终于感动山中一位修道的女真昌荣，对她说："西城有王君，得真道，可为师，君子奚不往寻而受教乎?"

茅盈悟其深意，心斋 3 月，终于在曲阳西城得见王远道君显圣，对方授给茅盈"玉佩金珰之道，太极玄真之经"等诸多上清经系的法术符咒；之后，茅盈在古北岳又修行三年，终于道成，遂立坛盟誓，归乡省亲。

道教认同社会伦理道德准则，修炼得道的茅盈在家中孝养尊长五十三年，父母寿考后即往江东句曲山传道。茅盈的两位兄弟茅固、茅衷在朝为官，听说兄长在江东修道济民，他们决心效法兄长的行为，遂渡江赴江东与兄长同修。当地人都知道，三茅君采药炼丹，为民治病，济世救人，是有求必应的神仙。为铭记他们的无量功德，当地百姓将句曲山改称"茅山"。

第三个，龙门派。

说起龙门派，有人可能不清楚，但提起全真教，许多人晓得一二。

龙门派是全真教的分支，开派祖师为长春子丘处机。全真教能得以发扬光大，主要归功于龙门派。丘处机早年随王重阳传教，王重阳死后，他入龙门山隐居七年，其苦修异行，惊动世俗，并声播朝廷。南宋朝廷和金朝廷看此公可资利用，先后遣使来召，但目光远大的丘处机早已看到未来成吉思汗的辉煌前景，对双方抛出的橄榄枝都婉言谢绝。

后来，远在中亚征伐天下的成吉思汗遣使来召，丘处机不顾关山万重，沙漫风寒，路途弥远，慨然应命，带领十八位弟子，历时三年，旅途万余里，终于来到成吉思汗帐前。

成吉思汗在行宫内接见了这群蓬头垢面的疲惫之客，向丘处机询问治国之道和长生久视之方，丘处机告以“敬天爱民”为治国之本，“清心寡欲”为长生之道，成吉思汗龙颜大悦，当即称丘为“仙翁”，并下诏免除全真教的赋税差役，并发给虎牌玺书，令丘处机掌管天下道教。

丘处机与其弟子，利用这种特权，在黄河流域大建全真宫观，“自燕齐及秦晋，接汉沔，星罗棋布，凡百余区”。全真教利用官观身份，广发度牒，安抚大批无以为生的流民，使之加入全真教，并免除他们所承担的苛捐杂税。

《元史·丘处机传》载：“处机还燕，使其徒持牒招求于战伐之余，由是为人奴者得复为良，与滨死而得更生者，毋虑二三万人，中州至今称道之。”各阶层人士纷纷涌入全真门下，包括文人、官吏，均以与全真教相交为荣。

古北岳是龙门派的圣地，历史上真实的尹志平，是全真教第六任掌教，凭借丘处机留下的虎符玺书，在战乱时期庇护了许多人的生命财产。

忽必烈统一中国的时候，尹志平和弟子在古北岳广建庙宇，修行传道，踵其门者，日不暇给。世有“龙门半天下”之说，意思是天下一半道士，均出自全真教龙门派。

据说当年古北岳道观比比皆是，许多有道之士在此清修，历史上还留存不少龙门派弟子任各宫观提点道士的纪录，如孙道微、赵道祥、彭正忠在元英宗（1321—1323）、泰定帝（1324—1328）年间任北岳庙提点。要知道，过去道门提点一职，是所辖区的一把手，职位最高者，相当于朝廷一二品大员。

至今北岳庙中，仍存元代加封北岳恒山圣旨碑：

朕惟名山大川，国之秩祀。今岳渎四海皆在封宇之内，民物阜康，时惟神休，而封号未加昭答灵贶。可加北岳为安天大贞玄圣帝，以称朕敬恭神明之意。

至元二十八年二月日

嘉议大夫翰林学士

玄门掌教大宗师辅元履道玄逸真人

张志仙　篆额立石

这个翰林学士、玄门掌教大宗师张志仙，于公元1285—1302年任全真派掌教。此公还被任命为巡祀岳渎，代表朝廷主持山川祭祀活动，可见当时朝廷对全真教何等的重视！

第四个，净土宗。

大家都知道，信仰具有排他性。但在中国传统文化里却有一个耐人寻味的特点：本土道教和外来佛教，并存发展，融于一体，这在古北岳同样彰显。

东晋时的高僧释道安（314—385），在古北岳建寺修行，其弟子慧远跟随他在此间学道，后为净土宗始祖。

道安是土生土长的常山（今河北冀州）人，卫氏望族出身，十二岁出家为僧，是东晋时期的佛教领袖。释道安的佛学思想涉及戒、定、慧三方面，尤以慧学方面的般若性空思想最为突出。

道安长相丑陋，而且特别黑，有“漆道人”之称，但其记忆力惊人。师父给他《辩意经》一卷，约有五千字。道安带着经书下地干活，利用休息时间读经。晚上回寺院后，将经书还给师父，并要求再换一部。

师父说：“昨天给你的经书还没有读，怎么今天又要？”道安回答说："昨天的那部经书我已经会背诵了。"师父感到很惊讶，却并不相信，但还是给了他《成具光明经》一卷，有近一万字。

道安继续带着经书下田干活，利用休息时间阅读，晚上回来时又还给师父，师父拿着经书，让他背诵，他竟然背得一字不差，师父大为惊叹，从此对他另眼相看。

道安云游期间遇到高僧佛图澄，俩人谈了整整一天。寺里僧人见道安其貌不扬，很轻视他，佛图澄说："此人有远见卓识，你们这些人跟他不能相比。"道安拜佛图澄为师，佛图澄讲经时，道安作复述，众僧人不高兴，纷纷提出疑难问题，道安力挫群雄，行有余力。因此，当时有一句话很流行："漆道人，惊四邻。"

后道安在古北岳创建寺院和佛塔，讲经说法，受到僧侣、士人和百姓的欢迎与钦慕。最终因战乱，不得不南下传法。

前秦苻坚早就听说过道安的大名，常常说："襄阳有个高僧道安，是个非凡人物，朕想让他来辅佐朕。"

随后，苻坚派苻丕五领兵攻占了襄阳，将道安和朱序等人都送到长安。苻坚对仆射权翼说："我派出十万之师攻取襄阳，只是为了得到一个半人。"

权翼问："为了得到谁?"苻坚说："安公一个人，习凿齿算半个。"他们到长安后，住在五重寺，僧众有数千人，道安在这里弘扬佛法，教化民众。

道安的弟子慧远，后世将土宗人推尊为初祖。二十一岁时，慧远大师和他的母亲弟弟前往古北岳聆听道安法师讲解《般若经》，听后大彻大悟，立即决定剃度出家，跟着道安法师修行。后来他来到庐山东林寺，开创净土一脉，亦称"莲宗"。

相传，古北岳山曾有七十二座庙宇，由于战乱，遭到破坏。现在山阳褶皱处，寺观遗迹随处可见。据说该山有万余铜神像，其中一尊耳朵眼里能容四人打牌，可惜均被毁坏。

除"三派一宗"的历史名人之外，古北岳还曾有一位大神驻足，那就是大名鼎鼎的炎帝神农。

炎帝是中华民族的始祖，相传炎帝被黄帝战败后，便率众来到古北岳附近安居。

因大地上人类生育日益繁多，单靠狩猎、采野果已经不够吃了。为了部落的繁衍生存，神农登上山顶，向天帝呼叫求助。天帝得悉人类缺吃受饿后，便遣神鸟衔来五彩九穗嘉谷，赐给炎帝。神农得此嘉谷后，教导人们开垦草莽，种植五谷，所以世间才有了供人们食用的五谷粮食。神农登临祈祷的那座山，被当地人唤作嘉禾山。

《白虎通义》记载："古之人民皆食禽兽肉，至于神农，人民众多，禽兽不足，于是神农因天之时，分地之利，制耒耜，教民农作，神而化之，使民立之，故谓之神农。"

后来瘟疫流行，人类生命时时受到病魔威胁。神农为驱瘟除病，造福人类，亲自尝百草，制百药，终于制服了瘟疫，最后自己却因吃毒草而身亡。

据《神农本草经》载，神农曾向居于古北岳的太乙天尊求教本草。《神农本草经》里，还专有一篇恒山经。

《纲鉴易知录》记载："民有疾，未知药石，炎帝始草木之滋，察其寒、温、平、热之性，辩其君、臣、佐、使之义，尝一日而遇七十毒，神而化之，遂作文书上，以疗民疾，而医道自此始矣。"

当年的神农，管理部落很有方法，他不望其报，不贪天下之财，而天下共富之。他以德以义，不赏而民勤，不罚而邪正，不忿争而财足，无制令而民从，威厉而不杀，法省而不烦，人民无不敬戴。

无数的名人传说，赋予古北岳太多的意义。对于这座京津冀第一历史文化名山，保定人有着特殊的感情，这是保定的文脉之根，文化之魂。

就像当年河北省省会从保定迁往石家庄一样，清顺治十七年(1660)，古北岳恒山因种种原因改祀山西浑源，成为保定人心中永远的痛。

但这一切都是历史过往，随着雄安新区的快速崛起，乡村振兴的全面推进，我们完全可以聚合八方优势，把古北岳打造成为具有新时代内涵的中国名山。

中国的脱贫攻坚动员令从阜平发出，八年多过去了，我们取得了举世瞩目的辉煌成就。古北岳为阜平、涞源、唐县、曲阳交汇之处，这里是燕山太行山国家级贫困片区，变化可谓翻天覆地，阜平和涞源还入选国际扶贫交流示范基地。如果说，以一山记载中国脱贫攻坚的伟大事业，古北岳无疑是最具代表性的一座。

这山，是红色之山、文化之山，是农本之山、人民之山，是脱贫攻坚和乡村振兴的见证。打造一座以人为本的时代名山，其意义绝对不输于过去象征皇权、神权的五岳名山。

2020年出炉的《太行山旅游发展规划（2020—2035年）》提出，建设彰显中华民族精神的标志性山脉旅游区……践行“两山理论”绿色协同发展的先行试验区……助推脱贫攻坚和乡村振兴的示范引领区。打造新时代弘扬民族精神、树立国家形象、坚定文化自信的亮丽名片。

伟大使命需要伟大奋斗。实现这一宏大目标，需要举全市之力，需要久久为功，更需所有保定旅游人的创新攻坚与无悔担当！

顺平篇：千年风水育贤者，四方财气筑庄园

一、我的名字有个“红”

保定城西的顺平县，它的曾用名很多，最有意思也最让人难以忘记的名字是完县。很多人都很奇怪为什么会用这样一个名字。其实“完”是“完颜”的“完”，顺平县在历史上有很长一段时间属于金国，金国姓完颜的多了，就成了完县。

当然，完县之前还有过其他名字，比如曲逆，这是它最初的名字。这个名字也非常有趣，值得探究。据说是因为有一条叫曲逆的河。无论如何，这个“逆”字总归不是什么好讲究，喜欢吉兆的王莽就将它改名为了“顺平”。刘秀上台之后，照例又改回曲逆。顺平的另一个名字北平是在隋朝之前起的，叫的时间也很长，将近四百年。后来又叫过永平、燕平。无论叫什么“平”，意思都是都希望它平平安安的。

顺平县旁边有两座县城，叫唐县和望都，这三个县城在当前中国的国内生产总值排名中都不靠前，但它们却拥有一个共同的远古回忆：望都原名庆都，而庆都来自尧帝母亲的名字。唐县则是尧帝的儿子丹朱流放之地。顺平县有一座伊祁山，是尧帝诞生的地方，而尧帝的本名就是伊祁放勋。

关于三皇五帝的出生和起居地，人们总是争论不断。因为年代太久远，很多记忆都是一点点拼凑起来的。现存的史料里很多都是来自《史记》，但须知道司马迁距离我们的时代也不过两千多年，并且司马迁距离上古时期的五帝时间却更久远。就像我们现

在通过文物史料推测司马迁的衣食住行一样，司马迁对五帝的考据很多也是困难的，所以很多史料和传说便混在了一起。

尧帝做过很多有益的事情，比如派神箭手后羿射日，派鲧治水，并且制定历法，等等。由于自己的儿子丹朱不争气，就找了一位贤人舜接替了他的位置。这样的举动被司马迁认为是最理想君主的典范，也被后人称道。

就像现代的父母一样，尧对自己的孩子也是煞费苦心，但结果却是苦涩的。丹朱是尧的长子，对于这个儿子，尧帝费尽了心血，只要有机会就劝诫。怕丹朱走歪路，还找人教他下围棋，丹朱也确实痴迷了一阵子，下得也不错，但他终究没有治国之才，尧帝只能将其放弃。更让尧帝失望的是，其他儿子也没有治国的能力，所以只能从外人中寻找了。通过臣子的举荐，尧帝选中了舜，经过一系列的测试，尧帝放心地把帝位交给了舜，并将两个女儿嫁给他。

五帝是黄帝、颛顼、帝喾、尧、舜，除了最后一位舜是外姓人氏以外，其他的都是一脉相承，父子相传。之所以尧要找一位外人来继承自己的事业，可能也是为了彻底摆脱这段痛苦的回忆吧。

舜登基后，尧帝扶持了二十八年，可以说舜是兢兢业业，尧帝也是尽心竭力。等尧帝驾崩之后，丹朱就有了谋逆之心，舜派人将其抓获并关押。关押丹朱的遗址就在顺平、唐县交界的大王子城。

不过，还有一种说法是这个小城是尧帝对丹朱的补偿，他立舜为继承人后，给丹朱建造了这座小城堡，位于尧城东十公里处，就在顺平县和唐县交界的大悲乡大悲村、富有村，齐家佐乡南洪城村、北洪城村一带。据《完县志》记载："尧为天子乃筑邑于唐庆之东，而广大之，以居王子丹朱，名王子城，又名丹朱城。"

丹朱其实不是他的名字而是他的号，他姓伊祁，名源明，号丹朱。之所以号丹朱，有两种说法，一个是他曾经被贬在丹水（今河南淅川），另外一个是因为他出生时浑身红彤彤的。

巧合的是，《史记》里记载尧帝是他母亲庆都遇到赤龙怀孕，十四个月后生下的。赤就是红色，赤龙就是红色的龙。也就说无论是尧帝还是他的儿子丹朱，红色都是他们的标志。这件事情并没有结束，后来还有人以红色为骄傲，为传承，那就是刘邦。

我国古代曾有五色代表五德之说，而且各个朝代的兴替都与其相关，比如明朝是红色，代表火，而清朝就是黑色，代表水，水能够克火。

刘邦自称赤帝之子，赤者乃火德也，根据五行相生原理，火生土，所以刘邦得土德；而秦始皇是白帝之子，白帝是金德，金生水，所以秦始皇是水德，根据相克原理，恰好是土克水，所以刘邦能干掉秦始皇，汉朝取代秦朝。

刘邦斩白蛇起义，说的就是刘邦作为赤帝的儿子把白帝的儿子给杀了。为什么刘邦号称是赤帝之子，而不是黑帝之子，蓝帝之子呢？因为丹朱曾经被封于刘国，所有姓刘的都是他的后人，刘邦自称为赤帝之子一点儿错也没有。

刘邦和尧帝既然都是赤龙的儿子，那他们有没有关系的呢？

秦时，曲逆县经济繁荣，曾有三万余户。西汉高祖七年（公元前200）十月，汉高祖刘邦亲自率军北征，被匈奴骑兵围困于平城白登山（今大同市东），高帝用护军中尉陈平奇计，才突出重围。南返时路经当时还叫作曲逆的顺平县，《史记》是这样记载的："高帝南过曲逆，上其城，望见其屋室甚大，曰：'壮哉县！吾行天下，独见洛阳与是耳。'顾问御史：'曲逆户口几何？'对曰：'始秦时三万余户，间者兵数起，多亡匿，今见五千户。'于是乃诏御史，更以陈平为曲逆侯。"

也就是说，刘邦在回去的路上，其实一直在琢磨如何封赏陈平。击败项羽，刘邦做了皇帝，第一件事就是分封功臣，如何划分，刘邦考虑了很久，以至于有些大臣已经开始偷偷商议，如果还不分封，那就继续造反，就像刘邦当年对待项羽一样。反正，军队里有的是能征惯战的将领，三天不打仗就手心痒痒的老兵。刘邦当然也很着急，于是赶紧把曾经和自己有仇的雍齿先封了。这一下稳住了众人的心，既然他都能够得到封赏，那其他人肯定也差不了，继续等着吧！

当时分封要考虑很多的条件，比如是否回到故国的土地，比如军事存在的意义，比如能否让功臣过上好日子。

而这次给陈平的地可以说是最好的了。陈平绝对是立了大功。如果没有他的计谋，刚刚建立的汉朝很可能就遭遇灭顶之灾。在刘邦眼里，洛阳是仅次于长安的丰腴之地，而曲逆（顺平）一点儿也不比洛阳差，那就干脆赐给陈平吧！

刘邦对陈平真的是厚爱，把最丰厚的地方留给了他。汉朝刚刚建立时，君臣有白马之盟："非刘氏而王者，天下共击之，若无功上所不置而侯者，天下共诛之。"只有立了大军功的人才能封，封侯是当时非皇族的人的最高期待。李广穷极一生，苦苦追求的就是封侯，汉武帝也多次给他机会，当时的舆论也很倾向他，偏偏几次出征，不是走错了路就是吃了败仗。所以才有了"李广难封"的说法。

刘邦的臣子结局大概为三种，恰恰可以用汉初三杰作代表：一种是屹立不倒，比如萧何；一种是被杀，比如韩信；一种是选择了急流勇退，比如张良，虽然张良被封侯，但基本上不再参与政事，闭门不出，算是急流勇退。他为自己选择了一个小小的留地，所以被封为"留侯"。张良之所以选择留地，是因为这是刘邦和张良相遇的地方，可以说张良的情商太高了，时刻饱含深情地提醒着皇帝。

"人无千日好，花无百日红"，这句话放在波谲云诡的朝廷更是如此。如果一直参与朝政，很少有人能够始终得到皇帝的信任。

而陈平左这方面做得比萧何还好，萧何是一步到位，做了丞相。而陈平在汉朝建立初期被封的是“侯”，这是爵位，是通过立军功挣来的，可以世袭。

他在军中最高职务是护军中尉，行政职务不得而知，但随后就进入了升迁的快车道。刘邦活着的时候，他能升迁，刘邦死了，吕后继位，他依旧能够升迁；吕后死了，恢复刘氏，他依然能够升迁！最终，他当上了丞相，行政职务达到了一人之下，万人之上。这是因为陈平不仅仅能够出奇谋，而且还是刘邦以及后面的统治者都非常信任的人，关键他每次都能站对队伍，这是非常难得的。

可以说，陈平被淹没在了萧何、韩信和张良的光环之下，他完全可以与他们三人共称为“汉初四杰”。更重要的是：陈平创造了一种新的模式，那就是第四种功臣模式。他超越了“汉初三杰”的轮回宿命。

这种模式说明只要你没有野心，还能为国出力，皇帝不仅杀不了你，还要继续封你。在太平盛世，功臣是可以存活的，而且会活得更好，步步升迁。皇帝依然可以和功臣们谈笑风生，共享太平！

时至今日，顺平县仍留有以“陈侯”命名的北陈侯村、南陈侯村。大王子城遗址，周长十公里，总面积十万平方米。让人能够怀念起那个幸运的人，幸运的城市。

二、留给幸运人的城

和刘邦、韩信一样，和那个年代无数个梦想改变命运的人一样，陈平年轻的时候也非常穷。穷到什么地步呢？除了务农，唯一的谋生手段就是去给办丧事的家里干活。穷，就无法结婚，无法安身立命。这一次，陈平也和刘邦一样，被岳父家的人看中。不过看中的不是他的岳父，而是岳父的爸爸张负。张负的孙女嫁了五次，前五任丈夫都死了。

在这一次的丧事葬礼上，张负相中了身材高大、长相帅气的陈平。回到家中，张负告诫自己的孙女：一定要好好侍奉陈平和他的哥嫂。

陈平娶了张家女子以后，自己手头也富裕了，眼界也越来越宽。渐渐地，他和别的年轻人一样，开始不安分自己的生活。而这时，看似强大无比的秦国也逐渐走向了末路。

陈胜吴广起义让刚刚统一的国家再一次陷入了战乱。陈平不甘寂寞，去投奔魏王，但这里只是个起点，而不是终点。没几天，他又投奔了项羽。之后，他的每一次押宝都押对了，现在翻起史书，你都会为陈平的选择捏一把汗。他的每一步都像是进行过精确地计算。

陈平跟随项羽攻破秦国，而且也受到了分封。但在鸿门宴上，他看到了刘邦的表现，陈平发现刘邦要比项羽内敛很多，也随和很多。项羽虽然握有天下，但只有妇人之仁，患得患失，错失良机。陈平决心要重新选择一次命运。

此时，刘邦被项羽困在了咸阳，动弹不得。虽然项羽没有在鸿门宴上杀掉刘邦，但他决定将其牢牢地控制住，不能有半点儿伸展的空间。就在刘邦一筹莫展之际，张良突然想起了陈平，决定赌一把。他亲自去找陈平，两个人见面一聊，一见如故。陈平出了个主意：要想救出刘邦，必须把范增调开。张良也深知范增的老谋深算，可怎么才能让范增离开呢？

陈平想了个主意，让范增去护送楚怀王养老。楚怀王是项羽起兵时树立的大旗，可现在已经是没有用的木偶了，但项羽又不能不供着。范增同意了，但临走之前，要求项羽绝对不能放刘邦回汉中。项羽照例又答应了。

范增刚走，陈平又出了个主意。让诸侯们离开咸阳，各回各的国家。古代打仗，除了临阵发挥以外，最重要的就是粮草供给。

咸阳虽然富足，但数万大军屯在这里，已经让这里捉襟见肘，这个主意出得恰逢其时。

可项羽并不傻，谁都可以走，但唯独刘邦不能走。

结果，项羽还是上了刘邦的当。刘邦要求回自己的老家安徽沛县祭祖。项羽不肯。张良说既然不能回乡，那就让我们回汉中总可以吧。项羽有点儿犹豫了，这时陈平上了一本，说大王既然已经封刘邦为汉王，全天下的人也都知道，如果还不让他上任，恐怕人们都会有议论，说大王言而无信，不如把刘邦的家属留下当人质，放他回汉中。

项羽的智商哪儿能有陈平高，觉得这个办法可行，就放刘邦走了。没几天，陈平也找了个机会投奔了刘邦。

这一次投奔的意义不亚于萧何月下追韩信，它将决定刘邦的命运，也将决定汉朝的命运。

这世上哪儿有一帆风顺，陈平投奔刘邦也是经历了波折。路过黄河时陈平需要坐船，等上了船他才发现这是一艘贼船！陈平并没有慌张，而是脱下衣服，吆喝着帮船夫划船，水贼一看他身无长物，便放了他。

陈平的到来，让刘邦欣喜若狂。刘邦马上就任命陈平，留在自己身边做参乘，陪他出行并监护三军将校。可以说刘邦给予陈平的待遇是非常高的，这一下子激起了将校们的不满。

他们纷纷攻击陈平，攻击他先投奔魏王后投奔项羽，如今投奔刘邦的墙上草行为。

陈平能言善辩，向刘邦细细分析了当时的情况，说明魏王不会用人，而项羽不信任人，刘邦才是天下归心的正主儿！

至于将校攻击陈平收受贿赂，陈平表明：自己投奔刘邦的时候，身无分文，只身来到汉营，所以只能通过别人的接济来生活。陈平同时表示，如果刘邦能接受他，他就留下来效力，如果觉得他不堪重用，那他就回老家再不出山。

刘邦一下子被陈平真诚的言论打动了，不仅没有赶走他，反而又提升了他的官职。陈平也没有辜负刘邦的信任，从此成为刘邦的左膀右臂。

陈平长期在项羽帐下，他深知：项羽最重要的谋士就是范增，此外还有钟离昧，只要把这二人除掉，项羽何愁不灭？

于是陈平向刘邦献策，出重金买通楚军的将领。让这些人在楚营里散布谣言，说范增和钟离昧屡立战功，都应该裂土封王。

项羽本身就是一个多疑外加优柔寡断的人，这种小道消息让他很不舒服，什么事也不跟钟离昧商量了。

范增老谋深算，起兵不久就参加了楚军，为楚军出谋划策，确实是功高盖世，他又是项羽的亚父。除掉他看起来最难了。偏偏陈平又使了一个小计谋，就干掉了范增。

项羽的使者来到汉营，陈平故意热情接待，然后悄悄问使者：范增老前辈有什么吩咐。

使者说我们是霸王项羽派来的，不是范增的使者。

陈平马上翻脸，扭头就走，然后降低他们的住宿伙食标准，更可气的是侍从的态度也大不如前。

使者回去之后，当然不会忍下这口气，把事情的前前后后一五一十地报告了项羽。就是这种现在看来非常拙劣的小计谋，居然也让项羽上了当。原因很简单，陈平知道项羽就是这样一个容易被蛊惑的人。

没多久，范增也听说了，为了避嫌。他向项羽再一次提出了辞职。而这一次，项羽不再苦苦挽留，而是很爽快地就答应了。

范增只得离开。还没等他回到自己的家乡，就气得病重而死了。这次，项羽彻底失去了自己的左膀右臂。过了许久，项羽才觉得中计，暴怒之下决定攻击刘邦。虽然没有了重要的谋臣，但项羽的虎威犹在，这一次，他集合重兵，就是要将刘邦置于死地，他要向世人展示：没有范增，没有钟离昧，没有这些谋臣，我照样是雄霸天下的霸王！

刘邦被围困在了荥阳，粮食所剩无几，人心惶惶，就在这时，陈平又出了一个计谋，趁着夜色，让所有的妇女从东门出发。然后又让纪信将军假扮成刘邦，也从东门出发，去找项羽出降。这次不仅项羽中了计，项羽的手下也全都中了计，纷纷从别的城门跑到了东门。刘邦趁机带着陈平和张良，由樊哙杀出血路，从西门逃出，跑回了关中。

这次，项羽没能击败刘邦，让他狂躁不已。此时，他的败相已露，因为各地诸侯都在反叛，韩信又在齐地节节胜利，成为抗击楚军的绝对主力，有力地牵制了项羽的力量。

就在这时，韩信不知道哪根脑筋搭错了，派使者跑到刘邦这里来讨封，大意是我现在在齐国，仗打得也不错，为了能更加名正言顺一些，我想当齐国的假王（也就是代理齐国国王）。刘邦一听就火了：这都什么时候了，你还想着当齐王？心里能惦记着点儿别的吗？

刘邦拍着桌案痛骂使者。就在这时，陈平一看大事不好，赶紧在案桌底下踹了刘邦一脚。刘邦一下子领会了：如果在这个时候不给韩信足够的承诺，那韩信肯定就会背叛自己。因为之前的所有战争都已经证明了只要你拥有重兵就可以当王，不管有没有高贵的出身，也不用谁来分封你。韩信之所以派使者过来讨封，是因为他真的把刘邦当回事。

刘邦调整了一下心情，沉吟了一下，对使者说：韩信也是，还当什么代理的假王，要当就当真王。于是，顺水推舟地封韩信为齐王。

没过多久，在各路叛军的包围下，项羽成了孤家寡人，陈平建议刘邦，撕毁之前刚刚签署的楚河汉界的约定，再次攻打项羽。这一次，项羽被围在了垓下，走投无路，自刎而亡。刘邦终成霸业！

刘邦按功劳大小对各功臣进行了封赏。各个将领如今都成了王侯，回到自己的领地逍遥快活去了。而这时，韩信并没有完全得到刘邦的信任，依然是被怀疑的对象。时不时就有一封告发韩信谋反的信摆在刘邦案桌上。

刘邦本来就对韩信不放心，看了信就想召集人马发兵讨伐。陈平劝刘邦冷静，因为整个大汉朝的将领绑起来也不是韩信的对手，不如假借出游之机，召唤各路诸侯来接见，等接见的时候再把他抓住。

韩信果然上当，不过此时他确实没有什么真的谋反之意。刘邦问了问，也觉得这事有些蹊跷，只是把他贬为淮阴侯，也不用去封地了，并且把他留在自己的身边。

我们纵观历史就会发现这样一个问题，一个朝代的建立时间通常都是按照创立者称帝，从有了自己的国号起算的，但有了国号并不意味着此时的中国境内没有其他的敌对势力，有了国号之后继续出兵讨伐的例子很多，例如唐朝，唐朝是 618 年建立的，但战争远没有结束，比如刘武周、宋金刚、王世充、窦建德、刘黑闼这些地方武装，都是唐朝建立后几年之内才逐渐被剿灭的。

刘邦这个老皇帝并没有在长安逍遥自在几年，秦帝国北方最大的敌人匈奴继续延续着他们可怕的存在。这一次，刘邦的出兵讨伐不再那么幸运，被匈奴围在了山头，两军对峙了七天七夜。

就在这时，陈平又发挥了他足智多谋的特长，用重金贿赂单于夫人，并告诉她假如匈奴一旦真的击败汉军，汉朝必将贡献若干中原美女，那样的话，也会危及夫人的地位。这一下子就把夫人给说服了，狂吹枕边风，单于终于下令让包围圈开个口子，刘邦得以全身而退。史称“白登之围”。

公元前 195 年，汉朝帝国又一次经历了小小的波折，英布又叛乱了，还是和之前一样，刘邦亲自率兵讨伐，虽然打了胜仗，但受了重伤。刚回到长安，燕王卢绾又叛变了，刘邦就派樊哙率军去讨伐。樊哙刚走，刘邦就接到消息，说樊哙和吕后串通一气，把持朝政。樊哙的妻子和吕后是亲姐妹，刘邦最担心的就是这个，他又找来了陈平，要求尽快处死樊哙。陈平说这样吧，我和周勃一起去，到了军营以传旨为名，把樊哙的兵权夺了，再将其处死。

陈平这辈子出了无数个主意，但这个主意最凶险，它不仅将决定樊哙的生死，还将决定着陈平自己的生死。因为谁都看出来了，刘邦将不久于人世。樊哙死，陈平当时可能会立大功，但是刘邦一旦死了，吕后岂能轻饶陈平，可不除樊哙，刘邦肯定不悦，甚至会波及陈平。

陈平到了军营以宣旨为名，把樊哙诓来然后夺了兵权。可陈周二人并未立即处死樊哙，而是选择了押回京城，这目的就很明显了，看看是不是能耗到刘邦死掉。果然，走到半路，刘邦的死讯传来，陈平赶紧回长安奔丧，并且把未斩樊哙的事给吕后汇报了。吕后大喜，还拜他为郎中令，辅助新皇。陈平的计谋又一次成功，也挽救了自己。

吕后死后，陈平与周勃又一起平定了诸吕之乱，匡扶汉室，并扶持了个新皇帝，也就是汉文帝。陈平虽然功劳很大，但他依然向皇帝推荐周勃担任右丞相，自己担任副手左丞相，最终，陈平平安安地度过了自己的晚年。

中国民间有“五福”之说，五福最早出自《尚书·洪范》。所记载的五福是：“一曰寿，二曰富，三曰康宁，四曰修好德，五曰考终命。”而最难得的就是“考终命”，也就是能够无疾而终，平平安安地离开。作为一个普通人是如此，作为一个功臣，能达到这样一个结局就更难了。

纵观陈平的一生，为了大汉朝，无时无刻不在发挥着他的作用，在刘邦时期、吕后时期、汉文帝时期都能稳稳地站得住脚跟，这就说明陈平智商高，情商也高，他的能力绝对不是一般臣子能达到的，有些地方甚至超出了汉初三杰。

陈平不仅计谋出众，还知道避让内敛，不出风头，每一次的决定都深思熟虑，屡创奇功。二月河的《雍正皇帝》里有这样一个情节：雍正皇帝当年做王爷时的谋士邬思道说，一个大臣如果总是立功，皇帝就要一次次封赏，可是一旦功臣的功劳太大了，皇帝就没有可赐的了，只能赐死了。

“鸟尽弓藏，兔死狗烹”这个道理延续了千年，但很多人依旧是飞蛾扑火。有的确实是身不由己，有的则是得意忘形。历史上都说刘邦和张良实现了君臣和谐共处，但张良这种急流勇退真的不是一般人能做到的。陈平能够一而再再而三指点江山，能够低调处事，就是为自己留够了存活和升迁的空间。

顺平，这座县城，是刘邦留给陈平最好的奖赏，也无疑是最好的见证。

三、凤凰背上看佛光

《西游记》里曾经戏谑地记载了一段关于凤凰、孔雀和大鹏的传说。这段故事发生在狮驼岭，师徒四人被困，孙悟空去求如来。如来说我和大鹏还有一些缘分，当年，凤凰生孔雀和大鹏。孔雀生性最恶，在雪山把如来吸到肚子里，如来划开孔雀后背出来了，本欲伤它性命，被诸佛苦劝。后来因为如来曾经在孔雀肚子里待过，所以孔雀被尊为佛母。于是，孙悟空嘲笑说大鹏是如来的舅舅。

其实，这本就是一个美丽的误会。密宗里确实有“孔雀大明王”，也有“佛母菩萨”，但所有佛经中从来没有如来尊孔雀为母这一段故事。经《西游记》几百年的不断流传，我们反倒把这个故事一而再再而三地传播了，而且很多人又从里面衍生出了很多新的故事。

当然，佛教故事里确实有关于孔雀的故事，也有迦楼罗（印度的“大鹏鸟”）的事迹。迦楼罗位列天龙八部之一，又名金翅鸟。它的食物非常特殊，就喜欢吃龙。一顿饭能吃一条大龙和五百条小龙，但龙体内有毒素，吃多了会中毒，迦楼罗在死掉的时候会自焚，留下一个非常漂亮的青色琉璃心。在中国也有关于大鹏的传说，最早就是大家耳熟能详的庄子《逍遥游》："化而为鸟，其名为鹏，鹏之背，不知其几千里也"。最终，这两种大鸟结合到了一起，成为金翅大鹏，《说岳全传》里就将岳飞描写成金翅大鹏转世。

非常巧合，现如今"凤凰"这个形象也是东西方传说结合的产物。西方和中方都有"凤凰"这个词汇，但中国的凤凰其实是两个鸟：凤和凰。关于"凤凰涅槃"的传说肯定有佛教元素，因为佛教才讲涅槃。西方也有"不死鸟"的说法，大概是世界上的人都认为有这样一种鸟：它集所有鸟类美丽之和，光彩绚烂。所以就有了如今"凤凰"的概念。

在顺平，有这样一座山，名曰凤凰山，之所以叫这个名字，是因为它形似凤凰，有着像双翅和长尾一般的山脉。更重要的是中国第一高僧道安曾在这里建了寺庙，也就是后来的大佛光寺的前身。

从东汉算起到现在，佛教传入中国近两千年，在这两千年的历史中，让人们熟知的僧人有慧能、玄奘等。有这样一位大师，为佛教中国化做了很多开天辟地的事情，但却很少有人知道，他就是道安大师。

道安大师出生在西晋，功成名就在东晋。在当时他是人人都敬仰的佛教大师，由于他身处北方，战乱纷纷，但无论在哪里都得到了礼遇和尊敬，道安曾在襄阳城待了一段时间，受到守将朱序的礼遇。襄阳城后来被苻坚所破，苻坚又对道安大加礼遇。

此时的北方基本都属于苻坚的地盘，而南方才是衣冠渡江的东晋。在历史上，苻坚只是出现在了那场有名的以少胜多的淝水大战之中。其实，他对统一北方做了非常大的贡献。就是这样一位君主，认为襄阳之役只得到一个半人，一人指道安法师，半人为习凿齿。苻坚得到了道安法师，就请他住在长安五重寺，道安建议苻坚派吕光去西域，一方面宣示国力强盛，另一方面请回鸠摩罗什。可道安终究未等到鸠摩罗什就去世了，两代名僧的会见最终未能实现。

佛教自东汉以来，一直在我国民间流传，但效果始终一般，主要有几个方面的原因：佛教经典翻译的水平太差；儒家是汉朝汉武帝以来一直尊崇的思想，而东汉末年爆发的黄巾军其实就是道教分支的信徒，当时在国内十分兴盛。

佛教在两晋特别是东晋时期得到了广泛流传，主要原因有这几个方面：一是西晋时期的佛经翻译水平大大提高，以前那些晦涩难懂甚至自相矛盾的佛经得到了极大的改善。西晋最有成就的译经家是竺法护，祖籍西域月支，遍学三十六种语言，搜集大量胡本佛经，他一生往来于敦煌、长安之间，先后翻译经书一百五十余部，其中绝大部分属于大乘经典。还有帮助竺法护译经的佛教居士聂承远、聂道真父子，翻译了很多佛教经典著作。这些经典通过各种流传，让当时的王族和百姓有了一些理论基础。

二是当时战乱太多，北方先后出现了势力较强的十六国，要是把小的国家算上，那就更多了。西晋仅仅存在了五十余年，司马宗室就逃到了南方。此时，王公贵族经常遭遇灭门惨祸，百姓更是遭受了极大的摧残，“千里无鸡鸣，白骨露于野”就是当时的真实写照。在这样的社会现实面前，人民对以前的信仰产生了极大的怀疑。在这个时期，我国的佛教信徒骤然剧增，上至王公贵族，下至平民百姓，都归信佛教，佛教获得了迅速发展的社会基础。

三是统治者开始信奉佛教，起了带头作用。东晋时期，黄河以北曾经短暂的出现了十六国，这些地方的统治者多为少数民族，他们很多人都选择了信奉佛教。比如后赵的石勒尊佛图澄为“大和上”，不仅广建寺院，而且连军国大事也经常询问僧人。他的儿子石虎还曾经出台政策允许汉族人出家，并规定凡出家为僧者即免去租税徭役及兵役，致使后赵境内百姓纷纷削发遁入佛门，以逃脱沉重的封建剥削。后秦姚兴待鸠摩罗什以国师之礼，为之设立的译经场规模之大，前所未有。苻坚更是以礼佛出名，得到道安和尚后，欣喜若狂。

这个时期，佛教的发展是一个快速而又混乱的时期。到了东晋，道安大师立了很多规则，比如逐渐建立了僧人日常行持、说法、普请（劳动）等的规则。另外，道安还为我国佛教界留下了一个重要传统，以前异国僧人取汉名法号时，都要用其来源国名的简称作为姓，比如竺（天竺），支（月支）……道安提出出家人都是释迦牟尼的弟子，都应姓“释”。从此，中国僧人都有了统一的姓氏。

当然，道安最重要的贡献是翻译佛经，他综合整理了前代般若、禅法、戒律等系佛学，遂使原本零散的佛学思想，得以较完整的面目呈现于世。因此，道安大师被视为汉晋间佛教思想的集大成者。道安大师对于佛教的具体贡献包括：组织僧侣，科制佛经，制定戒规，以释为姓，整理佛典，主持译经，编纂经录，综摄佛法等。其中任举一项，都足以使他名垂史籍。由于道安的努力，将中国佛教素朴、草创的时期做一个总结，确定中国佛教的发展方向。因此，称道安为中国佛教的奠基者也不为过。

河北是道安的出生地，他一生主持修建了不少寺庙，但他最早修建的寺庙应该就在顺平县的凤凰山，这里也是药师琉璃光佛的道场。

那谁是药师琉璃光佛呢？在我国的佛教寺院里，大雄宝殿多数在中间供奉本师释迦牟尼佛，右边是阿弥陀佛，左边是药师琉璃光佛如来。此为横三世佛。药师佛很好辨认，一般右手膝前执尊胜诃子果枝，左手捧佛钵（或只托钵，右手结印），双足跏趺于莲花宝座中央。身后有光环、祥云、远山等景象。

还有寺院的大雄宝殿供奉释迦牟尼佛、阿难尊者和迦叶尊者。亦有供奉毗卢遮那佛、释迦牟尼佛、卢舍那佛，此为三身佛。另有供奉过去燃灯佛、现在释迦佛、未来弥勒佛，此为竖三世佛。我国寺院供奉横三世佛或竖三世佛较为常见。若大雄宝殿供奉了竖三世佛，那么药师琉璃光佛则供奉在药师殿，左右即是日光、月光二位上首菩萨。

东晋时期，皇室贵族竞相修建佛寺，据唐法琳《辨正论》记载，共有佛寺一千七百六十八所，僧尼两万四千人。在黄河以北，当时佛教兴盛程度不亚于南方，所以各地也是广修寺院，而此时凤凰山就成了一个很好的选择。但道安为什么会在顺平凤凰山立药师佛道场，而不是其他佛祖菩萨的道场呢？

十六国时期，顺平先后属于前燕、后燕的领地，由于战乱频发，瘟疫也经常出现，人民苦不堪言。此时，顺平有了一个新的名字：蒲阴县。在这里，流传这样一个故事：凤凰山脚下有一个老人，他医术高明，有“当世华佗”之称。一传十，十传百，十里八乡的村民都来找他看病，他倒也不是分文不取，只是每次行医之后，都让人们在山头栽一棵树，有人栽了杏树，有人栽了桃树。时间久了，这片山郁郁葱葱，煞是好看。人们从别的山头往下看，大吃一惊，随着春风摆动，这不是一个五彩的凤凰吗？

渐渐地，人们开始传说这位老人是华佗再世，现在有一种说法是“华佗”的发音类似于印度梵语的“药”，并怀疑是否真有其人，无论他真名叫什么，这个医生应该是存在的，因为《三国志》里就曾把华佗的医术说成“非常之绝技”。

连年的战火，让很多人失去了生命，还有很多人肢体残缺，身患重疾。蒲阴县神医的出现，不仅仅让百姓蜂拥而来，就连当时的统治者慕容儁也心思一动：毕竟，谁不愿意让自己领土里的子民身体健壮啊，这是兵源和税赋所在啊。

但也有手下谋士曾经劝他：此人在这里蛰伏已久，深得人心，恐一呼百应，不可不防。对此，慕容儁倒是不怕：“一个手无寸铁的老翁，又能如何？”可说的人多了，慕容儁还真是想来看一看。

一日，慕容儁带着人以打猎的名义来到蒲阴，正好赶上老翁给人看病。此时，艳阳高照，院子里已经挤满了人。只见老翁扫了一眼病人，缓缓说道：“外感风寒，兼有里热，恶寒发热，周身疼痛，无汗烦躁，脉浮紧。”继而唱出药方：“麻黄半钱，桂枝半钱，甘草炙后半钱，杏仁去皮四十个，生姜一钱半，大枣十枚，石膏一块。碎上七味，以水九升，先煮麻黄，减二升，去上沫，纳诸药，煮取三升，去滓，温服一升。取微似汗。汗出多者，温粉扑之，一服汗者，停后服。若复服，汗多亡阳，恶风烦躁，不得眠。切记切记。”旁边早有人写下了药方，递给病人。

病人千恩万谢。慕容儁站在一旁饶有兴趣地看了一会儿，等到病人离开，他突然问了一句：“仙翁，可否为我看看？”其实这句话暗藏杀机，因为倘若老翁说：“大王无恙。”慕容儁马上就可以说：“我就是不舒服。”可老翁如果说：“大王有疾。”慕容儁依旧可以否认。

老翁还是微闭着双眼，说道："大王，明日有雨吗?"慕容儁说："有可能有雨，也没有可能没雨啊。"老翁微微一笑："大王万金之躯，亦是如此。"

慕容儁哈哈哈大笑，又问道："方才，病人没有说所患何病，仙翁如何得知。"

老翁说："今天天气很热，他穿得却很多，也没有出汗，而且他刚才吐了两块黄痰。可见是外感风寒之症。"

"刚才药方可有名?"

"大青龙汤。"慕容儁点点头，觉得这个名字很吉利。

"只能医病者，不能医人间啊，可惜可惜。"谋士酸溜溜地说出这句。

老者忽然双目圆睁："倒也未必，明年春天再看。"

第二年，河北境内大旱，种的麦苗全都旱死了，人们四处讨饭，这时候，人们惊奇地发现，早先种的桃子杏子居然提前结果了，而且香甜可口，人们纷纷采摘，靠着这些果子度过了饥荒，人们才知道这个神医不仅仅是精通医术，原来早就能够预知未来，未雨绸缪啊。

此事很快就传到了慕容儁的耳朵里，又有谋士进言，慕容儁还是很大度："此乃幻术耳，不足为虑。"话虽如此，但慕容儁依然觉得很好奇，这个人究竟是拥有怎样的法力啊?

其实，慕容儁最关心的是自己的未来，能不能击败虎视眈眈的邻国。至于异人，他一向是持包容的态度，当然，能用最好，实在用不了，也不能眼睁睁地看着他跑到邻国去。

于是，他又来到了蒲阴，还是寻见老翁。这一次，慕容儁春风得意，因为他击败了冉闵，大臣们纷纷都请求其称帝，他这次来也想问问老翁前途如何。

在他的再三请求下，老翁口占了四句诗："细雨草又生，都付作春风，牧竖横吹笛，寺中寸心长。”

慕容儁在回去的路上，一直念叨，也没有明白其中含义。直到他病亡之后，前燕被前秦击败，他的手下才明白其中含义：“细雨草又生，都付作春风”，说的是草字头加上付，是个“苻”字；“牧竖横吹笛，寺中寸心长”，是个“坚”字。

道安正在修行，他也听说了此事，托人前往寻找老翁。此时老翁早已不知去往何处，人们在寺庙的地上发现了许许多多闪亮的蓝色琉璃片。有人捡了几块，送到道安那里。道安一看就说：“这不是药师琉璃光如来的宝物吗？”

旁人大惊，忙问原因。道安说：“佛经说过，从我们所在的娑婆世界向东，过十条恒河里的沙数那么多的佛国，有一个世界叫净琉璃，是药师琉璃光如来以无上愿力形成的净土。那里没有歧视，没有五浊，没有爱欲，没有意垢，没有恶道及苦音之声，白银和琉璃的地面，所有的房子全是七宝做成的，其功德庄严与西方的极乐世界是一样的。而药师琉璃光如来散发着的就是蓝色琉璃光啊！”

此时，人们恍然大悟，原来这个老翁是药师琉璃光如来啊！难怪能够济世救人，救万民于水火。

后来，在道安的建议下，在凤凰山上修了一座大庙，这里也就成了药师佛的道场。

四、真正的风水宝地

从保定市区向西出发，大约二十五公里就到了腰山镇，腰山镇再往西十公里就是顺平县城，这里是通往两座城市的必经之路。在这个小小的腰山镇里，有一座偌大的庄园，当年的主人姓王，于是这个院子被称作腰山王氏庄园。

腰山，顾名思义，就是像人肾脏的一座山。中医认为肾脏是人体生命之根，人的肾气旺盛，人体生命就充满活力。五行说法则认为肾主水，而水又代表着财富。对于风水先生，则有另外的说辞，这两座山是腰山王氏庄园的两肾，是庄园的生命活力之根。

此外，还有一种说法，说庄园背后是雾山，是一把太师椅的靠背，两侧各有一座腰子山，是太师椅的扶手。庄园好像是坐落在一把宽大的太师椅上。有人说这把宽大的太师椅好比皇帝的龙椅。这种说法不是空穴来风，在顺平县旁的满城区也有一个酷似太师椅的山，名曰陵山，在这里曾出土过震惊全国的中山靖王汉墓，里面出土的金缕玉衣和错金博山炉被认为是河北省博物馆的镇馆之宝。

当年，在腰山王氏庄园看风水的先生应该是非常合格的，因为之后即便是遇到大旱之年，周围附近的井早就干涸，而这里的井却依然能打得上水来。

张寅卯主编的《腰山王氏庄园》中有具体的数据：该庄园是中国古建筑史上一处罕见的，超规制清代城堡式民居建筑群。它总占地面积二百七十九亩，房屋五百多间，现存各类房屋一百五十六间。庆幸的是，作为核心建筑群的“仁和堂”是一个由十个四合院组成的大套院，现存四个正院，两个跨院，是异常珍贵的古建文物。

而当年，王氏庄园的面积可不止于此，在腰山陆续建起了成套庄园十二处，占地总面积五十万平方米，建筑面积四百三十余平方米。从南到北计有南园、尚礼堂、尊义堂三部分建筑群体。现保存完整的是南园，南园在整个庄园的最南部，也是庄园现有的主要景观。一条内街将南园分为南北两院。南院当年是主人的场院，建有粮仓、店铺、账房、收租院、车马院等，北院为住院建筑区，也就是今天的庄园。

就像我们参观故宫，不单单是看那些宏伟的建筑，各种细节也是我们欣赏的重点。王氏庄园也是如此，现存的庄园里有很多精美的砖雕、木雕、石雕，刻有各种样式的形象。

在中国，用动植物来表达吉祥寓意是非常普遍的现象。比如瓷瓶上画一匹马和一只猴子就成了“马上封侯”，雕塑上雕三头羊就成了“三阳开泰”。腰山王氏庄园的砖雕则体现出一种完全不同风格的。在“仁和堂”的三进院垂花门，两块抱鼓石还是团龙造型，内倾有龙头凤尾的浮雕。在封建王朝，视僭越为大罪，服装的颜色款式、雕像的造型稍稍和皇家有雷同，都有可能引来杀身大祸。

所以，很多人都分析，王氏庄园应该有皇家血缘关系，否则怎么能用龙来做装饰，“仁和堂”正厅中的九龙壁，也是个例证。在古代，九龙是象征天子的，一个民居庄园怎么敢放九龙呢？

在王氏庄园的二进门“垂花门”这里，各种雕刻就更加丰富了，比如左边是魁星点状元，希望家族里面能够多出文化人。而右边是刘海戏金蟾，顾名思义，希望生意财源茂盛。可谓对物质精神文化都不放松。

左边内侧是猴子祖孙三代，这个寓意就更有趣了，意思是辈辈侯。右侧是只蜜蜂，还有一只猴子正在树上挂印，意思是封侯挂印。内侧下部有蝴蝶和佛手瓜，蝴蝶有耄耋之意，是指长寿老人，福寿双至。外侧下面是芦苇和螃蟹，意思是一甲传胪，也是希望家里出状元。左边外侧是喜鹊在梅花树上，寓意就更加明显了：喜上眉梢。右边外侧是玉兰和鸟，意思是长寿吉祥。在厢房的砖雕上，一边是事事如意，一边是福禄寿。还有雕刻的春风得意四季花卉、寿石松树等。这些在其他民居里也有过，但王氏庄园最奇特的地方就是它像民居又不像民居。比如说除了这些吉祥的动植物以外，还有狮子老虎。

仁和堂二进正厅两块角柱石浮雕，西角柱石图案是一窝老虎，东角柱石图案是一窝狮子。狮、虎都是兽中之王，在古代民俗图案中很少应用，一般平民百姓自认为地位卑贱，没有降龙伏虎的能力，所以，龙、虎、狮、豹等图案都不敢用。

腰山王氏庄园虽然是民居，但不是普通的民居，可以说是最高规格的民居，主人具备足以慑服龙、虎、狮、豹的威力，他不仅敢用这些图案，而且将这些动物作为看家护院的镇宅之宝，并成为一种吉祥物。图案中的狮、虎都显得慈眉善目，姿态温驯，和小狮、虎玩耍嬉戏，营造出一幅“家和万事兴”的氛围，雕刻的老狮子和小狮子是太师少师之意，皆是古代的官职。

如果说庭院里极尽奢华，是展示给外人看的，那么祖庙里悬挂着的三件宝贝，才是王家老人对孩子的谆谆教导。不少老人都知道腰山王家祠堂供着三件宝的事。

这三件宝是：绳、镐、鞋。曾经有这样的传说，腰山王家的祖先非常穷，当年男的靠打柴挑水卖钱，女的靠纺棉花纺布卖钱。有一天，王家的老太爷在山上打柴，看见有一块石头碍事，于是就把石头搬开了，没想到石头底下有一个裂缝，顺着裂缝往里看，好像有什么在闪光。王家老太爷把裂缝刨开了，结果发现了金银珠宝。从此开始买房子置地，又学着经营商业买卖，之后越做越大，终于成了方圆百里的大户。那为什么要在这里放上绳、镐、鞋这三件宝贝呢？这也是祖上在告诫后辈子孙：祖上发家不容易，都是辛辛苦苦一分一厘挣来的。具有眼光的祖上到底是谁呢？

王氏庄园的最大神秘之处就是他的主人，主人姓王，这是千真万确的。但祖上到底是如何发家，除了刚才的勤俭持家的说法以外，还有几种不同说法。

一是说王氏家族祖居辽宁省铁岭市南关，其世祖王国神、王国卿兄弟追随清太祖努尔哈赤起兵征战，属汉军正黄旗。1638年，王氏八世祖王锡衮跟随多尔衮入关。顺治元年（1644），清朝入住北京后，为解决八旗官兵生计，遂下圈地之令，在这场大规模的圈地运动中，王家受封于西南一百五十公里以内的顺平县南腰山村，用跑马占圈的办法，占据了方圆百余里的土地。

但是圈地之后如何经营，这是个大问题。据传说，王氏庄园的创始人王锡衮三个儿子曾经当过皇家商人，替皇家做买卖，兴旺发达。他们哥儿仨应该是历史上最早自愿“下海”的，带头不吃皇粮，退职还乡，乾隆皇帝一两银子没有出，入干股二八分红。当时清政府对这些八旗人员实行耕种者，国家补贴免于征税，经商者免于征税，低息贷款等优惠政策。王锡衮是个商业天才，从清政府拿到投资之后，商业上一路顺风，通过开当铺开商号苦心经营赚取了巨额白银。

而实际上，当“皇商”看似荣耀，其实并不是躺在家里享着福就把钱挣了。秋原写的《清代旅蒙商述略》曾经对皇商有过清晰的解读，历朝历代的皇帝都有自己的私房钱：内帑。和明朝皇帝相比，清朝皇帝犒劳军士也好，自己花钱也好，都很痛快，这是因为清朝皇帝有钱也大方。皇帝挣钱无非是靠自己的圈占皇庄，从盐税、关税中提成，这些都是前朝皇帝采用过的手段。这样的收入，只占替清朝皇帝挣钱的内务府的收入很小一部分。明朝直接从农民田赋里抽取一部分税收银归入内帑，这种方式清朝更是根本不采用。

清朝内务府最大的收入来源有两项，第一是通过行政手段对边疆地区的优质特产资源加以垄断，通过内务府专卖制度获取厚利。康熙中后期的年收入维持在四十到五十万两银子，主要营收来自清朝起家之地的人参、鹿茸、麝香、皮毛交易，后来还有阿尔泰的金沙、和田玉石，俄罗斯的高级裘皮，中亚的织毯，还有南洋列国进贡的象牙犀角，到乾隆晚年每年营收已经超过了260万两银子。

第二就是直接从事商业投资，让钱生钱。两淮盐业和贩铜是康熙年间公认的赚钱买卖，经过康熙授意许可，内务府提出银子，“借拨”给盐商，规定好年限和利息，盐商依照约定分年偿还或到期后一次性偿清。他们不仅要归还本息，还要从赚取的利润里划出一部分作为盈余银，以“报效”的名义上缴内务府，表示对皇恩的答谢。

这种交易尽管表面上打着一借一还的幌子，本质就是投资经商。凡是社会上收益丰厚的，比如贩盐、当铺、钱庄、古玩，又需要大量流动资金，具备高投入高回报特征的行业，清政府不仅通过内务府积极参与，还鼓励八旗军民以俸禄银两一起参股，从中赚钱升息，正好可以解决八旗生计问题，又能减轻国家财政负担。明朝皇帝是农民出身，对经商不是很懂，清朝皇帝是在辽东马市上做边贸起家的，这方面就表现得非常机动灵活。

清朝皇帝热衷于经商，但肯定不会自己亲自出面，而是物色一些既有能力还值得信赖的商人代为操办，这就是八旗买卖人。

即便获得了买卖人的身份，也并不意味着就能一步登天，从顺治时期开始，内务府对买卖人就有一套评审考核制度，以经商财力效力年限，往年累计创收银两数额和某些额外的工具作为综合评判依据。

将买卖人分为三等，买卖人也不是终身制，生意做得不好，出现巨额亏损和贪污、私吞行为照样会被制裁，重者还会被抄家破产致罪。在这个淘汰的过程中，晋商“奉皇室之欢，恃清廷之宠，逞官府之威，专丰腴之榷，斥四方之客，肥一己之利，方才居天下商贾魁首”。

平定三藩后，康熙、雍正、乾隆一直用兵西北，平定准部。一些最具盛名的晋商老字号就在为清军提供后期保障服务中起家。他们为清军拉骆驼、运粮食，为骑兵打马掌、炼铅子弹丸、修箭头，编麻袋、硝制皮甲，加工炒米、榨油、做咸豆饼，炮制药材……其中，乔家大院的修建者乔氏家族就是乾隆二十年（1755）清军再征准格尔时，看准时机在包头囤积黄豆，通过投机倒把发家。通过军需经济，晋商完成的不仅是资本的原始积累，还有与清政府更深入的合作关系，驻守清军、八旗大臣与晋商结成了深刻的利益共同体。

如此看来，王氏庄园的创始人作为“皇商”的几率是很大的。也可以想象，能从晋商的手里抢一杯羹是多么的困难。挣钱是本事，花钱同样是本事。一个大的家族绵延数百年，出个不孝之孙是大概率事件，如何让自己的孩子能够延续良好的家风，继承自己的事业，让这块风水宝地继续货真价实下去，是老人们最大的挂念。

所以，王氏庄园的主人非常重视教育，曾请举人作为西宾先生教书。作为生意人出身，王家经营的主旨当然是要勤劳致富，但同时也要恩惠乡里。

梦和堂原来有一把万民伞。据说是腰山王家第六代王恩承任山西长子县令时，由百姓万人签名所献。据推测，应为光绪年间事。据说，那年长子县全年无雨，庄稼颗粒无收。王恩承将官仓的粮食全拿出来放粥，却难救百姓于水火。因为连年干旱，官仓储粮不足百石，皇上发下来的赈灾粮也不过百石，仍难解全县百姓之万难。

王恩承不忍看到那种饿殍满野人相食的悲惨情景，一咬牙，把自家在山西所有粮行的米全调集到长子县救了灾，据说有几千石，合现在几十万斤。那时候，一个县也不过几万人，每人分得几十斤粮食，总算救了命。百姓们无法表达对王恩承救命之恩的感激之情，就送了这把万人签名的伞。这把伞意味着百姓的保护伞。百姓们尊称王恩承为恩公，或称恩大老爷。

至今，腰山一带一说起恩公和恩大老爷都知道指的是王恩承。这个故事，从另一个侧面说明，腰山王家当时的财富之巨。腰山王家在山西粮行的粮食储备比一个县都多。

这一举动和山西晋商赈灾差不多，在光绪三年至四年（1877—1878）时，山西、河南等省爆发了一场千年不遇的大饥荒，因为这两年属丁丑、戊寅年，故而称为“丁戊奇荒”。整个晋商在数月内就捐助了近百万两银子，许多大户还自发地通过多种灵活的方式赈济灾民。

其中最让人钦佩的便是榆次的常家和祁县的乔家。常家通过修戏楼的方式给同乡们进行接济，常家规定，不管男女老幼，只要灾民每天搬一块砖就管一天饭，这场大灾持续了三年，常家的戏楼就修了三年。而晋商中另外一个大户，以乔致庸为首的乔家，也捐助了大量的钱粮，并且搭棚施粥。乔致庸严格约束家人，生活用度一律从简，以至于全家过的跟灾民一般。当时乔家所施的粥素有美名："插上筷子不倒，解开布包不散。"

就像晋商一样，经过了数百年的奋斗，最终又归于沉寂。虽然王氏庄园现在得以保留的只是一小部分，但他们的后人开枝散叶，有很多在各个岗位上贡献了自己的力量。

风水先生当年确实是非常称职，找到的是一块三山环绕，大旱不涸的风水宝地。可这样的宝地是不是一直能够延续下去呢？这就需要家族历代的不断纠偏、完善、经营，才有可能一直屹立不倒。

宋代宰相范仲淹出身贫寒，但身居高位之后，他严于律己，广办学堂，救济贫苦。由于重视教育和才德，自己的后代都能身居显位，他的儿子曾经官至宰相公卿，曾孙也都贤达显贵，绵延不绝，传至今日已超过八百年了，苏州一带范氏后人依然兴旺。

当然，像范仲淹这样的家族少之又少。但我们依然能够从中看到，什么才是真正的风水宝地！

五、不爱江山爱美人

咱还是继续说说王氏庄园，这一建筑群不但远超规格，且有诸多皇家元素，如帝王龙冠上那颗神圣不可侵犯的龙珠，优雅从容地镶嵌在华北大平原上。

按照王家家谱的说法，王锡衮原为清军中的一名普通军人，清军入关后，他退役于顺平县腰山镇，从此和妻子男耕女织，创下了这偌大家业。

如此轻描淡写的记述，非常容易让人产生怀疑。也许正是由于如此轻描淡写的记述，越发让人们猜测王锡衮的真实来历和他发家的真实原因。一个个离奇的猜测，也为真相蒙上了层层薄纱，让后人只能从中寻找最接近真相的答案。

民间曾流传一种说法，退役后的王锡衮，起初只能靠卖纺线维持家用。有一次，王锡衮上山打柴，在刨荆根的时候，刨出了一个藏宝洞，洞中珠宝价值连城，从此便发了家。

据专家们后来实地考证，在顺平腰山和雾山两座山中，没有一处符合这种说法的洞穴。这个故事的漏洞，还是出在刨荆根上。农家烧火做饭所用的柴火，基本上都不会用荆根这种不容易燃烧的木柴。而且荆根的生长位置特殊，埋在土层较深的地方，厚土下怎么会有洞穴？这就让我们感到这个说法实在蹊跷，难以服众。

还有一种说法，说王锡衮的家族，原是辽宁铁岭一带的普通牧民。有一天，少年王锡衮去放牧，他的牧羊犬无意间在一块大石头底下刨出一个包裹，里面包着的是元朝传国玉玺。随后，他将此物献给清太祖皇太极，满族依靠这块玉玺降服了蒙古各部，并且依靠蒙古强大的兵力成功入关，推翻了明朝的统治，进而占据了整个中原。

为感谢王锡衮家族，朝廷赏赐了王锡衮一笔相当可观的财富。从此，王家开始从一个名不见经传的小家庭走向了前所未有的兴盛。如果这个传说是真的，清史中肯定会有文字表述，但传说只是传说而已，根本查不到任何历史记载。

有人说，没有任何经历不会留下痕迹，而所有的痕迹都不会消失，都会留下特定的符号，供后来的有心人辨识真相。行走在王氏庄园，我们总能与那些莫名的符号不期而遇。

仁和堂二进院的垂花门，望之似奔腾、张口的龙头。步入三进院儿，门口的抱鼓石雕刻着栩栩如生的龙和凤。仁和堂四进九道大门处于正子午上，其主房台阶是七级，按照明清规制，三品以上官员才可拥有这种规格的建筑……王锡衮所有的过往，都配不上享受这份殊荣。如此的超规逾制，竟然没有人过问追查，实在让人感到疑云重重。

王家背后肯定有皇家大人物站台，但这个人究竟是谁呢？最终，大家把目光聚焦在当年炙手可热的摄政王多尔衮身上。

清史记载，"多尔衮距京南三百里豪宅"。这座豪宅，应该就是当年的王家大院。传说大院的南园，是原大清摄政王多尔衮的"将军府"。

当年的多尔衮，意气风发！在那个群雄并起的时代，满清兵力当时并不占任何优势，满打满算不足二十万，明王朝的军队还有很多，李自成号称有"百万兵力"，另有张献忠、吴三桂等各方强大势力。年轻的睿亲王多尔衮英姿勃发、闪亮登场，让当时叱咤风云的英雄人物，都成为他任意摆布的棋子。

他完成了努尔哈赤、皇太极都未能实现的梦想，逐鹿中原，定都北京，荡平南明。那么，他为什么不来个黄袍加身呢？那就得问“情”这个字在这位一代情圣心目中的分量了。

“不爱江山爱美人”，是多尔衮一生的真实写照。多尔衮与清朝孝庄太后大玉儿虽然青梅竹马，可惜阴差阳错，大玉儿最终成了皇太极的庄妃。睿亲王多尔衮对其痴心不改，皇太极死后，他毅然放弃了自己的称帝梦想，率众推举了心爱女人的六岁儿子顺治坐上皇位，自己只当摄政王。

这位多情的王爷，在朝堂上有自己的知心情人，在民间同样有位红颜知己，那就是与大玉儿同名的女子——李玉儿，王氏庄园创立者王锡衮的亲生母亲。

在这个版本里，王锡衮原名王锡麟，父亲叫王登科。王氏家族祖居辽宁铁岭市南关。其实，王氏家族最早的祖上可追溯到王杲。王杲本名阿突罕，因钦慕中原文化，改名王杲，是努尔哈赤的外祖父。其子孙在统一女真族、建立大金政权，以及在清王朝逐鹿中原的过程中立下了汗马功劳。

王登科早早便葬身沙场，清王朝睿亲王多尔衮率兵收复察哈尔王林丹残部时，巧遇李玉儿一家。

“金风玉露一相逢，便胜却人间无数”，绝世英雄和出身书香门第的汉人女子一见倾心，遂成好事。之后李玉儿将儿子王锡麟改名王锡衮，寓意王氏家族世袭多尔衮之名。

多尔衮入关后，特别用心派遣风水专家前往京南寻到腰山这块风水宝地，不惜耗费国库里的白银，聚集大量能工巧匠，仿皇宫、仿王爷府格局，兴建了他的府邸行宫“将军府”。从此，这里便成为他与情人李玉儿的幽会之所。

有一次，多尔衮在腰山行宫尽兴之后，亲笔题字“仁和之道”，并取“仁和”作为行宫堂名，谓之“仁和堂”。此后，王氏家族便以“和”字号来确立堂号、商号。

据说，多尔衮每次都假借打猎之名，成就与李玉儿的幽会之美，再加上战争旧伤，顺治七年（1650）十一月，他的咯血症突然发作，仅一个月就医治无效而死，享年只有三十九岁。

这个故事，应该最接近历史的真相。整个王氏庄园建筑气势恢宏，院落宽敞明朗，防范机能完备，处处显示出马上将军纵横千里、天马行空的枭雄姿态，体现出封建社会等级差别及主宰天下的意念与理想。特别是“仁和堂”四进九道大门，以及处于正子午线上及附属雕刻龙腾凤舞、龙首凤尾造型，这种高于一般王侯、无所顾忌的建筑，赤裸裸地彰显出多尔衮目空一切、不可一世的张扬跋扈……

虽说有如此多的猜测，但唯一可以肯定的，就是王氏庄园的建造者，确为王锡衮无疑。

顺治四年，王锡衮从龙入关，身为汉军正黄旗的他并没有选择与皇亲国戚抢夺京近郊的土地，而是在当时的完县，也就是现在的顺平，获得了自己入关以来的第一块地。

虽然土地面积并不是很大，但由于他是旗人，可以买卖“旗地”，加上解甲归田给的那笔巨额赏赐，王锡衮开始了他的土地扩张之旅。

王锡衮广收地租，还用收敛的钱财兼营商业，为王氏家族的昌盛打下了深厚的基础。后来王家拥有土地十万亩，遍及八个州县，其“和”字商号更是遍布全国，曾有歇后语：“腰山王家有多少地——没数！”“腰山王家的银子——大车拉不完！”

所有的成功都不是偶然的！王氏家族的兴盛，与王锡衮的处世原则以及个人品德有着非常重要的关系。他的处世原则就是“不逾矩”，从不因富而骄狂，也从不逾越身处的阶层。

王锡衮处处以和为贵，遍布全国的商号都带有一个“和”字，家族内的堂号也都带有一个“和”字，这或许是王氏家族兴盛百年的根本原因。

有一次，有个商人需要大量资金周转。为解救危难，这名商人主动上门，开出低价，希望王锡衮收购自己的产业。

王锡衮没有丝毫怠慢，调查属实后，急调银两，给了商人正常的市场价格，收购了他的产业。这个商人既惊讶又疑惑，不明白王锡衮为什么要这样做。

王锡衮笑着说让他放心，自己只是代他保管这些产业，待商人挺过难关后，随时可以赎回属于自己的东西。商人感激至极，泪如雨下。

商人走了，王锡衮手下不解，纷纷追问：为什么送上门的肥肉不吃？王锡衮啜着茶，诉说起自己年轻时的一段遭遇：

“在我还是一个普通士兵的时候，有一次因遭遇战和一队他营士兵相遇，当时正值大雨，对方一个伤兵也淋了雨。那天我正好带着雨披，便帮那士兵遮雨。以后每次下雨，我都会帮别人遮雨。久而久之，认识我的人渐渐多了起来。有时候，我自己忘带雨披也不怕，因为会有许多我帮过的人替我遮雨。”

“你愿意为别人付出，别人也愿意为你付出。这个人的生意也许是老祖宗积累起来的，我要是占了他的便宜，人家也许一辈子也翻不了身。这个不是投资，而是救人，咱得对得起自己的良心。”

所有的人都沉默了。后来，商人赎回了自己的产业，王锡衮也多了一个忠实的合伙人。王锡衮的义举，广为人知，官府和百姓都对他恭敬有加。无论他做什么生意，总会有人帮忙，总会有无数顾客捧场。

人活一世，并非充满了竞争和掠夺，愿意为他人遮风挡雨是人生最宝贵的财富。拥有这种人格的人，必然会获得精神和物质的双丰收！

“皇家建筑看故宫，民间建筑看腰山”，王氏庄园建筑艺术精湛独特，得到国内外无数专家学者的盛赞。我国著名古建、文物专家郑孝燮先生看后惊呼：“这是我国古建史上一大发现，其历史文化、科学艺术保存价值是一流的。”原中国文物专家组组长罗哲文先生称之为“千雕艺术馆”。我国科学院、工程院院士吴良镛教授看后说：“这是一座涉政庄园，不是一般官居，更不是完全民居建筑。”并亲笔题写了“深院遗韵”四个大字。

如今的王氏庄园旅游区，以其古老建筑、精美艺术及丰富的文化蕴含吸引着八方游客前来观光、旅游，体验豪门贵族的生活。这里也成为著名的影视拍摄基地，《野火春风斗古城》《天下第一楼》《大决战》《天下粮仓》等很多影视剧均在这里取景拍摄。

漫步王氏庄园，历经四百年的风雨沧桑，我们只能从这片不足当年九分之一的建筑群中，细细寻找王氏家族曾经的辉煌。一个家族的兴衰伴随着一个朝代的兴衰，物极必反，盛极必衰，历史往往就是这般无奈和无常！

满城篇：梦回千年忆强汉，贤隐深山养素心

一、北平桃花开满城

那一年，“北平”的桃花粉了，一百多岁的北平侯张苍看着满城的桃花，不禁唏嘘哀叹：这日子什么时候才到头呀，我都在这隐居十几年了，怎么还不死呀！

这位北平侯张苍，生于战国末年（前256），死于汉景帝五年（前152），活了足足一百〇四岁。张苍估计是中国历史上经历过皇帝最多的人之一，他从秦始皇嬴政、秦二世胡亥、汉高祖刘邦、汉惠帝刘盈、汉文帝刘恒一直到汉景帝刘启，而且还见到过已经出生了的汉武帝刘彻。

当年，因军功卓著，张苍被汉高祖刘邦封为北平侯，有北方平定安宁之意，封地名为北平。需特别提醒的是，这个“北平”，可不是北京，而是保定满城。

西汉高祖六年（前201），正式设置北平县，属中山郡。一个千年北平，就这样出现在历史长河之中。

汉景帝三年（前154）改郡为国，属中山国。北魏太和元年（477），县东境一部分置永宁县，属瀛州高阳郡。北平县则属冀州中山国。孝静帝兴和二年（540），县西北境置永乐县。

唐天宝元年（742），改名为满城县。据《元和郡县志》所载：“天宝元年改为蒲城县，以县北故蒲城为名。”而宋代的《太平寰宇记》载：“唐天宝元年改为满城县。”不提曾改为蒲城。据清代赵一清作《水经注解》时，以《元和郡县志》《旧唐书》为据，认

为“满”系“蒲”之讹。

另据《弘治保定郡志》载：“高帝以张苍为常山守，从军攻燕有功，封北平侯，子孙满邑，因以为名。”

至于北京叫北平，那可是一千五百年以后的事了。明朝洪武元年，即1368年9月12日，大都，也就是现在的北京，正式更名为北平府。

这是北平第一次成为北京的别名。到了明朝永乐十九年（1421）又把作为都城的北平改名北京，正好与南京对应，形成两京十三司。

北京这个名字叫起来之后，用了很长时间，清朝入关定都之后，北京还是北京，满人皇帝倒是没有来回折腾首都的曾用名。

清朝告别历史舞台之后是民国，民国十七年，也就是1928年6月20日，国民政府又是一道命令，设立北平特别市，相当于今天的直辖市，北京又成了北平。

后来，日本侵略中国，日伪政府于1937年10月12日又将北平改为北京，1945年日本战败投降后，又把北京恢复原名北平。

到1949年，中国人民政治协商会议第一届全体会议在北平中南海怀仁堂隆重开幕。会议通过了中华人民共和国首都设于北平市，同时将北平市正式改名为北京市。

王安石曾有这样的评价：汉朝没有韩信，天下未必能打得下来，但如果没有张苍，就算把天下打了下来，也治理不好。

张苍不仅自己厉害，他的朋友也很厉害。他的老师，是战国末期的千古帝师荀子，大名鼎鼎的李斯、韩非都是他的同学，写下《过秦论》的贾谊，则是他的学生。

至于他自己，在荀子那里出师之后，曾在秦朝当过御史。后来刘邦上位，张苍识时务为俊杰，果断投靠刘邦，先后担任过代国相、赵国相等官职。

公元前202年，燕王臧荼反，张苍以代国相从攻燕有功，封为北平侯，食邑一千二百户。萧何为相国时，以列侯身份出任计相，为相国萧何的副手，驻于丞相府。汉高祖十一年（前 196），淮南王黥布谋反被平定后，刘邦立第七子刘长为淮南王，张苍出任淮南相。

汉高后七年（前 181），迁为御史大夫。汉高后八年（前 180），以周勃、陈平为首的功臣集团和朱虚侯刘章为首的刘氏皇族联合发动政变，诛除诸吕。张苍站队正确，积极参与其中，并与大臣共立汉文帝。

汉文帝四年（前 176），丞相灌婴去世，张苍接任丞相，一干就是十五年。

张苍一生成就非凡，他不仅会做官，还是个多才从艺的人。史载张苍善律历术数，曾著阴阳律历十八篇，提出一套比较完整的关于度、量、衡、几何的理论，把算学研究成果直接用于国计民生。

他提倡采用颛顼历，而且发挥专长，对《汉书·律历志》进行了大量数字分析，汉初度量衡大体上沿用秦制，而且使之进一步规范化。

大名鼎鼎的《九章算术》就是张苍修订校正的，收集了二百四十六个数学问题，其中联立一次方程的解法，比欧洲同类算法早了一千五百年，对世界数学发展产生过重要影响，被后人称为“律算丞相”。中国第一台量子计算机，名字就叫“九章”。

张苍心性温善，是中国历史上第一个站出来主张废除肉刑的。在他长达十五年的宰相生涯内，他大力修改刑法，废除了原来砍足、割鼻等残酷肉刑，废除了连坐法。

他喜欢吹奏律管，调整乐调，使其合于五声八音，并以此推类，制定出各种器物的标准，作为天下百工的规范。当年研究音律历法的学者，都以他为师。

张苍曾做过主计。也就是大汉王朝的财政部长。这工作看上去炙手可热，放在西汉初年，却是出名的穷汉子！那时的大汉朝，先是秦末暴政，然后战乱，开国时已满目疮痍，朝廷穷得叮当响，连汉高祖外出巡游乘坐的马车，都找不出颜色一样的四匹马来，一喊用钱大家就紧张。管钱的主计倍感压力。起初刘邦想叫萧何兼任，吓得萧何连声喊叫："快去请张苍！"

等到张苍走马上任，就被萧何一把拽住，每天上班不能离开自己眼皮底下，就在萧何的相府办公，这一扎就是四年。为啥萧何把张苍拽这么紧？看张苍的表现就知道了，整个西汉王朝的财务用度全在张苍脑袋里装着，别管多少双手伸来要钱，哪怕手里就丁点儿钱，照样安排得井井有条。不出两年时间，大汉朝的财政顺利增收，国库充裕，简直是汉朝好"会计"！

管好大汉朝的钱，对张苍来说，只是小菜一碟。如果把汉朝比作战车，管好了钱就好比给车子加满了油，张苍的另一个重大贡献，是手把手地"敲敲打打"，直接提升汉朝战车的质量。

这个"敲敲打打"，按文言文的说法，叫"天下做程"。何为"天下做程"？这得说当时的汉朝，最缺的是什么。都说汉朝开国穷，粮食人口马匹样样缺，但真正缺的是技术！

一场秦末大乱，不但社会财富遭到大破坏，之前老祖宗们历代积攒下的生产工艺，更是毁得差不多，各地工匠大量死亡，好多工艺失传。外加秦朝统一了度量衡，拜项羽一把大火所赐，珍贵的资料基本上灰飞烟灭！烧倒是烧痛快了，大汉朝却慌了，工匠技术全缺，生产工艺规格更是抓瞎。

楚汉战争时，萧何曾给刘邦诉苦：由于工匠大批死亡，新工匠造的武器，质量比秦朝库存的老兵器都相差甚远。到了太平年间，更加叫苦不迭，一些秦末还能看得见的农具，就算好不容易找到了图纸，打出来时也会走样。日常用度的东西都造不好，所谓的大汉盛世，自然是镜花水月。

如此多的难题，全都被张苍解决了。他脑子里装满了秦朝的工艺规定，在大汉朝时，他脑子里的工具，一样接一样的被复制出来，而且加上了他自己的全新创意。一个强大的工艺规范，涵盖所有手工业的生产细则，就这样被他制定出来。

多年辛苦后，汉文帝四年（前 176），八十高龄的张苍风光荣升，升任大汉朝宰相。这位活了大半辈子的老实人，精细认真的技术人员，在西汉王朝休养生息的关键年月，更是发挥了特殊作用。先是顶着满朝文武压力，坚决主张废掉了盗铸钱令，接着又开放了国家所属的山泽丛林，允许私人开发。

这两项改革，虽然当时朝野骂声一片，却好似解开了马的缰绳，给整个西汉经济松了绑，从此大汉经济飞速增长。

于是，有了后人津津乐道的“文景之治”，国家经济繁荣，仓库里粮食堆满，百姓安居乐业。曾经饿殍遍野的中华大地历经半世纪的艰难恢复，终于焕发出繁荣图景。在这个大汉经济的黄金时代，背后有张苍付出的满腔心血和不懈努力。

张苍一生故事很多，最富传奇色彩的，就是因皮肤白嫩救过自己一命。

张苍这人，属于典型的基因突变，他父辈以前的身高，都不足五尺，且黑瘦黑瘦的。张苍本人呢，却身高八尺有余，长得高大肥硕，皮肤白嫩。

有一次，张苍因为犯罪当斩，当他脱去衣服，趴在“案板”上等待被大卸八块的时候，监斩官王陵惊叹张苍的与众不同，没将张苍斩首。

《史记·张丞相列传》记载：“苍坐法当斩，解衣伏质，身长大，肥白如瓠，时王陵见而怪其美士，乃言沛公，赦勿斩。”

张苍是一个极为感恩的人，这件事之后他视王陵如父。直到王陵去世，张苍还一直孝敬王陵夫人，每天总是先沐浴再拜见，然后奉上食物才回家。

张苍在朝堂上的主张是：汉为水德。其实汉也未必为水德。

因为秦即水德，所以秦时色尚黑。刘邦斩白蛇而起义，自诩赤帝，是火，色本尚赤。

按理说，五行轮回，五行相克，朝代更替，本为五行运转。土克水，有人说汉为土德，也是能说得过去的，过去刘邦称帝时，色尚黄。

后来，张苍通过各种逻辑推理，把刘邦给整迷糊了。但只要对自己有利，半文盲的刘邦并不计较，所以有一段时期，西汉的旗帜表色为黑，底色为红。

如今看来，这事纯属杜撰，但在过去却很重要，张苍因此名扬天下，被称为阴阳大家。

但也有人想借此上位，也想忽悠忽悠。文帝时有个鲁国人，叫公孙臣，他就反对张苍的说法。

这家伙认为汉朝属土德。于是，双方朝堂上展开了一场旷日持久的“水土争论”，大家各执一词。

这问题看似无聊，其实很大，因为一旦确定了是什么德，等于一系列制度和象征都要变，不同德的颜色不同，祠主也不同，还要改正朔，易服色，相当于国旗都得换颜色。

结果随后出现的事情，让公孙臣一举成名。公元前 165 年，有黄龙出现在成纪县，文帝听说后，立马任命公孙臣为博士，让他重新说明应为土德的道理。大家听说过朱雀、玄武、青龙和白虎，这黄龙是个什么东西？古时朱雀、玄武、青龙、白虎四瑞兽代表四个方位，中间方位没有神兽，虚席以待的，就是这黄龙了。

有个成语叫“直捣黄龙”，意思就是直接打到中心。黄龙是中央正土之兽，据说黄帝就是黄龙化身，皇帝德行与黄帝相当时，龙才会呈现黄色。只有皇帝圣仁，黄龙才能出现，这是大吉之兆。

最终汉文帝拍了板：汉为土德，色尚黄。此时的张苍已然九十多岁，他深感皇帝开始讨厌自己老迈，只好以老病正式辞职，返回自己的封地。

不过，结局尚好。孝景帝五年（前 152）张苍寿终正寝，谥北平文侯。

张苍的经历给后人，尤其是暂时受挫、不得志之人很大鼓舞。《新唐书·柳宗元传》记载：“张苍、韩信伏斧锧，终取将相”，《东京梦华录注》有云：“贤者不得志于今，必取贵于后，古之著书者皆是也……思张苍之善算，屈柱史以事秦，荣列侯而佐汉。”

张苍能够如此长寿，与其性格密不可分。年轻时，张苍性情淡泊，不喜名利，最爱之事是钻研学问。据史料记载，张苍睡觉的时候脑袋边要放书，吃饭的时候边吃边看，尤其爱钻研数学，走路的时候想起数学题就蹲下验算，蹲到太阳下山都不肯走。

光有好心态还不够，平日里张苍这人非常注重养生，他不饮酒，不食辛辣食物。据说，这个张苍还非常好色，他的妻妾众多，达百人。

其实，张苍带给我们的启示，远远不止这些。一段时期以来，老王一直在思考乡村旅游的问题，张苍这么大的官，退下来回到了封地北平，看那满城桃花开。但现在呢，有几个城里工作的人，退休后愿意回自己的老家住呢？

城乡环境的巨大落差，基础设施和公共服务设施的严重不均衡是外在因素，但核心的问题，还是人们的思想观念，外在浮华的东西太多了，许多人沉溺其中，已经忘却内心的渴望与追求，骨子里缺少了一种情怀，一种乡愁，一种心灵的救赎。

未来的乡村，什么样的人会来此长住？我想，像陶渊明那样穷的人肯定是不会来的，现在是越穷越往城市里走，越富越往乡下走，唯有像张苍这样，富而有闲，经历风雨，看淡名利的人，才会来乡野寻觅心灵的港湾。

素履以往抛旧事，贤隐深山养素心！无论是地理位置，文化底蕴，还是乡村发展，环境打造，如今的满城都让人刮目相看。

二、满城自古龙兴地

出保定城，向西几十里，便是莽莽太行群山。这里山体巨大，山脉纵横相连，山形复杂奇特，古树参天葱郁，花草奇异繁多，更有山泉淙淙，禽兽出没。人谓：“天上之瑶池，人间之仙境。”

玉皇坨，海拔超过千米，为满城区最高山峰。登坨顶远眺东南，保定城区赫然入目；向东北展望，巍巍狼牙山如在眼前。千百年来，人们络绎不绝来此，以登临坨顶远眺一番为人间至趣。

山上有黄龙寺，魏文帝曹丕敕建，古韵遗风犹存。自古有“龙居大平台，人间福地洞天，九龙相聚之地”之说。

平台上有一块巨形“福”字石，相传为福星杨成所留。福星在柿树下与禄星、寿星、禧星谈公论正的故事至今留传。这里一树一传说，一石一故事，移步换景，景景有内涵。

这里到处都是和龙相关的地名，九龙山、卧龙山、云龙山、黄龙寺、龙居、龙堂、大龙潭、小龙潭、卧龙岗、望龙山等。所有这些，都与一条土生土长的黄龙有关。

话说远古洪荒年代，玉皇大帝的金狮环游天地，不小心踩塌了地球，一时间天地轰鸣，海啸不止，洪浪滔天。洪水过后，东山变作东海，西海耸作西山，正在西海哺育九龙娃的龙母自知大难临头，顺着河水入了东海，丢下可怜的九条龙娃在这海底耸起的太行山。九龙娃的呼救声，惊动了天上的玉帝，马上责成王母娘娘救龙娃。

哪知王母没把这个当回事，她望了望趴在太行山上的九条小龙，漫不经心地笑了笑说：“哪用得着派神仙下凡，在山上打个洞通入东海，不就行了吗？”顺手拔下金簪往九龙娃栖息处一刺。

因怕伤着龙娃，王母的针刺偏了千分之一毫厘，刺在了东边的四道河处，刺出的水永不干涸，直接东海相通，所以到现在四道河的水都深不见底。但此地与幼小的龙娃尚有距离，咫尺天涯，难以跨越。

王母办完事，簪复发结，便去了蟠桃园，忽又觉不妥，想那九龙娃钻入东海否？转身回看，谁知天上一日地上一年，就这么一丁点儿的工夫，八条龙娃相继干死在了九龙山上。你现在看这九龙山上，龙体相连，气韵生动，那半隐半露的龙爪，但是留下了的龙娃在干涸而死前痛苦挣扎的情态。

也是合该黄龙降生。这九龙娃中有一个赤身金黄者，栖息的身体下边有一汪水气，因而得以保全下来。

这条小黄龙，渐渐得了日月星辰的运化，成了气候，被人们称作“黄龙”。黄龙者，五方瑞兽之正中，四方之正色，神灵之精也，能巨细，能幽明，能短能长，若隐若现。

到了东汉建安二十五年（220），献帝禅位，曹丕继位，是为魏文帝。当年即改元黄初。黄初二年（221），魏文帝从古都洛阳派出高僧游历名山大川，择地修建佛教寺院，以求佛祖护佑曹魏江山。来太行山东麓青龙谷探寻的法师，叫慧缘。

一日正午时分，慧缘法师正坐在大青石上休息，忽见南山（玉皇坨）顶上空有强力金光出现，一条黄龙从峰顶飘然下滑，落在不远处的青石板上，瞬间钻入地下，不见了踪迹。

慧缘法师又惊又喜，因为自他游历几个月来，从未见过如此奇妙的景象。于是他快马加鞭回到洛阳，把“本来黄龙在天，青龙在地，后因黄龙降临，青龙让位”的情节向魏文帝奏报。

魏文帝闻奏，惊喜异常，认为这是上天在昭告天下，魏代汉乃天意，于是下旨将青龙谷更名为“黄龙谷”，命慧缘在此建寺，敕封寺名为“黄龙寺”。

因为是皇帝敕建的寺院，黄龙寺的殿堂楼阁宏伟壮观，寺中供奉佛祖释迦牟尼、阿弥陀佛和药师佛等。一时间香火鼎盛，远近闻名，历魏晋南北朝，直达隋唐，远播明清。

这条黄龙从此受人间香火，一心在此潜心修炼，法力日渐精进。后来，殿堂庙宇几兴几衰，终至颓败。无处栖身的黄龙只好移驾东行，来到黄龙寺东部的一座山上。山上有两个大深洞，两洞相通，面阔四、五丈，有一条清浅的小河，河水长年哗啦啦地流着。从此，黄龙就在此处安居了下来。再后来，人们把黄龙居住的地方，称作“龙居村”。

黄龙想，我在此地也修行了数千年，又得佛祖之恩，不如在此为百姓们做点善事。这些年，此地连年闹旱灾，庄稼都快要旱死了。白天，黄龙蜇伏在洞中，到了晚上，就施展自己的法术，下一阵儿小雨。一连几晚上下雨，焦黄的庄稼没几天又变成绿葱葱的了。全村人看到这番景象，都高兴得不得了。但是，谁都不知道事情的原委，其实正是黄龙默默地在为百姓做着好事。

白天，黄龙又化作一位郎中到村里行医。有一个重病垂危的汉子向他讨了一副药，吃下去，没一个时辰就好了。一传十，十传百，全村患病的人都赶过来瞧病，郎中给每人分发了一副药，人们吃下去都好了。村里的人十分感谢，围着郎中不愿离开。

其中一位大汉问他是哪个村的，叫什么名字。这位郎中只是笑笑，没做回答，趁人们不注意，化作一股清烟离去了。人们都感到很奇怪，并猜测议论着，这位郎中不是个凡人。

村里人觉得这位好心的仙家远不了，就在周周的山穴洞府里找寻，最终找见了黄龙栖息的洞府。为了报恩，人们经常不断地到洞里放置些糕点水果等好吃的东西。

有一回，一个村里人在洞府里看到黄龙遍体放着金光，向乡亲们昂首致意，约有数丈高。

打这以后，龙居村里再也没有闹过灾荒，人们也没得过什么病，村里人的日子越过越红火。

天有不测风云。这天傍晚，天空突然生起了一团黑云。黄龙知道灾难就要降临了，就给人们写了许多纸条，让他们赶快离开这个村子。但是，人们舍不得离开这条黄龙，感念着它为乡亲们做的好事，谁都不走。

黑云越来越近了，一大片黑云将黄龙的洞口封住，云头上几百名天兵天将把山头洞口团团围住，只听一位领头的天将高声断喝：“该死的小黄龙，你犯了天上的法规，不好好修行，私自施恩于百姓。玉帝震怒，派我等前来拿你！”

立时，天上响起一片炸雷，紧接着又是赤火一片。小黄龙一边逃一边反击。但它反击的力度已经很小了。多年来，为照顾这一方百姓，其实都是在消耗黄龙数千年修来的法力。

说也奇怪，黄龙逃往哪里，雷火就往哪里劈，就往哪里烧。眼看一座座山都被烧焦了，田地里的庄稼飘着一股子焦糊味。稍不留神，尾巴又被天将砍去了一截儿，疼得黄龙不由得大叫一声，满山乱滚。黄龙意识到，不能再相持下去了，不然就会给百姓带来更大的灾难！

于是，它又挣扎着逃回山洞，在洞中的大石头上印刻上了自己的身形（到现在这块龙形印石还在洞中），以表达自己的留恋之情，然后洒泪告别众乡亲。

其时玉帝早已洞悉这边的情况，让他没想到的是黄龙竟是如此留恋乡里，又念九龙娃黄龙身世的艰难，就说：“既然如此，罢了罢了！”已是早有了主意，喊来身边神将火速下界传令。

天兵天将得了玉帝旨意偃旗息鼓，特命黄龙可不归天庭，向东入石盆沟和下游的南天门继续修行，并赐金钥匙一把，兼管护南天门内深藏着的宝藏，但需替天行事，如有违逆，定严惩不饶。

这南天门离黄龙的洞府不远，远看，就见一高大无比耸入云间的石壁门，旁边还挂着一把硕大的金钥匙。

黄龙早就知晓，这扇门里藏着无数的金银珠宝。曾有一个贪婪的人，千方百计打开了天门的一扇缝，那里面的宝贝就像流水一般溢了出来。许多人来抢，从此不再干庄稼体力活，每天吃香喝辣。

只一瞬间的工夫，那门又关上了，捎带着把那个贪心打开天门的人也卷了进去。许多人都听到了山门里那一声惨叫，由大到小，后来，一点音讯都听不到了。

黄龙知道，自己的善心为自己求得了不错的结果，它知道自己应该继续潜心修行，秉持公道，方为正理。

这黄龙遵照玉帝的旨意住进了石盆沟，当地人称为“龙居沟”。黄龙依照天意布风施雨，百姓生活风调雨顺，一切都变得合情顺意起来。

黄龙出入南天门与石盆沟之间，有时幻化成人形施药救命，百姓遇到了不能解脱的灾难时，就会祈祷黄龙降临。玉帝对此十分满意。

又过了不知多少岁月，一天，黄龙忽然自己轻叹了一口气。它想起了许多年前与自己困在九龙山的龙兄龙弟，不觉掉下了眼泪。王母娘娘也是好心，但玉簪划错了一毫，八个龙兄龙弟命丧九龙山，这也怨不得谁。

黄龙开始不吃不喝，凭借自己千万年修得的功法，整整用了九九八十一天的时间，才幻化出了其他八条龙的雏形，又在石盆沟幻化出自上而下的九条水瀑，每条龙娃平日里各居一瀑，隔三岔五欢聚一处。

到现在，石盆沟里的九龙瀑流淌了千年万年，始终都没有干涸过。有时，人们走进石盆沟，在某一瀑的僻静处，若有缘赶得巧，或许还能听到九个龙娃在一起推杯换盏、嬉笑打闹的声音呢。

黄龙与这八位龙兄弟，正合“九龙娃”。八位龙兄弟分别唤作应龙、蛟龙、蟠龙、虬龙、夔龙、苍龙、金龙、石龙。

应龙，又叫土龙，是有翼之龙。五百年前为角龙，又历千年为应龙。相传禹治洪水时，有应龙以尾画地，于是成了江河湖泊，使水向东流入大海。

蛟龙，形态如人们常见的龙，古有“蛟龙得水，而神可玄也”，传说甚多。

蟠龙为蛰伏之龙，也称未升天之龙，因为蟠龙身长四丈，墨青色，赤带如锦文，常随水而下，入于海。

虬龙则是传说中的无角之龙，夔龙则如龙之一足。商周时代的器物上多雕铸其作为纹饰，也有传说是帝舜的两位臣子。

东方七宿合称苍龙，即角、亢、氐、房、心、尾、箕七宿。也作古代神话中的东方之神，为道教所信奉，同白虎、朱雀、玄武合称“四方四神”。

金龙，历来被民间认为“非常之瑞”。

石龙者，本土之龙，传有石似龙，岁旱，洗之即雨也。

八个龙娃虽身体形态各异，自现身石盆沟（龙居沟和九龙沟）以来，其乐融融，它们也在潜心修炼，期待以后能像黄龙一样修得法力，造福一方，惠及人间。

却说这一日，黄龙刚与众龙兄弟聚会完毕，正欲返回自家洞府，忽见眼前山峰现出莲花宝形，正觉得神异，就听得左侧山间洪声如雷：“黄龙娃儿，可还记得我么!”黄龙抬目观瞧，只见半山腰间，佛祖释迦牟尼端坐其上，高大威严，赶忙虔诚行礼。

佛祖微微一笑道：“在黄龙寺时，我即知你心境至善，多有仁义之举，已合我普度众生之意。既有前世今生之缘，我再为你明示一途!”

说完对方用手一指，眼前现出白玉石桥一座，左右莲花藕池，立时异香扑鼻。黄龙已是心领神会，再次虔诚致谢。抬眼望时，佛祖已幻化成一座山形，四围金光放射，此后永矗在这石盆沟的半山腰间，观世间冷暖，看尘世变迁。

黄龙忽然悟道，明日即是四月初八，乃佛祖诞生之日，民间又作“浴佛节”。佛祖出生之时，就能说话，会行路。他一手指天，一手指地，“天上地下，唯我独尊”，大地为他的出生而感动，天龙吐水为其沐浴。如今我等九龙娃既聚在这谷里，又得佛祖恩惠，何不趁这浴佛之节，为佛祖净身。主意已定，遂与大家相商，九龙娃皆同意。

第二天即是四月初八日，黄龙聚起龙兄龙弟，各执法力，将整个山谷的清泉溪流含在口中，为佛祖沐浴。但见整个龙居沟内九道匀称形如天花般的水流，水气弥漫，清心除繁。

龙居村及四周村子的百姓早都闻讯赶来，各自斋戒一日，又讨些浴佛水来喝，又将溪谷里百姓家网来的鱼儿投至放生桥两侧的荷池里，为今生来世祈求福报。

看着放生池里的鱼儿欢快地畅游，再看着百姓们平静、和顺的笑容，黄龙悟念，这不正是佛祖的本心吗？一念至此，再看佛祖化身石时，但见霞光万丈，整个山谷明亮异常。

黄龙的故事就到这里，至于其他龙兄龙弟，也是有故事的……

三、人间自有真情在

当年龙居大平台九龙娃中有两位兄弟，又不知修行了多少年份，渐渐蕴了些法力，它们决定效仿黄龙，转去他地为民造福，于是辞别黄龙及众兄弟，腾云驾雾向东来到了一个山头，但见这里山有十余座，坐北朝南，独自拔地而起，直插苍穹。主峰居中，如巨人伸开双臂，呈环抱日月之状，故名“抱阳山”。

因“山南谷内温和，气暖山无雪，天寒树未秋”，草木葱郁花香四益，故又名“花阳山”。

这双龙自栖居抱阳山上，就开始护佑三里五乡的百姓。这里雨水逐渐丰沛适宜，古树花木奇异花草遍布山峦。也许，它们已经知道，这座山的古往今来。也许，是这座山的灵气吸引了诸多的人间精英。此山自隋朝开始，至唐、宋、元、明、清及民国，历经一千五百多年，被誉为“保定名胜第一”，在保定历史文化发展史上享有盛誉。

唐朝玄宗宰相、燕国公张悦年少时曾于抱阳山书院就读，发迹后光大扩修山中寺院，成为中国最早的四大书院之一；冯道，是五代十国历仕四朝十君，当宰相二十余载，太师十余载，被封瀛王（本文不做人物评议），早年曾寄于抱阳山宝教寺求学；元代显公禅师住持抱阳山寺院，十余年后受顺天府尹之邀，转居清苑东安宋太祖祖陵之资果古刹，有碑文记述，实证宋太祖赵匡胤祖籍清苑；元淮阳王张弘范、硕儒郝经及刘因，曾多次登临抱阳山，留下多篇咏颂诗文；明清时代的部院、知府、知县十数人，留下了众多的诗文碑刻传世。

还有一代大儒纪晓岚，也将抱阳山的神奇故事，记载在《阅微草堂笔记全释》中。抱阳山寺庙文化显著，见诸经典的寺庙计有圣教寺、定慧寺、定惠寺、华严庵、朝阳庵、继志庵、药王庙、龙王庙、娘娘庙、大士院等，呈现着儒释道相互融合的文化图景。20 世纪 80 年代，抱阳山被河北省确定为省级风景名胜区。

话复前言。双龙娃来到抱阳山之后，被乡亲们称为“大青”和“小青”。这两条龙娃现已长到数尺之长，通身翠绿，并间有红、黑细点。它们在天旱之际，就兴云做雨，电闪雷鸣，变化莫测。每当抱阳山一带出现毒蛇、毒虫，便会被它们杀死。双龙在行动中，昂首挺胸，神态自若。

长期以来，抱阳山一代的人们，都把这两只青龙当成“保护神”。每当旱涝失常或节日，便举行各种活动请拜二龙。二龙哪里用得着请拜，当即施法降雨。高兴之余人们把食物、美酒放上几案，两条青龙也不客气，将身子直立起来，有数尺之高，环顾着周围，然后俯首就饮。

北宋年间，满城的官绅多次上奏朝廷，讲述大青、小青的灵异和功劳，因而在北宋崇宁五年（1106），宋徽宗封大青为崇惠侯，小青为嘉沛侯。到了政和七年（1117），朝廷又加封大青为灵益公，小青为英泽公。这事被元好问记载在了他的著作《续夷坚志》中。

大青、小青既被皇帝封为公，迁公禅师于至元十七年（1280）在定慧寺里为灵益公、英泽公塑像，山下的抱阳村里也时现灵光。

明朝崇祯年间，村里出了个锦衣卫将军田可久和他的皇妃妹妹。

抱阳村有一农户，户主田友山，育有两男一女，由于世代勤劳，善于谋计，生活尚算宽裕。到了天启年间，皇帝不谋朝事，朝权由魏忠贤一手把持，加之天灾人祸，民不聊生。田友山眼看日子难以维护，就让大儿子田可久携小妹外出谋生。

兄妹二人相依为命，一路讨要着来到了京城，恰好皇宫里招人，哥哥被召到皇城内喂马，妹妹进宫做些洗衣之类的粗活儿。

也是该兄妹俩飞黄腾达，正应了那句老话，“是金子总得发光”。这一年，大哥田可久升任锦衣卫将军，妹妹天生丽质，“生而纤研，性寡言，多才艺”，被崇祯皇帝纳为皇妃，说不尽的宠爱。

谁知天有不测风云，闯王李自成率起义军攻破京城。崇祯见大势已去，仰天长叹，自缢于煤山。

田可久见皇帝已去，慌忙中带着妹妹和几个随侍连夜逃回抱阳村，原来积攒下来的珠宝金银都扔在了京城，只带了一把佩刀。田可久死后，家里人将他葬于村东，那把佩刀留传下来，现存其后人手中。

妹妹田妃在宫廷大变之时随兄逃回家乡后，随同的还有一个贴身丫鬟和一个宦官。

起初，兄妹二人在家做一些农活儿，时间一长，他们就受不了了。兄妹二人就上了抱阳山上的寺院，带发修行。田妃因自幼聪慧过人，来到华严庵后，潜心向海慧大师学习佛学礼仪，没过几年，已是佛法高深。

一日，天气晴好。田妃和众僧尼在山上游玩，忽然转到了山上的顶峰，不由驻足向北眺望京师，想起两个皇儿，也不知境况如何，不由得潸然泪下。

众人转到山后，见峰奇景秀，树木葱郁，山花盛开。山中有一天然石洞，泉水哗哗自洞内流出。田妃恍然一醒，心中豁然开朗，感到此处正是她乐度余生的悠然之所。这里地处偏僻，少有人往，又可登高望远，怡心养智，经过与众人相商，便四处募捐，筹建小庵，决意在此修行。

小庵依山而建，坐西朝东，南留庙门，东垒堰墙。不久，小庵落成，因庙宇背西向东，按田妃心中所念，取名“朝阳庵”，面向京都，心怀往昔，自取法号“明谈”。从旧宫中逃离的旧友，经常聚会于此。高山之侧，旷野丛林，几人围坐于“至喜亭”下，听山泉汩汩，茗茶飘香，确有一番天地情趣。有时谈到天下时局，当时虽因交通信息不畅，但总能听到些京城和各地的消息，不免一阵唏嘘感叹。

多年后，田妃圆寂，葬于抱阳山西主峰下，矗一圆塔，后人称“姑子塔”。跟随的丫鬟死后葬于旁侧，根据山的走势，当地人称“大姑娘肚子”。

还是回到玉皇坨，传说山脚下，住着几户人家，因为这里水草丰美，气候宜人，庄户人家男耕女织，过着美好的田园生活。

有个姓支的老汉，农忙时种庄稼，农闲时上山采集药材，千方百计学土法炮制药材，为乡亲们医病除疾。支老汉治病从不收取报酬，他说，药材是天地所赐，我只搭上些闲工夫，哪有收钱的道理？因此，很受乡亲们的尊敬和喜爱。

只可惜老汉六十岁有余，前有一男婴夭折，后只有老两口相依度日。

这天，支老汉又背起荆筐去山崖处采药，忽然听见不远处有婴孩的啼哭声。老汉循声望去，只见一处绿茵茵的草地中，有几朵兰花在随风飘动。老汉仄耳细听，好像孩子的哭声就是从那里传出来的。他轻手轻脚地走过去，只见在绿草兰花的掩映下，有一块方巾裹个小女孩，手脚乱动着，不时哭几声，伴随着传来一阵阵奇异的香气。

老汉一近身，那孩子停止了哭泣，还冲他笑了起来。这一下可把支老汉迷得神魂颠倒，也顾不得想什么荒山野岭的哪来的婴孩了，他药也不采了，抱着孩子就回了家。

老夫妻俩天天乐得合不拢嘴。老汉想，这孩子是在一块兰花草地拣到的，就叫她芝兰吧。

芝兰在老夫妻的精心养育下，在乡亲们东家一碗粥西家一碗面的帮衬下，不觉十几年过去了，长成了一个人见人爱、人见人夸的大姑娘了。由于自小跟支老汉上山采药，爬山上岭，身子灵巧轻盈，真像一朵兰花随风摇动。人们都说，芝兰就是玉皇坨上的一只俊鸟。

陪芝兰姑娘一块长大的有一个小伙子，住在离支老汉家不远的地方。小芝兰刚抱回来时，小伙子刚好一个月大，常被抱到他娘那里吃口奶。这小伙子自小勤快懂事，特别喜欢羊，人们就都叫他“羊娃”。一来二去，两家子走得特别近，两个孩子在一起也真是投缘，总有说不完的话。

后来，做了一辈子善事的支老汉和老伴前后无疾而终。人们都说，活到这么个年龄，又没遭任何罪，老夫妻俩真是得了善报。在乡亲们的帮助下料理完后事，孤独的芝兰更是把羊娃看作了自己的终身依靠。她子承父业，继续免费为乡亲们看病，抽出时间上山采药。十里八乡的村民，有个头疼脑热跌打损伤的都认芝兰，人们都会说，到沟里找芝兰看去吧！时间一长，人们干脆把芝兰居住的地方叫成“芝兰沟”了。

这天，芝兰姑娘只身一人上山采药，临近正午，忽见天空祥云一片，原来是玉帝在王母娘娘的陪伴下，在黄龙的引领下，来到了玉皇坨。玉皇大帝前头走，王母娘娘紧随其后，一不小心一块石头绊了一下王母的脚，摔了个屁股蹲。众宫娥赶忙上前搀扶，可还是蹲了个三尺三深的大坑，至今留着。

王母娘娘这一蹲，合该着有个故事，就看见了正在采药的芝兰姑娘。王母娘娘款步上前，问芝兰多大岁数，芝兰见是一个雍容华贵的老夫人，羞怯地答道："回老夫人，民女一十八岁。"王母娘娘凤目细瞧，见芝兰果然生得俊俏，和随行的天宫仙女相比，也毫不逊色。

王母娘娘正色道："姑娘，愿不愿意随我到天庭享受仙家生活?"

芝兰这时已将老夫人的身份猜出了八九分，她急忙且更是坚定地说："不！我生在凡间，长在凡间，喜爱这儿的山水，喜爱这儿的乡亲们……"这时候，她还想到了羊娃，只不过羞于说出口罢了。

王母娘娘没想到要把芝兰带上天成仙反遭拒绝，火气"腾"地冒出来："别人想成仙，势比登天还难。你怎么……"话便说不下去了，后一想这芝兰也是幼小无知，不知好歹，就压了压火气丢下一句"你好好想想吧"，就率众天仙离去了。

芝兰此时真是有点为难了。她想马上就下山去找羊娃，可是整个山顶已被值日星官封住，里面的人出不去，外面的人也休想进来。

芝兰被困山上，急得走来走去。忽然，她看见一只喜鹊落在头顶的大树上"喳喳"地叫个不停，就想让喜鹊给羊娃捎个信儿。喜鹊好像听懂了芝兰的话落到地上，她在一条洁白的绣有兰花的方巾上滴上一滴自己咬破手指滴出来的鲜血，拴在喜鹊的脖子上。

喜鹊"啊"了一声，飞走了。

玉皇在山上逗留，东海龙王就派三太子幻化成人形，用筛子滤出最纯净的泉水后，供玉皇享用。正行走间，忽碰上羊娃正在山腰放羊。羊娃根本不知道芝兰在山顶被王母所困的事情，只觉得今日里这山顶上怎么这么大的雾气呢。他开始有点担心芝兰了。

现在眼望着三太子用筛子担水，觉得奇怪，随即喊道："这位小哥，你怎么用筛子担水呢?"一语道破天机，三太子担水的筛子立刻漏了个干净，立时在山下成了一大片筛泉。至今在玉皇坨山脚下还有一大片像筛子眼一样的泉水汩汩流出，据说是当年龙王三太子留下的。

喜鹊奉了芝兰之命，来给羊娃报信儿。羊娃一眼就认出了喜鹊脖子系着的绣有兰花的白方巾，心里不由得一紧，尤其是看到方巾中的那一滴鲜红的血迹，就知道芝兰遇到了危险。他也顾不上去解那块白头巾了，所以到现在，喜鹊全身灰黑，只有脖子下面留着一块白，说这就是芝兰那块白方巾变的。

羊娃心急如焚地来到了天桥边，急切盼望见到芝兰姑娘。天桥本是两个山峰之间有一巨石搭联做桥，羊娃芝兰奔向天桥就要相聚的一刹那，听得"轰隆"一声巨响，只见巨石桥倒塌下去。羊娃芝兰虽近在咫尺，却不得相会。

正在此时，送信儿的喜鹊赶过来，它对着天空"喳喳"地叫了一遍又一遍，不一刻工夫，只见千万只喜鹊从四面八方聚到天桥，为羊娃和芝兰搭起了空中桥梁。芝兰和羊娃也顾不上那么多，相抱痛哭。芝兰将玉皇、王母驾临玉皇坨，要带其上天成仙，她至死不从的事向羊娃哭诉了一遍。

天近黄昏，百鸟归林。羊娃和芝兰又各归一方。羊娃不走，跪拜山神和黄龙，求他们向玉帝王母求情。这期间，风雨雷电、虎豹豺狼、美色都不能威吓打动羊娃，就这么跪求了三天三夜，不吃不喝，像一个雕像在那里一动不动。羊娃求不动玉帝、王母，就转到玉皇坨对面的山峰，以为站得高看得远，从这里可以远眺到芝兰的身影。

一夜又一夜，一天又一天，羊娃盼着芝兰姑娘回来。谁知羊娃等得太久了，脚下生了根，变成了一棵孤柏。现在这棵柏树已千年以上，三人合着抱都抱不过来。人们知道，羊娃还站在那里苦等着芝兰。

玉帝、王母看到羊娃和芝兰两人的感情雷打不动，也就动了恻隐之心。加上黄龙从旁边顺言顺语地打理配合，玉帝终于御笔批道："留在山中！"然后掷笔而去。现在玉皇坨仍保留着玉帝批字时的笔架峰。

玉帝是想着让芝兰继续在人间过普通人的生活，谁知值日星官理解错了，就将芝兰轻轻一推，一下子就推到了对面山体的岩石之中。芝兰姑娘尽力往上蹦跳，化作了发髻形的山峰。这就是人们现在还能远远看到的"抓髻山"。

后来，人们就把忠贞不渝、生死相许的原配恩爱夫妻叫作"抓髻夫妻"。这个故事，像极了牛郎织女，可惜声名不够煊赫，还需深度挖掘。

四、火红柿树如意果

很早很早以前，玉皇坨还不叫玉皇坨。那时山上有座古庙，庙里住着不少的和尚。其中有一个小和尚，自幼家境贫寒，父母无力抚养，庙里的老方丈收留了他，法号"慧空"。这小和尚天资聪颖，善良淳朴，加之甚有悟性，时常得到老方丈的教悟点化。

这一年，庙里的老方丈圆寂了，只留下一群年少的和尚。不久，从山下来了一个中年出家人，见这里庙宇不凡，又都是些年轻和尚，心生邪意，倚仗自己年纪大，强行做了庙里的住持，自取法号"济能"。原来这位出家人之前是个乡间泼皮无赖，虐待父母，恃强凌弱，本以为做了住持，应当改恶向善，谁知变本加厉，依旧欺男霸女，祸害百姓，嘴上还老是口念佛号，一副慈善仁义的样子。庙里的小和尚，也备受济能的折磨，但都是敢怒而不敢言。

济能看慧空修心刻苦，又知他深得老方丈的传授，便多次向慧空索要修炼秘诀。单纯善良的慧空毫不保留地将师傅的“心空”二字修炼秘诀告诉他。他不相信，以为慧空骗他，于是更加心狠的加害小慧空，但都没得逞。

有一年，天大旱，山上山下滴雨未下，庄稼颗粒未收，眼看着拉起了饥荒。济能看时机到来，便召集众僧说：“山上不能待了，你等随为师下山，四处化缘，留慧空守庙。”众僧鸦雀无声，只有慧空站起来说：“让弟子留下，徒儿无怨，只是山上无粮无米，我怎么生活下去呢?”济能冷笑道：“这很简单，你的修行好，功力高，就烧你的胳膊腿煮石头吃吧！既可养身又可增功。”

济能下山后，慧空修行更加刻苦，不分辩，不猜疑，以一颗单纯之心照济能所言，在一口巨大的锅里放些山石，加上从深涧滴水洞里淘来的山水，拿起明火就点自己的胳膊，胳膊“腾”地就燃着了，火势还挺旺。不大工夫，石头煮软了，还散发着一股子粮食的香味。小慧空看了看自己的胳膊，完好如初，就拿起石头大口地啃起来，又香又甜。就这样日复一日，年复一年，慧空非但没死，反而身体越来越强壮，神通也越来越大。

忽一日，济能带着众僧回到山上，以为慧空早死了，觉着除去自己心头一害。谁知一照面，慧空不但没有死，而且红光满面，气色不凡，济能着实吃惊不小，战战兢兢地问他是怎么活下来的。慧空如实相告，并将煮石增功心法告之济能。

济能以为他在胡言乱语，就嘲笑说：“那你现在就为大家做一顿美餐，让大家也养养身，增增功，如何?”慧空如法煮石，看得众僧如痴如呆。禁不住粮食的香味，众僧一个个抓过煮熟的石头，吃得香甜可口，人人齐呼美味!

济能原本不信，但看众人吃得畅快，也就大口大口地吃起来了。不想刚才还可口的美味，一到他的肚子里，竟又复圆成大块的石头。众僧还听得到济能肚中石头撞击的声响，不一会儿竟气绝身亡。众僧见状，以为是慧空施法治死了济能，一起跪倒祈求饶命。慧空笑道："济能之死并非小僧所为，只因他心术不正，以致气滞血瘀，石生心不容，不能化解石头。也是我佛心宏智大，邪恶必除！"众僧已知慧空今非昔比，遂拥他为方丈。自此以后，此庙僧徒日渐增多，香火更加繁盛。

话说还是那条黄龙，自得了玉帝旨意，一直蛰伏于龙居大平台下的九龙瀑与南天门之间，广施恩泽，惠及百姓，时刻守护着这方百姓的安宁。

一日，众僧正在修炼，忽感山摇地动。慧空用法眼一瞧，大惊失色道："不好，此山现在已空，下边连着大海。有一条黑龙正兴妖作怪，将山顶拱开一个大洞，海水正在猛涨，如果涌出洞，将淹没远近数十个村庄，百姓将要遭殃！我们快把煮石用的万钧砣形大锅抬到山顶，先将洞口盖住！"众僧七手八脚将锅拉上山顶，果然见洞口裂开，海水很快就要流溢而出。

这时，只见黄龙挺身而出，与黑龙喷云吐雾，呼风唤雨，斗作一团，一时间，败鳞残甲漫天飞落。此时黑黄二龙皆已精疲力竭，双双跌落至山上。再看山顶的洞口，大锅虽已扣住海水，但汹涌的海水不停地翻滚，翻滚得巨锅叮当作响。情况万分危急，一场大灾难就要发生。

就在这时，忽见天空祥云万道，天兵天将簇拥着玉皇大帝站立云头。原来玉帝早知此情，为助黄龙收服黑龙，将手一指，一道金光直射砣形大锅，严严实实地将洞口封住。黄龙跪见玉帝，特奏请玉帝驾临此山。玉帝早已闻知此山名头，遂降落云头，这才引出后来小山村里的芝兰姑娘拒上天庭、爱慕人间情爱的一段美丽故事。

为了感谢玉帝和黄龙救苦救难，敬佩慧空法师的德能，人们在山顶修起了一座玉皇庙，又称那个镇海锅叫"玉皇坨"。山庙下面的村庄修了一座供奉黄龙的寺院，称作"黄龙寺"，玉皇坨东北方向的小村庄改名叫"龙居村"。

这里不仅故事多，景色更美，从石盆九龙瀑布再往上行，又是一番风光。

有一地海拔在七百米之上，平坦如砥，广阔无际，人称“大平台”。平台上原始次生林、灌木丛漫山遍野，竞相生长。从春天到秋天，各种山花野草次第开放，野韭、大红袍、枸杞花、山莲子花、野菊花、鸡冠花、紫荆、酸枣等几十种奇花异草，幽香扑鼻。山中平台上土质肥厚，山间小气候得天独厚，千年古井终年不竭，且水质甘甜清冽。红嘴鸦、布谷鸟、野鸡、喜鹊、猫头鹰及狐狸、黄鼬等鸟兽不下百余种，在此动物优哉游哉。

平台上有一块硕大的平石板，上面天然书刻有一个大大的“福”字，相传是福星杨成在此与禄星、寿星、禧星相聚时留下的遗物。

话说有一年的三月三日，福禄寿禧四仙翁参加王母娘娘的寿诞生日之后，在各自回归洞府途中，禄星和寿星极为赞美王母娘娘的蟠桃美味可口，甘甜得让人心醉。

福星则道：“若说蟠桃美味，人间少有，这我赞同，可要说甘甜，实不敢恭维！”

寿星说：“此话怎讲？”

福星说：“它甜不过我家乡的柿子！”

寿星哪里听得进去，说：“我活了这么大岁数，从来都没听说过还有比蟠桃还甜的果品！”

为此双方争执了起来。这时禧神忙劝道：“两位莫急！咱们这便去福翁家乡亲自品尝一下，不就自有结果了吗？”于是四仙脚踏云头，径奔太行山柿子沟而来。

这福星家乡何处？姓甚名谁？

元明时代的《三教搜神大全》记载，福星，名唤杨成，是西汉时北平县（即今保定市满城区）人。自幼家贫，母子二人相依为命，苦度时光。杨成自小谨记母训，为人正直、坦诚，乐于助人。在贫困的童年，他经常挖野菜、摘野果充饥度日，也绝不肯吃别人家的一颗粮食。母亲患病后，为给母亲治病，杨成按照民谣中说的“大柿子，着实甜，又压咳嗽又化痰”的方法去做，爬到悬崖绝壁没人敢摘的柿树上去摘柿剩儿（即常人摘不到的柿子剩儿）。后来，杨成的忠厚和孝道，在三里五乡已是声名远播。

汉武帝时还没有科举考试这一说，做官之人都是从忠孝之人中选拔，认为只有懂得孝敬父母的人，才可以为国尽忠，为民做事。于是杨成被中山国靖王刘胜以“举孝廉”的名义推荐给了朝廷，后来官至湖北道州刺史。

就在杨成任道州刺史的当年，接到了朝廷旨意，沿袭旧制，每年需选出百名道州矮人进宫学习技艺，作为艺奴，供宫中玩赏取乐。杨成在征集现场，亲眼看到农家儿女作为被选中的矮人与父母全家悲痛离别的场面，决定抗旨上奏汉武帝，说道州虽有矮人，但没有矮奴，不论个高个矮，都是皇帝的臣民。

按说抗旨不遵应犯杀头之罪，但在元封二年七月七日傍晚，汉武帝被王母娘娘和上元夫人召见时，曾劝武帝要戒残暴，学仙道，所以这次看了杨成的奏折，不但没有降罪，反而正式取消了道州每年进贡矮人的做法。

喜讯传到民间，百姓们张灯结彩，欢呼庆祝，认为杨成作为地方官，护佑一方平安。从此杨成深受百姓拥戴，久而久之，成为民众敬重，护佑一方的“福星、福神”。

且说四位仙翁此时降落云头，来到福星的家乡满城柿子沟、大平台一带，遍尝柿果，直乐得寿星手拈长须哈哈大笑：“善哉，善哉，果如福翁所言，是谓真蜜罐也!”所以满城此地的磨盘柿以香软汁稠甘甜被人称赞，又被人们称为“蜜罐柿子”。

此时禧星道：“我等既已尝过这蜜罐般的柿子，何不趁来福翁家乡宝地，咱各植一树以做纪念，如何?”众皆响应，各执道法，只见四棵体形高大、枝叶茂盛的柿树王拔地而出，迎风见长，长到一定程度就固定了下来。现在，在柿子沟数以千万株的柿树林里，还能看到这四棵特别的“柿树王”。

正值四位仙翁种下柿树之际，忽听柿树下有一群人高声争吵。福星刚听众仙翁夸赞自己的家乡，心情满是高兴，突然听到柿农在吵架，感觉有损家乡纯朴的民风，于是忙赶过来劝解一番。众仙翁一愣，也忙相跟而来。

原来，是一个本地卖柿人和一个外地买柿人在争吵。卖柿人说已经把分量给够给足，买柿人说分量不足。古时秤制为十三星（两）为一斤，意思是取天上勺儿七星为秤盘，南斗六星为权（秤砣），双方平衡为一斤。即天上十三星官每年都在天上巡视，旋转一周为一年，俯察人间的善恶公平，百姓人心不可欺天，天道公平。

这时，福星让卖柿人再称一遍看是否已够分量，卖柿人再称，只见秤砣低垂，慢慢地好像要滑下去砸人的脚指头。福星说：“你看他不高兴，再添一个如何?”卖柿人又捡了一个柿子放入秤盘，说：“你看，这都够十六星（两）了!”

福星拍拍卖柿人的肩膀，“你就多给一个吧！以前是十三星，现在我也算一星!”跟在后面的禄星闻听说道：“我也算一星!”寿星急忙也应道：“不要落下我!”禧星见此，笑嘻嘻地说：“好，好，好！以后咱以十六星（两）为一斤。如果今后谁再卖东西短斤短两时，凡少给一星（两）者损福，少给二星（两）者少禄，少给三星（两）者折寿!”众人看时，四仙翁早已驾云而去。

现在，旧时的十六两为一斤已改成十两为一斤，但山里人卖柿子时给够了分量，往往还要搭上一个柿子，一是当地百姓淳朴，二是与四仙翁在满城的一段往事相关。

福星与众仙翁相约来到大平台，但见这里气韵生动，不远处的南天门、放生桥及九龙瀑布霞光万道，荷韵悠然，遂齐声发出：“真乃人间福地洞天也!”福星用手掌按旁边的一块巨形丰石，瞬间即有一“福”字印刻在石头上。

消息传开，已是斗柄归寅、大地回春的新年。家家户户大门上用斗大的纸书写“福”字，祈盼在新的一年里，福星高照，福满人间。

五、唯有隐者留其名

抱阳山向东，紧邻有一座几个山脉连成一体的椅圈形山体，坐西朝东，迎朝阳，纳风藏水，这就是陵山——满城汉墓所在地。

说到满城的文化传承，中山靖王刘胜是个绕不过去的坎。1968 年的夏天，在解放军施工爆破声中，那个遥远汉朝的绝世繁华忽然闪亮登场，中山靖王刘胜及妻子窦绾的墓被发现，墓内文物众多，品种之丰盈之考究，令世人惊叹，尤以金缕玉衣、错金博山炉、长信宫灯、朱雀衔环杯最为罕见，让全世界都瞪大了眼睛。

汉高祖刘邦为维护家天下，封刘姓子侄为王，这样汉景帝的儿子刘胜被封为中山靖王，国都卢奴（今定州），那时还叫“北平”的满城，就成了中山国的属地。

这个中山靖王，是汉昭烈帝刘备的老祖宗。

当地有一传说，某年夏天，中山靖王刘胜巡视当时的北平县，登上县城西南十里地的抱阳山，玩儿得高兴，心情愉快，就问当地的官员：“当地都是姓什么的呀？”

地方官员赶忙上前，轻言细语地答道：“有姓张的，姓王的，姓李的，姓赵的……”

刘胜听着听着便皱起了眉头：“怎么？没有姓刘的吗？”

地方官员一愣，满脸堆笑地说：“有啊！遍地刘啊。”

刘胜一听，脸上立刻乐开了花：“查查北平城里有多少和我同姓的，我好免除他们的赋税！”

地方官本来没有过多的准备，为了讨中山王的喜欢，就瞎来了一句："满城刘姓，满城都姓刘。"

刘胜一听，更加高兴，不由得哈哈大笑："好啊，满城姓刘，刘姓满城啊!"后来，满城这个县名的叫法据说就与此相关。

离开抱阳山后，中山靖王往北遥望，见北面有一座平顶山，很像一只大鸟。左右两座山峰是翅膀，中间肥大的平顶山是鸟的肚子，向东南逶迤伸下来的是脖子，后面突起的小山头像是脑袋，背后圆形的山像是鸟蛋。刘胜便问随行的当地官员这是什么山。当刘胜得知此山叫凤凰山后，接着追问，为什么叫凤凰山呢？

地方官员给他讲了这样一个故事。

传说远古的时候，这里并没有这座山。有一只非常美丽的凤凰鸟，不是梧桐树不站，不是实心竹不吃，不是甘泉水不喝。这地方西边有条山溪汇成的河流，是凤凰喜欢饮用的甘泉水，所以不管白天飞到哪里，晚间总要回来喝水。

有一天，一个赶车的老头儿，起五更起得特别早，套上车就赶路了。不巧，这只凤凰飞了一整天，又困又累，正返回来在河边喝水，大车来了都没防备，刚好车轱辘从脖子上轧过去。

这只凤凰瞬间被轧断了脖子，临咽气前"扑楞"着翅膀下了个蛋。凤凰是神鸟，遗体不能留在人间，于是就化作这几座相连的山峰。

刘胜听罢，沉吟半晌，心想：传说凤凰不落无宝之地，明天我得亲自登山看看。

第二天起了个大早，刘胜一行登上了离北平城三里地的凤凰山。站在山顶的主峰上，左有蛋形山，右有左翅山，与主峰相连合成太师椅圈形，是为阙门。俯首东望，锦绣平原，良田沃野，天地相接紫气来；昂头西眺，莽莽群峰，层峦叠嶂，耸立云天做屏风。

刘胜看了十分欢喜，他笃信这就是他的百年福地，葬在这里，三百年后中山靖王这一支脉或许还会出皇帝（这事后来还真应在了蜀汉昭烈帝刘备身上）。

想到此，刘胜便对随从说：“百年之后，这里便是我的安寝之所。”没过几天，凤凰山开始封山断路，凿洞筑墓，成了刘胜和夫人窦绾的墓穴。就这样，凤凰山被改为陵山，山下的村庄也就有了守陵村、陵山村的名称。

中山靖王刘胜，本是个酒色之徒，日夜过着花天酒地的生活。他经常带几个随从，化装成商人贵族，到民间私访。他听说人死后穿上玉石做的衣服，尸体就能不腐，便一门心思琢磨着做一件玉衣。

这一年春天，刘胜来到北平县城北的一个玉器作坊，看到里边有不少精美的玉杯、玉盘、玉佩饰……顿时被其工艺吸引。

他找到作坊主人王老汉，自称是中山国城内商人刘月券，要定做一身玉衣，声称只要称心如意，价钱多少不拘。王老汉只当是来了财神爷，当下就高兴地应承了下来。

刘胜转身要走的时候，忽然听到婉转动听的女声传来，循声向那姑娘看去，更是看直了眼，简直是月宫仙子下了凡。他两眼死盯着那女子出了门口，也没动一下眼珠。原来这是王老汉的独生女玉容。

刘胜一下子来了兴致，他听说玉容刚满十六岁，跟老汉的徒弟张三唤定了亲，就夯拉下厚脸皮对王老汉说，令爱长得这么可爱，怎么可以嫁给一个穷玉匠呢？我看老汉印堂发光，不出三天五天，就会富贵临门！

老汉看出对方龌龊心思，心中千万个不同意，一再向刘胜解释，谁知刘胜一甩袖管，走了。

玉容对爹爹说：“今天来的这个姓刘的商人，一看就不是个好人！他那俩贼眼珠子，死勾勾地往我身上看。”

老汉说：“咱做的是生意，管他是好是坏。玉容，以后来了客人，女儿家少抛头露面就是了！”

玉容还要辩解什么，被张三唤拦下，才不说什么了。

果然没几天，一大批车马兵丁堵在王老汉的玉作坊门口。来人开口就问王老汉："你知道上次定做玉衣的人是谁吗？"

"知道！不就是中山国都城的大商人刘月券吗？"

来人哈哈大笑："那可不是什么大商人，他是中山靖王刘胜！"

老汉顿时大吃一惊。

"靖王看上了你家姑娘，也相中了你的手艺，今天派我接你们父女进宫！"

王老汉听了，晴天霹雳一般，一下子瘫在地上，跪在地上苦苦地哀求。

那官员大声喝斥道："别敬酒不吃吃罚酒！"回头吆喝兵丁："还不给我动手！"

这群如狼似虎的兵丁，赶散玉工，把所有的玉石、玉器工具满满装了五大车。玉容挣扎着，叫骂着，但终被兵丁将她与王老汉捆绑在一起扔进轿车，然后一把火烧掉了作坊。

玉容在车上探出头来哭着说："三唤哥，我走以后，你每天夜晚看着天，要是有星星向北落下来，那就是我不在了……"话未说完，车子早就不见了踪影。

抢人的车马走了，张三唤和其他伙计紧跟着车马，喊着哭着，走着走着就到了村南山脚下。张三唤想起了玉容对他说的话，便爬到了山顶，哭得死去活来。白天，他两眼直勾勾地向南呆望；晚上，就不错眼珠地望着南方的天空。

这天夜里，三唤看到一个明亮的小星星，"哧"的一下向北方飞来，眨眼不见了。其实他是看花了眼，加上见不到玉容，他万念俱灰，心说这准是玉容不在人世了，大喊了一声："玉容妹妹，等等我！"一纵身，跃入了深涧。

后来人们怀念张三唤，就把这座山叫成了"跳山"，现在演变成了"眺山"，向南远眺玉容妹妹，也是有道理的。

玉容父女怎么样了呢？他们自被抢进宫里，不吃不喝，以死相待。刘胜想杀掉老汉，可玉衣没有做成；想杀玉容，可到口的鲜肉没吃成，舍不得。于是他心生一计，对父女俩说："你们只要给我做成金缕玉衣，我就放你们回去！"

父女两人为了早日脱离虎口，日夜不停地干活儿，终于有一天，总算把玉衣做好了。可刘胜使得是计谋，即便玉衣做好了，他也不肯放玉容走。

玉容觉得回家没有希望了，再拖下去肯定会受到污辱。她含泪说了句："爹，我对不起你！"迅速拿起一把铁刀向自己的喉咙刺去，立刻血溅玉衣。老汉见女儿已去，猛地站起来，一头向墙上猛撞了过去。

看到地上两具尸首，刘胜大怒道："真不知好歹！"吩咐手下道："先把他俩各自装殓起来，埋在后花园。我百年后把这女人的棺材放在我的旁边，在阴间也得做我的妃子。那老家伙放在另一边，死了也得伺候我！"

话音刚落，就见放在旁边的那套玉衣"劈里啪啦"爆响起来，一片片的玉片碎成了粉末，金缕丝线变成了鲜红的线团儿，像一张撒开的鱼网一样。

后来，刘胜吓得再不敢用当地的玉石做新玉衣了，而是选用了千里之外的岫岩玉。

其实，历史上真正的刘胜，是个极有智慧的人，他看似放浪不羁、奢侈无度，实际是在变相地保护自己。

刘胜是汉武帝刘彻的异母兄长，当年中央与地方诸侯王的关系非常微妙，经历过"七国之乱"，大臣们看这些王爷们横竖不顺眼，总想着找碴儿挑刺。刘胜的身份更是尴尬，他的王后窦绾出身后族，是景帝母亲窦太后最宠爱的外孙女。

据说，在刘彻被确定为太子前，窦太后看好的皇子可是刘胜，不然也不会把自己的后人许配给他。所以，少年汉武帝和哥哥刘胜之间的矛盾，不可言说，却又显而易见。

当年的刘胜，仪表堂堂，文采风流，他的《闻乐对》和《文木赋》天下闻名，如“丽木离披，生彼高崖。拂天河而布叶，横日路而擢枝。幼雏羸鷇，单雄寡雌。纷纭翔集，嘈嗷鸣啼。载重雪而梢劲风，将等岁于二仪。巧匠不识，王子见知。乃命班尔，载斧伐斯。隐若天崩，豁如地裂。花叶分披，条枝摧折。既剥既刊，见其文章。或如龙盘虎踞，复似鸾集凤翔。”……类似的句子数不胜数。

刘胜把所有的才华，都隐藏于放浪形骸的酒色之中，完美诠释了“污名自保”的真正含义。

自古以来，男人心中多有两个梦想：一个是入世称雄，封侯拜相；另一个则是归隐南山，世外逍遥。中山靖王刘胜，以另类隐者的身份，远离了充满血腥的政治旋涡，在那个特殊的年代，极尽奢华风流，安然度过一生，不可不谓之为“真正的智者”！

阜平篇：花开云上闻星语，方知阜平是天堂

一、花开云上观天路

说起阜平，许多人的心中会油生一种神秘感。阜平，被誉为太行深处的“香格里拉”，这里群山滴翠，碧水泛波，清新如画，俗尘未染，有一种难以言表的原初之美，被誉为“中国北方的人间天堂”，让人既敬畏又神往。

过去的阜平，犹如天生丽质的美女，“养在深闺人未识”！而今终于掀开神秘的面纱，露出那绝世容颜。沉醉之余，老王梳理了阜平的山水文化旅游线路，至少有五条路径可“探幽寻胜地，妙手著华章”。

第一条就是观天路。这里是保定乃至整个冀中南地区离天最近的地方，观星赏月的最好去处。

“无限风光在险峰”！阜平最美的自然景观，大多集中在西部，这里是冀中南平均海拔最高的地方，主峰海拔八百二十五米以上的山峰有四十多座，其中歪头山海拔两千二百八十六点二米，是保定及河北中南部最高峰。所以，阜平有很多“天字号”的景区，吸引了无数游客前来观光。

第一个，天生桥。

何谓天生桥？顾名思义，自然生成，联通天地之桥也！传说当年颛顼帝“绝地天通”之后，还留了个后门，那就是天生桥，知情者仍可于此穿越仙界和人间。

如今的天生桥景区，是国家 4A 级景区，还是国家地质公园

和国家森林公园，与湖南的张家界并称于世，享有“五台东门户，京津西花园；华北古基石，绿水济平川”的盛名。

景区总面积56平方千米，森林覆盖率百分之九十五以上，景区内有“太行七奇”：山奇、水奇、桥奇、林奇、洞奇、草奇、冰奇，美不胜收。其中最让人向往的，当属“天生桥”和“一沟九瀑”。

二十八亿年前，这里还是一片汪洋，海水中沉积了厚达八千至一万米的泥质、铁质砂和灰泥等，形成深度变质岩和混合岩。后经多次地壳造山运动，最终演化成中国最大的变质岩天生桥和北方最大的瀑布群。

天生桥，系由山谷瀑流沿裂隙冲蚀崩塌而成。桥长二十七米，宽十三米，拱高十三米，凌驾于落差一百一十二点五米的瀑布之上，巧妙组成了气势磅礴、瑰丽壮观的桥瀑风光。

天生桥景区的这道沟，据当地人讲，俗名“上天沟”。沟内奇峰耸峙，怪石嶙峋，峡深谷幽，树秀花香。据说这条沟里平行世界的尽头，是道家“太乙总玄洞天”的南门。

“太乙总玄洞天”是道教三十六洞天的第五洞天，也是整个河北唯一的道家洞天福地。

相传此洞天有三个门户，北门在涞源的白石山；中门在唐县的大茂山，也就是古北岳（神仙山）；南门则在上天沟的尽头。与其他两道门不同的是，北门、中门连接的是人间，南门连接的是仙界，在此福地洞天修炼有成后，开南门即可直接登仙。

“九瀑”则指九条瀑布。天生桥沟谷内瀑流成群，大小有三十余处，是中国北方最大的瀑布群。这些瀑布高低错落，其中最负盛名的有九条，分别为：第一瀑，天生桥瀑；第二瀑，银河瀑；第三瀑，情侣瀑；第四瀑，马尾瀑；第五瀑，三叠瀑；第六瀑，望盔瀑；第七瀑，琼浆瀑；第八瀑，天门瀑；第九瀑，双龙瀑。

“疑是银河落九天”，这九条瀑布，宛如九条巨龙，从崖壁上急流直下。丰水季节，奔腾的瀑布，从山上呼啸而下，声若惊雷，响彻山巅；有的瀑布如玉龙飞舞，气势磅礴：花开云上闻星语，方知阜平是天堂。即便枯水季节，也别有一番风韵，有的瀑布银花飞溅；有的似玉帘，如月笼轻纱，秀女拨弦，十分动人。

山风习来，空中会飘过阵阵“蒙蒙细雨”，在阳光照射下，晶亮如玉，飘拂在人们的脸上，清新舒适，仿佛在仙露中沐浴。

到了寒冬时节，悬崖峭壁上悬挂着巨大的冰瀑、冰帘、冰幔，犹如巨幅白绫垂挂，蔚为壮观。透明的冰钟乳石相聚丛生，含露滴流，垂帘而下；冰瀑连着冰潭，冰潭上有各种形态的冰柱、冰石笋，晶莹的冰花，有的像雪莲花，有的如含苞待放的荷花，一簇簇、一团团的“冰蘑菇”，如玲珑宝塔，群峰争秀，形态各异，栩栩如生。

景区主峰百草坨，海拔两千一百四十四米，拥有十几万亩的原生态山场，被称为“原始生态园”，素有“百花、百草、百种药”之说。原始次生林，以人工栽植落叶松和三百五十七白桦林为主，乔灌木杂树共生，让峰岭更显高峻灵秀。

这里是植物的王国，有高等植物一百二十科、三百五十七属、五百三十二种，其中不乏国家保护植物。这里也是动物的乐园，有陆生脊椎动物一百五十九种，其中被国家列为重点保护的动物有金钱豹、金雕等十四种。这里花草芬芳，林木葱茏，飞禽走兽，各得其所，每天都在演奏一曲曲自然和谐的交响乐。

峰顶宽坦如砥，花繁草茵，五颜六色，十分优美，堪称“空中花园”，植物学家称之为“五花草甸”。这里既有“一山有四季，十里不同天”的特殊山体景象，也有“一山两季”的人间奇观。初夏时节，阴坡冰雪尚未融化，阳坡早已百花斗艳，姹紫嫣红。

相传“宝莲灯”的故事，就发生在西山腰上的辽道背村。

相传唐朝年间女皇武则天当政时，曾途经此地，听闻天生桥盛名便来观瀑。当她看到丹凤朝阳、日月当空、月在日前，心中

大喜，遂生男女无尊卑之感慨，感悟之下，创造出“嬰”字，武嬰由此而得名。

山上的九瀑，也个个有来头。相传当年刘秀被人追杀，曾于此避难，留下不少动人传说。马尾瀑酷似马尾，当年刘秀战马困乏，在此饮断了泉水。从此后，上边瀑布的宽阔水流到这里时，便形成了一股马尾。望盔瀑，传说刘秀到此脱盔舀水而饮，饮酣时随手丢弃铁盔于山谷中而得名。于此回首遥望，可以看到帽盔峰威风凛凛的伫立远方。

而今的天生桥景区，进行了全面升级改造，旧貌换新颜，并开发出“水月洞天”等诸多景点，成为回归自然山水、感悟天地至理的好去处！

第二个，天路。

如果说天生桥是天然造化，那么，阜平的“七十二拐天路”，当属奇迹。

该路出发点为阜平县史家寨乡大西店村，终点为与山西接壤的北下关村。全长约十二点七公里，悉数为沥青路面。这段路历经艰辛，修了两年多的时间，2018 年 7 月正式竣工交付。

这条路，犹如镶嵌在阜平大山里一条舞动的巨龙，海拔高的地方一千多米，低的地方五百多米，全路虽然不足十三公里，但因地处深山区，修建起来极为不易。这里地貌复杂，沟壑纵横，各种弯儿有七十多个，涵洞近四十个，俗称“阜平天路”。

通车之后，这条路迅速蹿红。可惜的是，这条路到山西界就到头了，对方境内那段道路崎岖难走，与阜平境内的坦途形成强烈反差。

其实，在阜平的群山之间，像这样的路还有很多很多。比如，穿越黑崖沟的保阜高速特高桥桥墩，最高的超过一百二十米，为华北第一高桥。如果说保定各县（市）乡村的基础设施哪里好，阜平肯定能排在前三位。正是有了覆盖阜平全域长达千里的旅游观光路，才有阜平十几个景点的盛装登场、声名远播。

旅游、旅游，无论是旅还是游，唯有路好才是王道。没有这一条条穿行云端的天路，怎会有阜平的“人间天堂”？

明末的时候，五台山有个妙峰大师，号称“佛门鲁班”，他在阜平留下了很多大工程。大师刚来五台山时，因为道路崎岖，于是遇河搭桥，石铺大路三百余里。修阜平县桥，皇帝赐额普济，建接待院，作为往来休息的场所。在龙泉关外，建茶庵，敕赐惠济院，施舍药物和茶水。提起妙峰大师，至今阜平人仍然满怀尊敬。

这几年阜平的变化，天翻地覆，大家更是看在眼里，赞在心上。相信后人，也会记住这一切，记住这段历史，这份功绩，记住那一条条修在百姓心坎上的“天路”。

第三个，云花溪谷。

在阜平，有一个云雾缭绕、漫山遍野开满玫瑰花的地方，那便是云花溪谷。云花溪谷景区，位于古老太行山北段，自然环境优美，是国家级地质公园。目前，整个景区面积二十余平方公里，以花海、奇峰、飞瀑、深林而著称，是八百里太行山中一颗璀璨的“生态明珠”。

云花溪谷景区吸引人的地方是“云、花、溪、谷”四字，其中最突出的是花和溪。这里有“三沟九谷七十二奇峰”，奇花异树，怪石幽潭，数不胜数。

云花溪谷主峰有个很好听的名字——玫瑰坨，海拔两千二百八十一米，系河北五大高峰之一，素有“太行第一坨”“燕赵第一峰”之称。景区多为原始森林和次生林，各种动植物达七百多种，坨顶有空中草甸，坦若平川，百花争艳，有“鸡鸣闻四县，花开两省香”的美誉。

玫瑰坨顶的“空中花园”，堪称大自然的神奇杰作，海拔两千米高的山顶，坦若平川，绿草如茵，隐于蓝天白云和松林碧波之间。“十草九开花”，数千亩草甸宛若花的海洋，野玫瑰、金莲花、胭脂花、百合花、紫菊花、灯笼花……上百个品种，红、黄、白、紫、蓝各色一应俱全，灿若云霞，这里的花期长达半年，以六七月份最佳。

如果单纯从花卉的品种、数量、生长面积以及地势坦度来看，这里远超蔚县的空中草原和北京的康西草原，也超越了久负盛名的长白山大草原。

此地何故多花？传说当年花神通过天生桥的“上天沟”私自到人间闲游时，看到玫瑰坨风景如画，流连忘返，不料被巡视雷公正好查知，遂前来捉拿。惊慌逃跑间，花神不小心倾斜了花篮，一篮子五彩缤纷的鲜花洒在坨顶，自此坨顶百花盛开。

景区森林植被完好，原始森林、次生林、人工林密布，森林覆盖率高达百分之六十五。物种丰富，共有植物一百〇二科六百八十六种，动物一百多种，且呈现华北地区罕见的植被垂直分布，从山顶的高山草甸渐为落叶松林带、桦木林带、针阔混交林带、落叶阔叶林带。尤其是上千亩成片的稀有树种——红桦，极为珍贵。

这里古树众多，四百年以上树龄的古板栗树有一百多棵，还有近千年树龄的倒栽杨树上生树。由于海拔较高，森林茂密，气候凉爽宜人，盛夏如秋，夏季平均气温仅有 18.9℃，实属清凉极地。

景区内奇峰险峻，峭壁林立，怪石遍布。千米以上高峰 90 余座，游龙山、罗汉山、笔架山、牛舌山形态各异，各具特色。雨后初霁，天空湛蓝，山间云海浩邈，气象万千，座座山峰恰似大海中的小岛，极为壮观。山中怪石似柱似塔，如禽如兽，尤以坨顶最高处山岩令人叫绝，东看似一条黄鱼遥望雾海，西看似一只金龟卧于山顶。

这一区域降水充沛，加之相对落差大，山泉叮咚，三步一瀑，五步一潭：树夹泉、冰泉等数十个清泉宛若串串明珠，晶莹剔透，清凉甘甜；银河瀑、马尾瀑、龙舌瀑等十几处瀑布飞珠溅玉，千姿百态；青石潭、三色潭、碧玉潭等十余处深潭，或方或圆，或深或浅，不拘一格，巧夺天工。

近年来，云花溪谷内相继建设了玫瑰谷生态休闲度假区、云花溪谷漂流、帐篷酒店、十里花溪、温泉度假区、禅意康养度假区、国际自驾车营地、夏庄云溪小镇、森林休闲基地等项目，成为远近闻名的休闲旅游胜地。

特别是高山漂流，被誉为“华北第一漂”，漂流全程长四公里，首尾落差一百四十米。该项目融户外运动、亲水娱乐、文化休闲、冰雪体验等功能于一体，成为华北山水景致优美、奇石嶙峋震撼、沿途地貌多样、漂流体验丰富、服务配套完善的漂流项目。花开云上，水流山巅，确实值得一游！

过去，有个问题老王一直很困惑，那就是阜平为何叫“太行水乡”？后来去阜平次数多了，终于释然，原来这里山上的水真多，太多的山都有瀑布飞流。最为关键的是这里有一座大Ⅰ型水库——王快水库。

王快水库是河北省四大水库之一，是以防洪为主，兼灌溉、发电等综合利用的大Ⅰ型枢纽工程，控制流域面积三千七百七十平方公里，总库容十三点八九亿立方米。

水库主体大坝气势雄伟，河岸线蜿蜒曲折，沿河岸线奇峰林立，绿树葱茏，库区内碧水涟涟，水禽鸣飞，景色美极，望而出尘。过去，王快水库还有个好听的名字——龙悦湖。

二、西巡朝圣香满路

阜平另一条需要深度开发的旅游路线，就是著名的“西大道”，也就是清朝皇帝西行五台朝圣的古御道。

中国有四大佛教圣地，即山西五台山、安徽九华山、四川峨眉山、浙江普陀山。其中，五台山号称“四大佛教名山之首”。

五台山为何如此备受尊崇？因为五台山的来头最大，是四大名山中唯一在佛教经藏中有明确记载的名山。《大华严经》有云：“东北方有处，名清凉山，从昔以来，诸菩萨众，于中止住。现有菩萨名文殊师利，一万人俱，常在其中而演说法。”

此外，佛教经典《佛说文殊师利宝藏陀罗尼经》也云：“佛告金刚密迹王言，我灭度后，于此南赡部洲东北方，有国名大震那，其国中有山名五顶，文殊师利童子游行居住，为诸众生于中说法。”佛经载记，世尊金口亲宣，因而五台山被公认为“文殊菩萨应化道场”，名闻海内外。

佛经上讲，文殊菩萨是佛祖的左协侍，智慧第一。原本早已成佛，名曰“龙种上如来”，为帮助释迦牟尼弘法利生，故现菩萨身，为诸菩萨之首。所以，千百年来，五台山一直被国内外佛教徒奉为佛教名山之首。

因地位显赫，五台山佛教发展隆盛，逐步成为“名僧辈出，诸宗并弘，群贤必至，八方竞礼”的佛教中心。现如今，五台山律宗、三论宗、天台宗、法相宗、华严宗、真言宗、禅宗、净土宗以及藏传佛教等显密并存、宗派齐全，引领着佛教发展走势。

历代封建帝王，对五台山极为看重，特别是清朝，素有顺治皇帝五台出家之说。藏传佛教僧侣更是把清朝皇帝尊为文殊菩萨化身，尊称皇帝为“佛爷”。面子是互相给的，所以，清朝历代皇帝多次西巡朝圣，形成了著名的“朝台御道”。

朝台御道自京城始，至五台山终，其中以阜平段最为有名。史载，康熙的一行车马行进到阜平王槐镇（后改为王快镇）后，就会宣布戒杀令，自此沐浴焚香，诚敬礼佛。

这条御道，东起与曲阳接壤的王快镇，西止于冀晋分界的长城岭，东西纵贯全境。三百年间，这条御道上，康熙、雍正（皇子时）、乾隆、嘉庆等皇帝的浩荡车队行走过至少十四次、二十八趟。

康熙曾先后五次路过阜平，进香五台，时间跨越二十八年。驻跸的大营有王槐镇、龙泉关城内。尖营有长寿庄（原西庄村）、县城、张家庄、李原堡（现栗园铺）、龙泉关演武场等。

雍正在位十三年，忙于朝政，无暇西巡五台。但康熙年间，曾以贝勒、亲藩身份随父去过两次，并留下一首《恭谒五台过龙泉关偶题》：

隔断红尘另一天，慈云掌护此山巅。
雄关不阻骖鸾客，胜地偏多应迹贤。
兵象销时崇佛像，烽烟靖始飏炉烟。
治平功效无生力，赢得村翁自在眠。

乾隆十一年（1746）九月至乾隆五十七年（1792）三月，乾隆先后六次取道阜平，进香五台，时间跨度四十六年。驻跸的大营有王快镇、法华村、大教场村、大教场行宫，尖营有普佑寺、招提寺、益寿寺等。

嘉庆十六年（1811）三月十八日，嘉庆由京城启銮，开始了规模浩大的西巡。三月二十七日，嘉庆进驻王快镇御营。驻跸的御营有王快、法华、大教场行宫，尖营有张家庄、普佑寺、不老树、印钞寺等。

阜平境内寺院较多，名声也大，大多是五台山寺院的下院。《正定府志》（乾隆版）“诸图”一节，收录了隆兴寺行宫图、长寿庄普佑寺图、三箭山招提寺图和印钞石益寿庵图，四座寺庙阜平独占其三。

结缘五台，行脚阜平，是一幅朝着生命深处永不停歇、不断精进的超然图。诸如圆仁、赵州禅师、憨山德清、紫柏真可、无尽慧定、虚云等大师，以及高鹤年等许多名士，他们匆忙而拉长的身影，都曾投在阜平深山的夕照里。

如今，车水马龙虽已淡去，但那一路故事，仍在岁月的长河里摇晃，晃得人们心潮荡漾、追思神往。

沿着古御道探寻，第一站就是王快水库。

遥想当年，朝圣之路肯定是一路风景！

传说康熙帝路过此地时，看到湖水清澈、鱼儿游动、绿树成荫，随即命人筑台垂钓。自此，康熙钓鱼的地方，就成了有名的垂钓之地。目前，环库区仍留有康熙钓鱼台、老君堂、双龙洞等诸多名胜古迹。

原来的王快，叫王槐，源于这里有棵老槐树，名曰“九龙枝”。当年康熙在此树下出对，留下“王到王槐王快乐”的绝句，随行之人无人能对。不知道什么时候，这棵老槐树被移至到现在的王快西大街。据说树龄千年以上，树高约十四米，树干根部直径约三米，形成冠阴面积约四百平方米。虽历经沧桑，仍枝繁叶茂，挺拔苍劲，花开时节，金米黄花，层层叠叠布满树冠，沁人肺腑。

后来，有人根据王快现在的名字，将上联略稍作改动，并非常工整地对出下联：“王到王快王快乐，龙至龙泉龙泉清。”

传说康熙帝第二次到五台山降香时，路上患了眼病，被这里的一位少女妙手治愈，于是康熙在此建一庙宇，命名为“眼观奶奶庙”，每逢初一、十五，来奶奶庙降香的游客络绎不绝。

这里原本还有座云溪古寺。1958年秋，王快水库兴建时，迁到了平阳镇的三岩寨，至今香火依然鼎盛。

如今的三岩寨，成为远近闻名的自然风景区，景区面积八平方公里，山上柏林青翠，山花烂漫，如练云彩带飘舞于山腰；让人惊喜的是，山间还镶嵌着一个四平方公里的高山湖泊，由平阳河和王快水库融合而成，水面清澈明净，水鸟翔舞，雁鹤长鸣，与蓝天白云相映成趣，构成一幅活生生的太行山水图。

“先朝仙人寺，后朝五台山”。西行五台朝圣，中间有一站不可或缺，那就是仙人寺。

康熙帝第一次朝拜五台山，阜平知县参拜时奏道：“万岁，我县境内有一座仙人寺，十分灵验，历代君王在朝拜五台山时，必先朝拜仙人寺，而后再朝拜五台山。”

康熙说：“为什么？仙人寺如何？”

知县说：“仙人寺有块巨石，如巨人一般。虽只有数十亩，但风景十分秀丽，有‘人间桃源’之称。”

康熙说：“数十亩大的地盘，还不如五台山一个寺院大呢，朕朝拜它何干？”

知县忙连连谢罪：“万岁，仙人寺虽小，却是先有仙人寺，后有五台山，若不先朝拜仙人石，恐怕对大清江山不利。”

康熙非常生气地说：“你敢胡说！”

知县说：“下官不敢。”

康熙说：“朕身为大清皇帝，朝的是大大的五台山，而不是小小的仙人寺，朕不会去的。”知县见康熙不听他的劝告，只好退出。

第二天御驾到了龙泉关，知县又奏道："万岁，这里离仙人寺不远，万岁还是去去为好。"

康熙说："我去什么仙人寺！你若再来胡说，我就割了你的舌头。"知县再也不敢说了。

康熙到了五台山，朝拜完毕后，五台山住持问他："万岁，来五台山之前，可到过阜平县的仙人寺？"

康熙说："那寺太小了，不值得朕朝拜。"

主持说："仙人寺虽小却大，五台山虽大却小，朝拜五台山前，须先拜仙人寺，这样大清的江山才能太平。"

康熙说："这里有什么说法？"

主持说："因未朝拜仙人寺，大清本来是五百年的江山，现在不足三百年了。"

康熙听了大惊："那朕现在马上去朝拜。"

主持叹了口气："不用去了，已经迟了。"

这座久负盛名的仙人寺，就位于银河大峡谷之中。阜平吴王口境内有两座绵延数十公里的山脉，分别叫作大小银河山，两山所夹的峡谷，被当地人称为"银河大峡谷"。

银河大峡谷景观奇特，动植物资源丰富，谷内主要有仙人寺，夔门锁关，空腹古槐，南天门关口，寿长寺动植物园，保定第一峰"歪头山"，明代长城"敌楼"、烽火台，晋军藏兵洞、地堡等，这里春夏百花争艳，秋季红叶满山，景色非常迷人。

仙人寺是座佛道合一的古庙，建寺前先被道人相中，山顶上危石垒砌，似仙人耸立的宝地，取此仙人石独一无二，清修之人无欲无求之意。后来由于此地僧人逐渐增多，又无处扩建，便迁至五台山。可以说，仙人寺始建早于五台山诸寺院，所以一直流传"先有仙人寺，后有五台山"的说法。依据寺中残碑记载，明万历十三年（1585）曾重修寺院，距今已有四百四十多年。

著名的仙人石，就在仙人寺的旁边，乃天然形成，石形如人，石人脚踏山巅，头顶蓝天，十分神奇。仙人寺在印度、五台山佛界均有胜名。有诗赞曰：

青松参天景秀丽，石人相背古庙宇。
三面断崖一条路，险峻天下数第一。

这条御道上最重要的关口，当属龙泉关。龙泉关始建于明朝正统二年（1437），是明清时的军事重镇，素有“冀晋咽喉”之誉。明万历四年（1566）重修，呈南北走向，总长约一公里，中间是关门，两边各有马道、战台、敌楼。龙泉关有上下两关，相距五公里。现存龙泉关城遗址为砖砌城墙的上关关城，北门向南开，砖拱门洞，宽三点五米，深十米，由大型条石砌基。明清两朝一直有驻兵把守龙泉关，设置在龙泉关南山上的古营盘（军营），遗址至今尚存。

龙泉关难于攀登，有许多诗歌为之感叹。仅乾隆等帝王留下的诗作就多达几十首。严遂成所著《龙泉关》一诗，是我国描写长城的佳句，人称“五言长城”：

燕晋分疆处，雄关控上游。
地寒峰障日，天近鹗横秋。
虎护千年树，人披六月裘。
夜来风不止，严鼓出谯楼。

龙泉关，是北京前往山西五台朝圣的必经之路。时至今日，这一带还流传着康熙帝过龙泉关的诸多趣事。

康熙帝在途经龙泉关时，在招提寺看见一座峥嵘突兀的山峰迎面矗立，显得特别高大。康熙便吩咐左右：“射箭超过山顶的，奖银五十两！”然而众人所射的箭，到半山腰就飘飘落下，未有超过山顶的。

康熙亲自引弓连发三箭，“皆逾峰巅”，从此这座山就叫“三箭山”，悬崖中部刻有“三箭山”三个大字。

清乾隆时期，直隶总督方观承在此立下石碑纪念此事，乾隆皇帝还亲自撰写了碑文。这块石碑目前存于招提寺的墙壁上，字迹清晰可见。

相比于乾隆皇帝和直隶总督方观承“背书”的“三箭山”传说，另外一则康熙帝微服过龙泉关的传说，则更有烟火气。

相传康熙帝（也有说光绪帝的，不知为何相差如此之远）微服过龙泉关时，守关士兵令其下驴检查。随行书童气道：“这是当今天子。”

士兵道：“就是康熙皇帝从此过，也得检查后放行。”康熙非常赞赏士兵的负责精神，便将原本为五品的守将官职提升为四品，并享有进京面君的特权。

当年天下第一旅友徐霞客，走的路线大体跟这个皇家御道相似，当初他也是去五台朝圣的。

公元 1633 年农历八月初四，伟大的明代地理学家、旅行家、文学家徐霞客经黄葵（今阜平王快）抵南关（南街）、舍大溪（大沙河）、饭于太子铺（塔子铺）、经圣水、逾鞍子岭、过万年桥、望五岩寨（五崖寨）、遇崩崖（三箭山）、驻龙泉关、登长城岭，前往五台山。《徐霞客游记》里留下的诸多佳句，是对河北山川的唯一记载。

徐霞客为阜平美景写下近千言，其中有一段是这样写的：“初五日，进南关，出东关。北行十里，路渐上，山渐奇，泉声渐微。既而石路陡绝，两崖巍峰峭壁，合沓攒奇，山树与石竞丽错绮，不复知升陟之烦也。”

能入徐霞客的法眼，还得到如此高的评价，说明阜平自有不凡之处。

过去，这是一条崎岖难行的野路，后来成了名扬天下的御道。几百年后的今天，交通工具如此发达，无论你是徒步、骑行，还是自驾，当你走在徐霞客当初走过的那条风景旖旎的朝圣路上，去探寻阜平美景时，你一定会由衷感叹他对山水的执着，亦会感谢他对美景的分享，更会欣慰，穿越几百年风尘，今天的我们依旧能有幸与之共赏。

三、红色之路看阜平

红色旅游，是当今旅游的一大热门，保定最负盛名的红色旅游路线，就在阜平县！

有人说过：“抗日战争看太行，红色太行看阜平。”为什么会有这样的论断？因为阜平确实当得起！

1942 年，晋察冀边区面对日寇疯狂的“扫荡”，迎来最困难的时期，粮食匮乏，军民生活陷入困境。树叶，就成了最主要的口粮。

为了不和百姓争口粮，聂荣臻司令员亲自签署了一道命令，禁止部队在驻地采摘树叶。必须到驻地所在村方圆五里之外的地方采摘。忙着采摘的百姓心存感激，悄悄地把最好最嫩的叶子留下给八路军战士。

后来的一天，他们相约而至，端着挎着沤好切好的黄菜来到军区机关驻地，恳切地要求聂司令员把训令收回，军民共度难关。为了粮食，阜平人民付出了巨大的牺牲。一个粮秣主任的孩子在病饿之中死去，可他家的土炕下面就放着满满当当的粮食。

1984 年，晋察冀文艺老战士田华同志来阜平拍摄电影《柯棣华》。返回北京时，乡亲们送来几个柳叶饼子托她捎给聂司令。当饱含深情的金黄色柳叶饼子捧在聂老手上时，老人家的眼里再次闪过泪光。

“阜平不富，死不瞑目”。这是聂荣臻元帅留下的话语，字里行间都透着对阜平的深深眷恋。

可以说，阜平是晋察冀红色文化的发源地，是晋察冀红色精神的制高点，被称为“华北延安”“新中国雏形”。深明大义、敢于牺牲的阜平人民，用生命和鲜血为新中国成立做出了巨大贡献。每一寸山河、每一个村庄、每一处遗迹，都有壮烈的故事传扬。

老王简单归纳一下，阜平至少有“红色八地”。

第一个，中国北方第一个苏维埃政权——阜平苏维埃政权建立。

1931 年 7 月，中国共产党在高桂滋部发动兵变成功，并对起义队伍进行了整编，创建了中国工农红军第二十四军。部队经山西五台、盂县，河北平山、灵寿进入河北阜平县城。26 日成立阜平县苏维埃政府。阜平县苏维埃政权在华北引起了反动势力的极大恐慌，8 月遭国民党军诈降袭击，红军与敌军殊死搏斗，终因寡不敌众，大部分战士壮烈殉难。令人惋惜的是，阜平苏维埃政府仅存半个月就被扼杀了，但它在北方地区具有开创性的意义。阜平苏维埃的创建是共产党在华北领导人民夺取政权的一次尝试，为以后的革命斗争提供了宝贵的经验教训。塔推动了阜平党组织的迅速发展，并为抗战时期敌后抗日根据地的建立打下了坚实的基础。

第二个，晋察冀边区的首府。

抗日战争时期，晋察冀军区大部分时间驻在阜平，与日军进行了大小数百次战斗，威震整个华北的东西庄战斗、曲阜战役、神仙山战斗载入革命史册。据统计，1938 年底，阜平全县党员已达到四千一百多名，约占当时全边区党员总数的百分之四十；1944 年底，全县党员人数发展到一万一千多名，占全县人口的百分之十二；1947 年统计，阜平全县的抗（军）干、烈属户数，约占全县总户数的百分之七十五，也就是说每四家之中有三家有人离开了家庭，献身于人民革命战争的伟大事业。在这样的土地上还有什么是不可战胜的！在浩浩荡荡的抗日洪流中，九万阜平人，两万人参军参战，五千人捐躯疆场，用血肉之躯筑起一道不可逾越的屏障。

1941 年 1 月 19 日，《晋察冀日报》刊登新华社向全国播发的《新中华报》评论文章《论阜平之克复》。文章指出，阜平“素有模范抗日根据地的模范县”之称，“每个村庄都是堡垒，每个人民都是战士，决非轻易撼动”，号召各抗日根据地“坚持抗战，需向阜平看齐。在地方工作上，创造千百个类似阜平的巩固堡垒”。

第三个，中国第一个大型抗日民主政府创建地。

1938 年 1 月 10 日至 15 日，晋察冀边区军政民代表大会在阜平县城第一高小的大北堂隆重召开，以军政民代表大会的名义向国内发表了宣言和通电，宣告晋察冀边区临时行政委员会成立。31 日，国民政府批准后，正式命名为晋察冀边区行政委员会。

晋察冀边区是抗日战争时期中国共产党领导华北人民建立的第一个敌后抗日根据地。

第四个，晋察冀边区第一批边区票的印制地。

1938 年 2 月，晋察冀边区第一批钞票在阜平县法华村印制出来并向社会发行。发行的币种十分丰富，曾发行过铜元、壹角、贰角、伍角、壹圆、贰圆、伍圆、拾圆、伍拾圆、壹佰圆、贰佰圆、伍佰圆、壹仟圆、贰仟圆、伍仟圆等不同面额、不同版别的钞票。晋察冀边区钞票当时在山西、河北、原察哈尔省、原热河省以及辽宁西部、内蒙古、山东德州地区等敌后抗日根据地流通，流通人口达三千多万人。

边区银行钞票的发行，清除了地方发行的各种钞票，统一了边区的货币市场，支持了抗日战争，改善了人民生活，深受抗日根据地军民的欢迎。人们亲切地称晋察冀边区票为“抗日票”“红票子”。

第五个，中国第一部《毛泽东选集》诞生地。

马兰村位于阜平城西南三十千米处，依山傍水。抗战时期，新闻家邓拓领导的晋察冀日报社长驻此地。1944 年 5 月，在马兰村印刷出版了邓拓主编的《毛泽东选集》。这是阜平人民的骄傲。

在 1943 年的一次秋季“扫荡”中，敌人叫嚣着要找到八路军和印刷机器，疯狂杀害了十九位坚贞不屈的马兰村村民。那个秋天。下了一场早到的大雪，纷纷扬扬的雪花，几乎要把整个马兰村掩埋起来。活下来的马兰人把这段腥风血雨叫作“鬼子捂马兰”。

《毛泽东选集》出版后，多次重印，并分发到各地。聂荣臻在《回忆录》中称赞说：“邓拓同志在抗战后期还编纂了《毛泽东选集》，这是全国第一本系统编选毛泽东同志著作的选读本，为传播毛泽东思想做出了贡献。”

第六个，《人民日报》的发源地。

阜平县动委会成立后，针对当时宣传材料缺乏的问题，创办了一份报纸，名为《抗敌》（几期后改称《抗敌报》）。1937 年 12 月 11 日，《抗敌报》在阜平县城关文娴街正式创刊。1938 年 8 月，改由晋察冀边区出版，成为中共冀察冀边区党委机关报。1941 年 11 月，《抗敌报》更名为《晋察冀日报》。1948 年 6 月 14 日，《晋察冀日报》在平山县里庄村发表终刊启事，1948 年 6 月 15 日，《晋察冀日报》和晋冀鲁豫《人民日报》合并而成华北局《人民日报》。

所以说，诞生在抗日烽火中的阜平油印报《抗敌》，是《人民日报》的源头。主编邓拓等人参加当地村党支部会议，教农民识字，亲自为该村迎亲新郎牵马缒凳的故事，至今广为流传。

第七个，全国土地改革的实验地。

1948 年毛主席来到阜平后，召开了阜平、曲阳、定县三个县参加的土地改革座谈会。城南庄土改会议结束后，毛主席于 5 月 24 日给中共中央中原分局书记邓小平发去电报，要求他们参照老解放区的经验，确定新解放区的土地改革政策。这样就排除了“左”右两种倾向的干扰，使中国土地改革的航船驶向正途。

“有了土改的胜利，才有了打倒蒋介石的胜利”，这是 1950 年毛主席在党的七届三中全会上做出的结论。

第八个，中国人民政协事业发轫地。

据《阜平县志》记载，1948 年 4 月 10 日，毛泽东等同志带领中共中央机关转战陕北从五台山翻越长城岭进入阜平县境。毛泽东在此亲自起草了《纪念“五一”劳动节口号》。“五一”劳动节口号被认定为是成立新中国的动员令。描绘新中国蓝图的巨椽，开始在阜平大地落笔。

“万里长城・长城岭”的石碑还在，刻录历史风霜的长城、垛口、城门、石砖还在，幽幽松林、漫漫古道还在，驻立城墙，东望阜平，仿佛还能听到古战场上的战马嘶鸣、杀声震天，还能看到七十多年前，一代伟人毛主席站在长城岭上目光坚毅、指点江山的伟岸身影。

长城岭往东的天生桥镇西下关村，有一处雕花门窗、瓦脊飞檐的古朴小院，现被命名为“领袖小院”。毛主席初到阜平的第一夜，便居于此。

行进到哪里便工作在哪里，一向是主席的风格，那夜屋里的油灯想必亮到了很晚。因为仅一夜，这里就发生了三件不同寻常的大事：中央工委书记刘少奇、朱德总司令根据毛主席指示在西下关调查土改工作；受毛主席委托，周恩来、任弼时在西下关主持召开“土地改革和整党工作座谈会”；毛主席给斯大林发电报，商谈赴苏联访问事宜。

院内外的三棵千年古楸树，苍劲挺拔，风骨犹健。三棵古树看尽世事沧桑，与勤劳朴实的村民一道，见证着西下关的过去、现在和未来。

4 月 13 日，由聂荣臻陪同下，毛主席一行到达晋察冀军区所在地阜平县城南庄。这里南临胭脂河，北依菩萨岭，群山环绕，松柏苍翠，风光秀丽。在这里，毛主席主持召开了“城南庄会议”，不仅调整了南线战争策略，为推动战略进攻的进一步发展，夺取解放战争的胜利做出了重要贡献，而且描绘了新中国成立的蓝图，发出了解放全中国、建立新中国的动员令。

城南庄，不仅仅是一个历史地理名称，它既是对旧社会的改造，又是对新社会的开创，具有建设“新民主主义新中国雏形”这样广泛而深刻的意义。

如今的城南庄晋察冀边区革命纪念馆，总占地十七万平方米，由休闲广场、主题展览馆（第一展馆、第二展馆）、雕像广场、旧址区、后山旅游区五部分组成，是全国一百个红色经典旅游景区之一、全国爱国主义教育基地、国家 4A 级旅游景区、河北省国防教育基地和廉政教育基地，并入选“河北最美三十景”。

5 月 17 日，因国民党军飞机轰炸城南庄晋察冀军区大院，毛主席秘密转移到离城南庄十华里的花山村。

这个隐秘的小山村，四面环山，环境优美，空气清新。春天里，清澈的小溪流水，绿的叫人心醉，村后陡峭险峻的山崖上，山花怒放，争奇斗艳。聂荣臻元帅曾感叹过“花山”这个富有诗意的名字起得精确。

提起《毛主席在花山》这篇小学课文，相信很多人都读过。这是历史的真实再现，表现了毛主席热爱群众、关心群众、和群众打成一片的革命情怀。

可以说，毛主席在阜平的这段光辉历史，在中国革命史上留下了浓墨重彩的一笔，给阜平人民留下无限的思念，思念着毛主席长城岭上指点江山的领袖风采；思念着西下关领袖小院内与村干部一一问候时紧握的双手；思念着城南庄军区司令部居住时彻夜难眠的灯火；思念着花山石碾旁与相亲们亲切交谈的朴实话语。虽然他已经离开我们多年，但他在阜平工作生活的日日夜夜，仍然被阜平人民世代相传！

四、小康正道话沧桑

2012 年 12 月 29 日至 30 日，习近平总书记顶风冒雪，来到了阜平大山深处的骆驼湾、顾家台村访贫问苦。在这里，总书记同乡亲们一起商量脱贫致富之策，向全党全国发出了脱贫攻坚的动员令。

大雪无乡，阜平有幸！沿着脱贫攻坚、奋进小康的足迹去旅行，我们的人生会变得坚定而豁达。

在阜平的干部群众中，有一句极具感染力的话，“全国脱贫看阜平，阜平脱贫看我们”。“只要有信心，黄土变成金。”五年来，习近平总书记的话语不断激发广大干部群众的斗志和干劲。为尽快摆脱贫困，战斗在脱贫攻坚战场上的广大干部群众汗水和泥、转如陀螺，留下了一个又一个合力拔穷根、齐心奔小康的感人故事。

多年来，阜平走出了一条高质量脱贫之路，全县在富民产业、公共服务、基础设施建设、群众精神面貌等方面都发生了翻天覆地的变化，被国务院扶贫办定为中国扶贫交流基地。总书记寄予的“让乡亲们过上好日子”的殷切嘱托正在变成美好现实。

有人曾总结过，阜平的脱贫攻坚，创造了“四大奇迹”：

天堑变通途，
乡村变社区，
荒山变果园，
平地变大棚。

阜平乡村道路建设的成就有目共睹，一条条天路穿越云端，让大山深处的百姓彻底告别了出行之苦。

乡村面貌亦如此，在阜平，你已看不到低矮丑陋的泥房和满目凋零的村庄，呈现眼前的是山野中矗立的栋栋楼宇、美丽社区，山河巨变，旧貌换新颜。

保留乡村风貌，展现田园之美。按照太行山民居的特点，阜平县政府的投资平台——阜裕公司，对顾家台、骆驼湾两村的诸多民房进行了统一规划改造和商业运营，以舒适的自然环境与传统的乡村生活为肌理，以民宿人情、特色美食、红色文化、心灵原乡为核心，传统与现代碰撞，古韵与时尚融合，自然与人文对话，营造传统新空间为目标，规划了包括顾家台民宿小院、骆驼湾民宿村、瓦窑民宿度假村、森林驿站等在内的骆驼湾旅游度假区和高端民宿外围区，使之成为集精品民宿、特色饮食、传统工艺展示为一体的旅游民俗示范村。

如今的骆驼湾、顾家台，俨然人间乐园。连绵的群山，弯弯的山路，清澈的溪水，漫山的野花……从平整的乡村公路驶过，车窗外月牙状的骆驼湾、顾家台静静地依偎在群山脚下。徒步村里，一栋栋太行山居在绿树掩映下错落有致，每条街道都值得停下来细细赏玩。

小吃美食街、茶室、年画馆、农家乐……去“回家吃饭”餐厅品尝农家家宴，阜平八大碗中，有嫩绿的海菜、有带嚼劲的猪肉丸子、有肥而不腻的肉片……这味道，是太行山乡最温暖的回忆。

这里的绿水青山和颇具乡土气息的民宿，是想要远离喧嚣的都市人最好的归巢。步入民宿中，蓝底白花的枕头柔软舒适，躺在干净整洁的大床上，听鸟语，闻花香，真想懒懒地在这睡上一觉。

“大隐于市，小隐于野”，在嘈杂的钢筋水泥城市中生活久了，来这里清静清静，过几天慢生活，想必是极好的。

这里民风淳朴，村民不多，家家户户都认识，人人碰面都能聊些家长里短。鸡犬相闻，黄发垂髫，怡然自乐，日子就这样一天天地过去。

在阜平，因休闲旅游焕发勃勃生机的村子还有很多，这些古村落别具风情，野趣盈然，让人心神向往。

2019 年 6 月，阜平县龙泉关镇东坪村整体搬迁。中国人安土重迁，一般而言，只有在环境恶劣、资源匮乏、自然灾害频繁等前景极为黯淡的深度贫困村，才会采取整体搬迁的措施。

东坪村地处深山，古树茂密参天，村里尽是石板路和破旧老屋。村貌古朴、原生态，对此前住在这里的村民来说，意味着贫穷落后。

村民搬走后，东坪村成为荒村，留守的只剩下村里的猫。阜平发挥这一优势，吸引艺术乡建团队进驻，将其打造成为独特的旅游地标“猫村”。

近年来，阜平县将“县域旅游”与“美丽乡村建设”相结合，围绕“县域即景区”的目标，根据村庄布点规划，结合乡村旅游要素，打造了四十一个搬迁安置区，对花山、马兰、平石头等二十五个特色保留村全面提升改造，形成覆盖全县的乡村旅游基地，构建起“一个村落就是一处风景，一条线路就是一方乐土”的乡村旅游发展格局。

青山绿水间，驱车行驶在阜平县新修的柏油路上，一个个青砖灰瓦、精巧别致的村落接连闪过，一个个微景观、大景区串联成线。儿童乐园、小吃美食街、农家乐……可观、可食、可赏的乡村生态游，吸引了众多周边乃至京津的游客。

每逢周末，大家不是在去阜平的路上，就是在阜平的乡村里，静静品味着这份浓浓的乡愁。

与阜平乡村旅游相媲美并成龙配套的，就是那些通过山区综合开发打造出的一个个现代农业生态园区，个个神奇壮美，堪称人间奇迹。

走进县城西南的大道农业生态示范园，漫山遍野梯次铺开的绿色，会让人的眼睛瞬时明亮起来。

这里的山体，主要由质地松软的片麻岩构成，开发成梯田之后，不但具有山地通风透气、日照充足、昼夜温差大等优点，园区土质更是疏松透气、矿物质含量高，无污染、纯天然，是玉露香梨和秋月梨的最优产区。

大道农业生态示范园中，有两个重要的景点——乾元楼和丰收台。在乾元楼，山地梯田如诗如画，垂直长度五六里，横向伸延五六里。那起伏的、高耸入云的山，蜿蜒登上蓝天的“天梯”，像天与地之间一幅幅巨大的抽象画，此情此景，都会给每一个游客极大的视觉冲击和心灵震撼！

丰收台，一共是九十九级台阶，九九归一，意为“周而复始、生生不息”。

相传，这里还是兵圣鬼谷子的悟道之地。当年他在大道山悟道石前静坐了二十八天，终于参透天机，自此开始以天下为棋盘，以弟子为棋子，验证自己的入世大道。战国初期的那段历史，就是鬼谷子的四个徒弟：孙膑与庞涓、苏秦和张仪之间的博弈。

至今，阜平民间还流传着“南果园、北果园，孙膑庞涓看果园”“孙膑长（眼光远大），庞涓短（目光短浅），教儿学孙膑，莫要学庞涓”的儿歌。

如今阜平的数万亩荒山，经过整治变成了梯田果园，通过流转底金、股份分红、林下经济、项目区务工等多项目收入，为当地农户铺就了金色致富路。同时，政府坚持农旅结合，大力发展山地休闲体验旅游，建成了大道香梨采摘、黑崖沟樱桃采摘、白崖神仙山仙桃采摘、易家庄葡萄采摘等一大批特色采摘园区，塑造了游客在生态美景中畅游、群众在产业融合中增收的美好图景。

阜平创造的另一个奇迹，就是让“太行山上挂金伞，小香菇成就大产业”。经专家论证，阜平林木资源丰富，气候温凉，昼夜温差大，适宜食用菌生长。通过充分的市场调研、专家论证，阜平县把香菇产业确定“一号脱贫产业”，制定了“一核四带、百园覆盖”的总体规划，按照“政府＋银行＋企业＋基地＋农户＋保险”六位一体的发展模式，采取“统一建棚、统一品种、统一制袋、统一技术、统一品牌、统一销售、分户种植管理”的“六统一分”运作模式，实现了香菇产业的从无到有，由弱到强，开创了产业扶贫的“阜平速度”和“阜平模式”，被农业农村部和国务院扶贫办联合评选为产业扶贫典型案例。

2016 年夏天，阜平县大规模建设食用菌大棚开始了。每个场地都车水马龙，人声鼎沸。栗元铺建食用菌大棚了，骆驼湾也建了，顾家台也跟进了……黑色塑料棚，远远眺望，既壮观又神秘；站在太行山上俯瞰，阜平的食用菌大棚就像一片黑森林，阳光里又如一串串黑珍珠晶莹璀璨。

为发挥区域特色产业优势，推进优质产品品牌化，阜平县注册了“老乡菇”等多类别公共品牌商标。产业从无到有再到发展壮大，形成了以香菇为主、黑木耳为辅（还有传说中的仙药灵芝），以错季香菇为重点、全年产鲜菇的生产格局。

目前全县已建成规模化园区一百多个，棚室四千余栋，占地两万多亩，产业覆盖十三个乡镇一百四十个行政村，辐射带动农户四万余户，户年均增收两万元以上。还建设了食用菌保鲜库五十多座，保鲜储存能力达五千多吨，在上海、深圳等一线城市设立直销窗口，与各大超市等五十五家销售商建立购销关系，产品畅销全国各地。

“太行山上挂金伞”，这小小的香菇，或许可以作为“阜平答卷”的一个小小缩影。对一直在探索产业扶贫道路的阜平人来说，找到了食用菌产业这条路子，才真正跳出原来种植核桃大枣养牛养羊的“两种两养”模式，在脱贫路上迈开了坚实的一步。

正是源于这种上下求索的创新精神，阜平探索出了以“企业＋基地＋农户”为主要特点的产业扶贫模式、以“顾家台、骆驼湾乡村旅游”为示范的旅游扶贫模式、以“太行山农业创新驿站”为代表的科技扶贫模式、“集团化职业教育＋精准扶贫＋区域协同发展”职教扶贫模式、“荒山综合开发”土地扶贫模式、“联办共保，风险共担”金融扶贫模式等，从而在脱贫攻坚道路上蹄疾步稳、勇毅笃行，让整个世界为之瞩目！

阜平，阜平，“阜”是山地，有丰盛之意；“平”是平坦，蕴含平安意愿；富足平安，是千百年来历代阜平人的祈愿，现在终于摘下穷帽子，千年好梦成真！

先前，老王写了首《花开满山》的歌，记叙了这一沧桑巨变。

那一年向乡亲许下诺言
豪情在山村点燃
串串脚印刻大地
滴滴汗水润心田
那一年向乡亲许下诺言
豪情在山村点燃
条条大路穿云走
层层梯田铺满山

这一年向世界正式宣言
贫穷已告别大山
栋栋楼舍起乡野
座座校园笑语喧
这一年向世界正式宣言
贫穷已告别大山
家家踏上小康路
人人脸上笑开颜

放眼望
穷山变金山银山
放眼望
荒山变绿水青山
花开满山
万里江河如画卷
百年梦想今朝圆
春色满人间
花开满山
梦想与岁月放歌
山河随时代同转
幸福到永远！

现如今，诸多产业扶贫项目不仅致富了当地百姓，更成为区域乡村旅游的绝佳选择，特别是那一道道美食佳肴，更是给人们带来一个别样的“舌尖上的阜平”！

五、天下美食朝阜平

阜平之美，不仅在山水奇秀，于文韵悠长，更在于美食无双。行走山水间，“舌尖上的阜平”，绝对让你回味悠长。

过去，阜平就有“大盆肘子宴天下”的美誉，大盆肘子自古被称为“阜平一绝”，并入选“中华百佳饮食特色名吃”。

大盆肘子的产地主要在天桥镇，旧名东下关。当地人也称“东下关肘子”。

据说，大盆肘子的烹饪厨艺源于明朝，是明清两代行宫御膳离不开的美味佳肴。菜如其名，大盆肘子是用一个大搪瓷脸盆端上桌的，一桌上少于十个人，根本吃不完。

食材都是纯天然的，以山里自养的土猪的肘子、农家自种的土豆、纯土豆粉条和豆腐为主料，加入各种辅料，温火慢炖而成。

说话间，大盆肘子已被端上餐桌，光滑细嫩的肘子肉，肥瘦适中，自然地铺满盆面，眼观已然酥烂；黄色的大块土豆，乳白泛红的豆腐、粉条，于肉块之间露个头；酱色的肉汤，一漾一漾闪着油光；表面再点缀些香菜茎叶；肉香、酱香、土豆香、香菜香，随着腾起的热气，直搅食欲。

本以为这猪肘肉会肥腻，可夹一块入口，轻嚼即碎，滑爽利口，香而不腻，满口流香。亲友围坐而食，当真有大口吃肉，大碗喝酒的豪爽。加上细腻香面的土豆、筋道的自制粉条和鲜嫩爽口的卤水豆腐，大快朵颐时，许多人会忘了推杯换盏。

酒过三巡，大盆肘子已经见底，服务员又端上两盘褐色细面卷，整整齐齐码成圆形，这便是莜面栲栳。将大盆肘子吃剩的肉汤，盛在碗中，然后撕扯下莜面栲栳，浸泡之后再吃，竟如此美味！或再浇上米饭，或就上锅贴饼子，这满满一盆肘子、一桌凉菜、几份主食，被一扫而光。大家抹嘴、拍肚，大呼过瘾。

阜平天生桥的瀑布美，大盆肘子味更美。也难怪有人说："先登天生桥，后进肘子店，不吃猪肘子，枉到阜平县。"都说山里人朴实、热情、好客，这美味的大盆肘子，还真体现出了这山里人的豪爽性情。

2014年，老王曾在阜平下乡扶贫，当年一大盆肘子才一百六十元左右，每次有朋友来看老王，都要招呼去阜平东下关的肘子店大快朵颐一番。如今的阜平，已然进入"美食4.0"时代，从地上跑的，水里游的，再到天上飞的，棚里种的，正如阜平的发展一样，实现了历史性跨越。

阜平山高水寒，最适合养元鱼和虹鳟，独特的气候条件，铸就了独特的"阜平双鱼"美味。早在2013年，阜平就成功繁育出鳖中之王"黄金鳖"。

黄金鳖在江南及台湾地区又叫金水鱼，系基因变异所致，变异几率只有几万分之一到十几万分之一，在自然界极为罕见。黄金鳖既是观赏宠物，又是难得食材，其肉质鲜嫩细腻，裙边柔韧劲道，汤汁浓郁色白，深得食客青睐。目前，养鳖已成为阜平县致富产业，拥有国家级水产健康养殖示范场五个，商品鳖产量达到两千一百多吨，质量、数量一直稳居河北省首位。

阜平很多地方海拔较高，泉眼广布，大沙河两侧浅表层水储量丰富，水质清新，非常适合冷水鱼养殖。早在十几年前，阜平县就立足这一天然优势，将冷水鱼养殖和休闲产业、旅游产业有机结合，全面推向市场。

这里出产的高山虹鳟鱼，为鱼中珍品。虹鳟鱼均属鲑科鱼类，原产于美国加利福尼亚州的山涧溪流，适宜低温淡水养殖。这是一种名贵的鲑科鱼类，也是少有的高级鱼类之一，肉质鲜嫩，味美，无腥，无小骨刺，蛋白质和脂肪含量高，胆固醇几乎等于零，IPA（不饱和脂肪酸）含量高于其他鱼类数倍以上，具有极好的药用及食用价值。

而今，来自四面八方的游客，不仅可以吃到鲜美的阜平虹鳟鱼，还可以品尝阜平自产的三文鱼、“冰雪皇后”七彩鲑、“活化石”鲟鱼及鱼子酱等。

再后来，阜平的硒鸽养殖异军突起，成为全国最大的硒鸽养殖基地，并开发出鼎鼎大名的鸽子宴。

鸽子宴选用食材全部来自硒鸽，由阜平富硒肉鸽养殖基地独家供应。据了解，阜平硒鸽采用有机高粱、玉米、小麦、豌豆与硒元素按科学配比进行喂养，一只硒鸽体内硒元素的含量是普通肉鸽的几十倍，深受市场欢迎。

阜平的鸽子宴，融合了粤式做法与东北烧烤技法，其中烧鸽子系列推出脆皮乳鸽、港式卤水乳鸽、芝麻香酥乳鸽等菜品，以其皮脆肉滑、骨香脆爽深受好评；鸽子汤系列则有松茸菌炖乳鸽、党参红枣炖乳鸽等，具有补气血、抗疲劳等功效。

随着阜平食用菌产业的兴起，香菇宴也应运而生。香菇培育在我国已有八百多年的历史，被人们誉为“菇中皇后”，在民间素有“山珍”之称，因其风味独特，营养价值高，深受人们喜爱。

香菇宴选材，全部是阜平特有的“老乡菇”，菇底淡黄色，表面花纹清晰完整，纹路紧凑，朵大、口感鲜美，肉质厚实，且富含蛋白质、多种维生素和十七种人体所需的氨基酸，不仅美味可口，还有养生、养颜、抗癌之特殊功效。

阜平“老乡菇”，与油菜、板栗、鸡肉等食材搭配，烹调出一道道美味佳肴，有香菇一品肉、香菇蒸鸽蛋、凉拌双菌丝、蒜蓉粉丝蒸香菇、烤香菇、香菇豆包等四十多道特色菜，道道有香菇，款款有新意，样样滋味长，成为餐桌上一道靓丽的风景线。

现在到阜平旅游，如果没品尝一下鸽子宴、香菇宴，那等于是白来一遭。

不仅餐桌上的美食让人流连忘返，而今阜平的高山水果更是一绝。过去阜平有“老三样”著称于世——大枣、核桃、板栗。如今的阜平，高山苹果、有机梨、青弥樱桃、晚熟桃美名远扬。

据记载，阜平县苹果从康熙年间就有种植，以其树势强健、品质优良、果实个大、色泽鲜艳，久负盛誉。

比苹果更有名的，就是阜平玉露香梨。通过综合治理的山地，土壤都是无污染的有机土壤，这地里种出的纯天然阜平玉露香梨，味美多汁，无论是个头、口感，都非常好吃。玉露香梨具有库尔勒香梨的口感，同时优于母本，个大、核小，可食率达百分之九十以上，无沙、甜度大，在第十一届中华名梨·全国梨王擂台赛中，荣获“中国梨王”称号。

还有青青如枣的猕猴桃，口感爆棚，吃过的人都赞不绝口。这种猕猴桃，叫软枣猕猴桃，又叫圆枣猕猴桃，国外称“奇异莓”。软枣猕猴桃果皮有绿色、红色，果面光滑无毛，平均重十二克至十五克，它吸收了深厚土层的有机质，在山地昼夜温差巨大的天气里沉淀甜味，一个个长得色泽翠绿、肥大饱满，非常适合鲜食。

这里的高山樱桃，不仅个头大，而且比一般樱桃更为酸甜可口。众所周知“樱桃好吃树难栽”，可见樱桃树是一种非常娇气的果树品种。得天独厚的自然条件和生态环境，加之太行山驿站河北农大专家的专业技术指导，使得这里种植出的樱桃肉厚、汁浓，果形好，个儿大，口感特别好。

阜平的樱桃多为高山露天生长，应季自然成熟，维生素 C 的含量很高，还富含糖、蛋白质、钙、铁、磷、钾等多种元素，营养价值居各种水果之首，被誉为“水果皇后”。

特别需要提起的，就是阜平的晚熟桃，农历八月份以后才成熟，硬甜硬甜的，好吃且耐放，堪称桃子里“另类王者”!

据说这种晚熟桃的名字叫冬雪红蜜，光听名字就让人流口水，这桃子像苹果一样可切成小块食用，口味佳，卖相好，是老王吃过的桃子里最好吃的，没有之一。

绿水青山就是金山银山。目前，阜平县共建成林果产业园区一百四十余个，种植玉露香梨、秋梨、三优富士苹果、高山樱桃、晚熟桃等高效优特林果近十万亩，成为农民增收的重要来源。

阜平的美食数不胜数，想想就让人垂涎三尺。

但需要清醒得看到的是，阜平的旅游像保定的旅游一样，非常有代表性，资源很丰富，无论是老天爷留下的，还是老祖宗留下的，好东西确实不少，但总感觉缺了什么。说到底，还是旅游产品碎片化，不成系统，缺乏深度挖掘，缺乏广度整合，更缺乏产业化运作、市场化营销。

在现在的旅游市场中有两大传统运作方式面临严峻挑战：一是随着旅游团和门票经济的衰退，核心景区建设面临挑战；二是随着旅游搭台、地产唱戏的衰退，诸多配套产业发展面临挑战。

这两种衰退造成的直接后果，不仅仅是旅游市场的持续走低，更令人忧心的是社会各界旅游投资热情的减弱，大的战略投资商和开发商对旅游开发敬而远之，后续建设明显乏力。

越是困难的时候，越需要静下心来，细细考虑今后的保定旅游该何去何从？如何苦练内功，创新路径，繁荣市场，成为当务之急，更是未来之需。

如何将旅游产业增强吸引力、聚合力，在千军万马中杀出一条路来，需要认真权衡，强化统筹设计和战略定力，更需要脚踏实地，深耕市场。

讲好保定山上那些故事，无疑是练好内功的重要一环。保定太行山上流传千年的故事，如百花盛开，馨香宜人。她产生于丰富多彩的生活和劳作之中，凝结于历久弥新的梦想追求和心灵渴求，是世世代代保定儿女借以滋养灵魂的精神食粮。

民族就是世界，区域就是全局，重拾那些文学瑰宝，令其归于系统、推陈出新，以滋当代、以励后来，是一项功泽千秋的事业，也是保定旅游人义不容辞的责任。

充分挖掘保定文化蕴脉，擦亮文化招牌，让大家慕名而来，满意而归，不虚此行，真正实现“从我看到了什么——我体验到了什么——我变成了什么”的迭代更新。这一事业，寂寞而伟大！

天高路远，来路方长，我辈仍需努力！

（需要特别说明的是，此书在编写过程中，参阅借鉴了诸多同人和朋友的著述，在此深表感谢！）